文学传播视角下的中国现代文学研究

江肇钦　苏雄辉　杨永英 ◎著

中国出版集团　现代出版社

图书在版编目（CIP）数据

文学传播视角下的中国现代文学研究 / 江肇钦，苏雄辉，杨永英著. -- 北京 : 现代出版社，2021.8
ISBN 978-7-5143-9348-4

Ⅰ. ①文… Ⅱ. ①江… ②苏… ③杨… Ⅲ. ①中国文学—现代文学—文学研究 Ⅳ. ①I206.6

中国版本图书馆 CIP 数据核字(2021)第 173225 号

文学传播视角下的中国现代文学研究

作　　者 江肇钦　苏雄辉　杨永英
责任编辑 杜丙玉
封面设计 白白古拉其
出版发行 现代出版社
地　　址 北京市朝阳区安外安华里504号
邮　　编 100011
电　　话 010-64267325　64245264(传真)
网　　址 www.1980xd.com
电子邮箱 xiandai@cnpitc.com.cn
印　　刷 北京四海锦诚印刷技术有限公司
版　　次 2023年6月第1版　2023年6月第1次印刷
开　　本 185 mm×260 mm　1/16
印　　张 10
字　　数 226千字
书　　号 ISBN 978-7-5143-9348-4
定　　价 48.00元

前 言

中国现代文学是由多种社会力量共同创造的。以报刊和出版社为中介和手段，并由此形成的现代文学传播机制，参与了现代文学审美价值取向和艺术形式的创造，进而推动了文学的社会化和大众化进程，贡献了文学的新形式和新作家。

报刊的出现改变了文学的传播手段和渠道。传统文学主要以手抄形式和刻版印刷为传播方式，现代文学则以大众媒介为传播方式，传播时效快、信息量大、影响面广，并具有平民化和大众化特点。文学报刊承担着文学的发表、组织和引导功能，直接影响文学内容、题材和风格的形成，并创造出具有时代性和社会性的文学思潮。文学报刊就是文学的存在方式和作家的生存方式，它推动了文学的市场化和作家的职业化。

现代报刊为文学与社会、作家与读者架设了一条快捷的中介和通道，拉近了文学与社会的距离。报刊与文学的联姻直接带来了小说的繁荣。从传统到现代，中国文学的文体发生了巨大的转变，从以诗词为中心转变为以小说为中心，小说成为现代文学的主流文体。现代文学要求更大可能地走向社会和生活，相对而言，小说这种文体形式更能承载丰富的社会信息和容量。现代文学对启蒙与革命功能的价值追求，以及由文学期刊而形成的小说市场和读者群，都是现代小说发达的原因。文学报刊对文学观念和形式带来的直接效果，就是突出了文学观念的大众化和社会化，出现了适应报刊特点的文体形式，如杂文、随笔、报告文学、连载小说等。报纸副刊就对现代杂文和随笔的诞生有直接而独特的影响。近二十年新作家的初期作品，更无不由副刊介绍给读者。鲁迅的短小杂文，即为适应副刊需要而写成。

现代出版也参与了现代文学的生产与传播，它利用技术、资金和发行网络将语言符号的文学作品物化为一种纸质媒介形式，成为一种社会读物。近代出版以机器印刷为基础，书、报、刊为形式。一般情况下，文学作品先由报刊发表，再由出版社出版、发行，文学与出版相互依存，密不可分。出版还是一种文化，谢六逸就认为由一个地区的出版情况可以测量这个国家和地区的社会发展状况。文化出版与学校教育一样，它们为现代中国提供了知识资源和人才动力，文化出版成了一所没有围墙的大学。

目　录

第一章　文学和文学传播理论

第一节　文学的相关概念

文学是人类在长期的生活实践中，通过对生活的感悟而产生的精神文化产物。因此，文学是人类生活的反映，但又具有独立的体系和发展规律。

马克思认为艺术的发展与社会经济的发展是没有正相关的关系的，因而艺术的发展与社会的物质基础之间也没有必然的联系。马克思“物质生产与艺术生产的不平衡关系”的论断，事实上包含了“艺术生产的相对独立性”的言说，而这种相对独立性又主要来源于文学本身的继承性。文学有自己的道路，它既有前世今生，也有前赴后继；既有纯文学性的文学内容与概念，又有围绕文学而生发出的新概念和新领域。对这些过往和相关概念的明确，无疑是研究文学相关选题的前提基础。

一、文学与文学文体

文学是什么？文学是文化的重要载体，是文化不可分割的组成部分，但同时，文学还是一门人文学科，是各种文体的依托，在中国文学中，它是古诗词里的一幅画，是散文中的一首歌，更是诗词歌赋背后的一种心态。

（一）文学

文学是一个地区或者国家的人民在生活实践中，用语言文字的形式将地区的文化记录下来，从而形成的一门艺术，它是社会意识形态的具体体现。文学是对社会文化的独特的记录保存，是对一定时期内社会的文化风气和审美情趣的记录和体现。文学作品就是艺术家们用语言文字记录下的对社会和自然的感悟，一个文学艺术家可以将一个地区或者国家的独特的文化以鲜明的文字展现在后人的面前。

文学是社会意识形态之一，是运用语言文字塑造人物形象，以此反映社会生活的艺术。文学又称为“语言艺术”，包括诗歌、散文、小说等。

文学在一开始是用来表示语言文章或者学识的。文学最早由我国著名的文学大家孔子所提出，他将文学列为其教化民众的四门学科之一，既与德行操守、交际演讲、处理政事的能力并列，意为文献知识，也就是通晓古代典籍制度，泛指一切书籍、一切学问。后来的《魏书·郑义传》这样说："而羲第六，文学为优。"再后来文学就被认为是有一定文采深度的语言类的艺术作品，也就是我们现在所说的文学艺术。此外，文学也可以用来称赞一个人的学问的多少，即与学识、学术水平等同义。由此可见，文学在我国的起源首先是对古代书籍制度的通晓程度，然后是用于对文采的评价，其后才衍生出了学识、学术的含义。因此，按照文学的发展规律可以说，具有一定文采和学术深度的作品都可以称之为文学。文学是语言的艺术，是用具有文采和艺术深度的文字去表达不一样的情感的艺术形式。

我们可以从以下几个方面理解文学。

1. 文学是社会生活的产物

可以说人们一有了语言就开始讲故事，一有了文字就开始把故事记录下来，随之而来的就是文学作品的诞生。文学作品中所反映的内容无不来源于人们的生活，花木兰、江姐等形象也都是由一个个生活中的原型提炼而成的，就是描写上帝与英雄故事的《荷马史诗》中的特洛伊战役，经考古学发现，几乎可以肯定是真实记录了迈锡尼人（希腊人的祖先）与邻国人之间的战争。

2. 文学是一种精神产品

当然，文学作品并不是对生活的简单复制，它作为一种社会意识形态，就需要对现实生活进行提炼加工，产生来源于生活又高于生活的精神产物，是经过了人的大脑工作后的成品。

3. 以语言为工具

为了区别于其他的艺术形式，我们还应当注意文学表现形式，也可以说文学所使用的工具是语言，这一点区别于其他的艺术。例如，以人体动作表现的舞蹈、以色彩表现的绘画、以旋律表现的音乐等。

4. 具有美的性质

从古至今，文学都含有文采学识的内涵，因此，不具备文采的作品，还无法被人们认同为文学，只有那些具有文采或者有思想深度的作品才能被称为文学。

文学具有社会性、民族性、阶级性等多方面的特质，文学的发展受到内部和外部等多方面的复杂因素的影响，文学的发展一般是随着社会的发展而发展的，文学在发展过程中对社会具有教化和提升大众认知水平的作用。

欧洲的古典文学将文学划分为诗歌、散文、戏剧，经过文学的发展，现代文学通常分为诗歌、小说、散文、戏剧四类，本节接下来探讨文学文体。

（二）文学文体

文学艺术，通过语言文字的描述，是对客观现实的体现，表达了作家心灵世界的感悟，文学文体是指文学的具体体现形式，也称之为体裁，常见的文体有诗歌、小说、散文、戏剧等。

所有的文学作品都有自己的体裁，不存在没有体裁的文学作品。文学作品在创作时必须先选择好相应的体裁，才能进行下一步的创作。文学是现实社会活动在艺术家心中感悟的体现，文学的体裁也适应了社会生活的需求。

1. 文学的发展与文体的演变

在文学的发展历史上出现了多种多样的文学体裁，这些体裁的发展都具有一定的规律，各类文学体裁的发展都是随着社会生活的发展而不断变化的，随着每个时代的艺术家对文学体裁的继承和发展，体裁的类别和形式逐渐发展成完整的体系。

诗歌是最早出现的文学体裁之一，也是我国发展最繁荣的体裁。《诗经》是最早的一部诗歌总集。《诗经》的语言风格是四言为主的句式和重叠反复的章法。经过发展，楚辞的出现，又为诗歌增添了不同的表现形式，以屈原为代表作家。自古以来，“风”“骚”并称。其作品《诗经 · 国风》和《梦辞 · 离骚》开创了我国诗歌的现实主义和浪漫主义的先河。再后来，楚辞又向多方面发展，出现了乐府诗体，到六朝时代，乐府诗着重代表了民间的文学体裁。汉乐府“感于哀乐，缘事而发”，有强烈的现实感。在乐府诗中，出现了五言、七言的句式，为后人所继承发扬。汉代末期《古诗十九首》的出现标志着五言诗体系的基本完善。七言诗的产生稍后于五言诗，其广泛流行，大约在晋宋之际。齐梁间以沈约为代表的“永明体”，为诗歌的发展奠定了声律的基础。到了唐代，我国的诗歌发展进入爆发时期，近体诗确立，我国诗人人才辈出。

我国的诗歌发展与声乐的发展有着密切的联系，经历了“以乐从诗”“采诗入乐”和“倚声填词”的三大阶段，以后的诗词歌赋的发展都是由“倚声填词”衍生而来的。词在唐代诗歌爆发后出现，那时候的文人开始填词，逐渐形成了风气。到了五代时，中国第一部词集《花间集》的问世，促进了我国词体系的完善。到宋代，词成为一代文学。词人将用诗不能表达的话寄托在词中，表达词人的内心感受。南宋后期，词对乐曲的表现力逐渐被北方少数民族的乐曲所代替，这种“胡乐”结合北方民间的“俚曲”，再加上通俗的语言，就形成了新的诗歌表现形式——散曲。散曲在元代得到迅速发展。和传统歌词有一个明显区别，散曲在发展的过程中吸收了大量民间的方言，有着市民色彩。当宋词和元曲在文坛上占据主要地位的时候，传统的诗歌仍然有大量的创作。它们的数量是非常多的，并且都有自身的特色，但是从总的数量上来说，是难以超越唐朝的，这也是当时的时代背景所决定的。相比于东方，西方的叙事诗发展是比较晚的，但是细节方面却取得了很大的成就，各种题材的戏剧都是非常多的，体裁也是从简单到复杂，从粗糙到完美，是一个不断进步的过程。

下面说一说散文这个形式。散文是在文学的发展过程中，含义和范围也在不断变化的一种形式。在我国古代，把和韵文与骈体文相对的散体文章称为散文，即除了诗词歌赋之外的其他文学作品，都称为散文。发展到现代，散文又多了如传记、小说、杂文等形式。而到近些年来，因为各种新题材的推出，人们又把散文的范围缩小了，散文专指那些凝练生动、语言优美的文字写作，和叙事、议论这些又相区别开来。散文在选材上是非常丰富的，表现形式也比较灵活，它可以记录生活中的一个小片段，甚至是点滴小事，或者是自然界中一些小的物件，只要能引起作者所思所想的，都能够用散文的形式来进行表达。散文在对主观感情进行表达的时候，一般都会用象征衬托的手法，借助事物的形象来表达自己的某种意向。在表达方式上也是有所区别的，所以散文也可分为叙事散文、抒情散文和议论散文三种。

我国戏剧的发展经历了较长的过程。在汉代的百戏里，就有对人物传记故事的演绎，通过少数人对故事人物的扮演，将故事的主要内容以生动形象的表演演绎出来，这种对故事的表演，在一定程度上可以称为是我国戏剧的萌芽时期，但由于缺乏史料的佐证，很难说出其中含有多少今天的戏剧成分。在西方近代艺术传入中国之前，还没有西方所说的戏剧的表现形式。中国传统的戏剧是一种有一定故事情节，以歌舞乐曲为主要表现形式，综合了杂技、武术等多种艺术形式的曲艺艺术。

小说是一种叙事性的文学体裁，通过人物的塑造，情节、环境的描述来概括地表现社会生活。“小说”一词，最早见于《庄子·外物》：“饰小说以干（求）县令（美名），其于大达（大道）亦远矣。”这里的“小说”是指“琐屑之言”，这样的“浅识小道”，和后世的小说概念没有关系。庄子此说和后来荀子的“小家珍说”（《荀子 · 正名》）的观点，都不宜作为小说概念去理解。古代小说较为完整的概念形成于东汉。桓谭在其《新论》中认为：“若其小说家，合（收集，整合）丛残小语，近取譬论，以作短书，治身理家，有可观之辞焉。”这里桓谭在小说作用的认识上虽与庄子所言本质一致，仍然认为小说不是为政化民“大道”，但其“合丛残小语，近取譬论”已触及小说创作的基本方法。后来，班固在《汉书 · 艺文志》中列出十五家作品名后，将小说概念这样加以明确：“小说家者流，盖出于稗官，街谈巷语，道听途说者之所造也。子夏曰：‘虽小道，必有可观者焉，致远恐泥，是以君子弗为也。’然亦弗灭也。闾里小知者之所及，亦使缀而不忘。如或一言可采，此亦刍荛狂夫之议也。”班固认为小说仍是“致远恐泥”的小道。不过，他明确地指出了小说起源于民间、根植于生活的特点，也初步触及小说“道听途说”的虚构性，当是经典之论。但桓谭、班固之“小说”，其实质仍是写实性很强的故事，而非以虚构为本质的小说概念。此后一千七百余年，小说的概念并没有什么发展，基本上停留在班固的定论上，虽然小说作品取得了一个又一个辉煌的成就。直到晚清嘉庆年间，罗浮居士才对小说概念有了较大突破。他认为："小说者何？别乎大言言之也……其事为家人父子、日用饮食、往来酬酢之细故，是以谓之小；其辞为一方一隅、男女琐碎之闲谈，是以谓之说。然则最浅易最明白者，乃小说正宗也……说虽小乎，即谓之大言炎炎也可。"第一次将小说提升到与"大言"相当的位置，且对小说特点做了多方面精当的揭示。可以说符合古代小说创作实绩的小说概念至此才算正式形成。

作为消费社会的产物，网络文学是伴随现代计算机，特别是数字化网络技术发展而来的一种新的文学样式。其中网络小说影响较大、作品数量最多，可称是网络文学的主体部分和代表性文体。网络小说主要指网络原创小说，是一种结合了网络科技、融入大众文化、部分体现了个人先锋行为的正在演变中的新的文学样式。它在网络上写作和传播，属于电子文本，主要特点是"在线"——网上创作、网上发表、网上阅读和评论。20世纪90年代末期，痞子蔡的中文小说《第一次亲密接触》在网上发表，引起了广泛的关注，随后网络小说越来越受到大众的关注。随之，先后出现了邢育森、宁财神、俞白眉、安妮宝贝等一大批优秀的网络作家。与此同时，大批网络小说创作者相继出现，网络小说的内容、题材、表现手法等也更趋于丰富多彩。

由于社会生活和人们艺术创作经验日益丰富，文学体裁也越来越丰富。文学体裁的多样化，成为社会生活多样化的反映。壮烈的历史场面、狂风暴雨式的矛盾斗争，需要有容量大、篇幅长、表现力强的文学体裁来反映，而生活里的小浪花、小涟漪，则要求以灵活轻巧的文学体裁来表现。这犹如十八般武艺，各有各的特点和作用，相互并不能代替。

当然，在文学发展的过程中，也有一些体裁、样式只在特定历史条件下存在，或由于当时统治阶级的竭力提倡而一度繁荣，随后由于失去了生活基础或历史条件的演变而很快趋于消亡。但是，大多数为广大人民群众所喜爱的体裁，却往往在新的文学体裁产生以后，经过一定的革新、改造，仍然会被保留下来，并且获得新的发展。例如，我国古代的八股文、试帖诗等，是统治阶级所提倡的文体，由于内容空洞、形式呆板，缺乏艺术生命力和鲜活的生活基础，往往事过境迁，便趋于衰竭；而像我国古典诗歌中的律诗、绝句、词等样式，则经过不同程度的革新、改造之后，直到现在仍然可以为表现新内容服务。所以，新体裁的产生，并不意味着旧体裁的全部消亡；旧体裁只要在表现现实生活上确有它独特的长处，就会继续得到发展。由此来看，随着时代的推移，文学体裁日趋丰富多样是必然的。

总之，各种文学体裁的形成、发展、演变和消失，不是偶然的，而是有其客观规律的，即归根到底是受社会生活的制约的，同时与文学创作经验的积累和文学体裁本身的继承革新有密切的关系。

2. 社会技术与文体生成

随着社会的发展和生活实践的积累，人们对文学体裁的需求也随之变化，社会技术的发展以及其他相关因素的影响，也影响着文学体裁的产生和发展。

杜鲁门在对希腊艺术的评价中指出，神话的本质就是人类通过想象去征服自然的过程，是对自然界的想象而形成的。因而，随着对大自然的了解的深入，这些神话的想象也会随之破灭，神话也就逐渐消失了。马克思表示，随着印刷机的出现，传说中的诗神缪斯岂不是必然要绝迹，因而史诗的必要条件就会消失吗？

他们的话虽然不是从文学发展的专业眼光进行分析，但是也在一定程度上说明了神话、史诗这两种文学体裁是限于生产力发展的不足才出现的。随着社会生活的发展，随着人们对自然的征服和认识的加深，它们就必将逐渐在内容和形式上发生改变，最终形成新的文学体裁。

3. 体裁的分类与新时代特点

对文学体裁的分类，每个时期都有不同的标准。我国最早是把文学体裁分为韵文与散文两大类；五四运动以后，我国最广泛的分类法是"三分法"和"四分法"，三分法是将体裁分为叙事类、抒情类和戏剧类；四分法是诗歌、戏剧、散文和小说；进入 21 世纪后，媒介的广泛应用与融会贯通，催生了剧小说这一新的文学体裁，从而与诗歌、戏剧、散文和小说一起成为"五分法"。

近年来在各种传播媒介的使用中，我们经常会见到 IP 这一缩称的出现，作为英文缩略词它可能表达很多意思，在 Internet Protocol 中它是"网络之间互连协议"的缩写，而在 Interrupt Priority 中是"中断优先寄存器"的意思。IP 是 Intellectual Property 的缩写，表示知识产权的意思，是指"作品的创作人对其劳动成果的所有权享有权利"，知识产权一般都有时间限制。比如发明、文学和艺术作品，以及在日常的商品上使用的商标、外观设计等都可被认为是知识产权的形式。其实在英语语言环境中，与 IP 相关又最为人熟知的是"IP 地址"，只有在明确指明 Intellectual Property 的情况下，对方才可以理解想表明的是知识产权。可就是这样一个外国人并不常用的简写概念，却成为我国近年来的一大热词，因为小说、剧小说等体裁的文学作品被源源不断地搬上大银幕和小银屏，显现为媒介与文学的融合。

根据目前创作量与市场 IP 价值程度，主要的文学五大体裁为诗歌、散文、戏剧、剧小说、小说。除了新出现的剧小说之外，我国古代的文学发展中诸体具备，诸体兼精，例如春秋百家争鸣时期的散文与论说文、汉代的民谣诗歌、唐诗宋词、元杂剧、明清小说等；在近代，诗歌与散文的创作量是最多的，当时的创作家有鲁迅、老舍、茅盾等大家，既是时代的记录者，也对当时发生的事件进行了有力的抨击；到了现代，剧本、剧小说、小说的创作量是最多的，也是潜力无限的创作领域。

在纯小说创作中，网络小说是写的比较多的部分，当然也不乏被改编或购买版权的可能，即小说与剧本之间的转化，成为市场 IP 价值的沟通。

二、文艺学与文学学科

文艺学与文学学是两个无法明确的概念，它们都与文学有关，而且研究内容大抵相似。因此有不少专家学者都把研究文学的学科统称为文艺学，但随着各学科的日益细化发展，“文艺”与“文学”的区别越来越明显，文艺学和文学学的研究渐渐有了自己的方向，成为两个与文学相关的重要学科概念。

（一）文艺学

在文艺学发展的时候，首先要认清它的分类，它是文学中的一个分支，是我国文学类的核心学科。在对它进行研究的时候，主要研究它的特点以及它的特性，为了揭示文学基本的目的，必须对它的相关知识进行介绍。

文学理论是我们研究文学发展规律的学科，一方面从文学历史的发展中吸取前人的经验教训，完善自身的理论体系，另一方面给文学的发展提供一定的理论观点、方法的参考，文学理论研究有自身独特的研究对象和研究任务，其价值取向和实践都是有一定标准的。文学的批判和继承要接受文学理论的指导，同时要以文学的历史发展规律为基础。文学史家要形成正确公正的评价，否则就会影响文学历史研究的科学性。

中国古典文艺学的研究是我国文学研究的重要课程。中国古典文艺学是对中国古典文艺的整个理论体系的完善和发展，在研究中采用最前沿的理论研究方法，以独特的视角探究中国古典文艺学各方面重要的理论和发展进程，以此为基础构建中国古典文艺学的整体框架。框架是中国古典艺文学的重要脉络，对中国古典文艺学的深入研究，首先就要从框架结构着手，理清框架结构，对相关概念进行准确的界定，在研究的过程中，采取理论研究与实践论证相结合的方法。

（二）文学学科

在各种辞书和文学教科书中，文学的定义通常有几个共同的要义：第一，文学是一种社会意识形态；第二，文学是语言艺术；第三，文学是运用语言文字塑造艺术形象的一种手段。在各种正式的定义之外，一些学者还把“文学”理解为一门学科或一个学科门类。

我国一般由国家教育部门对本科专业目录和研究生学科、专业目录进行界定和分类，其中，“文学”是一直以来都被使用的学科门类。在“文学”的学科门类中，包含了中国语言文学、外国语言文学、新闻传播学、艺术学等四个一级学科，“文学”成了文艺、新闻、语言等学科的统称。由此，有专家学者提出一个问题：文学是不是一个学科或学科门类？

一般来说，学科是指对特定研究对象进行研究的科学体系，它包含了若干分支学科、边缘分支学科。在我国科学体系中，大多数学科都根据研究对象加上“学”或“论”作为学科门类，比如数学、语言学、教育学、相对论、控制论等，但并非所有以“学”或“论”字结尾的都是一门学科。

文学作为社会意识形态和语言艺术的具体体现，它应该作为具体的科学研究对象，按照一般的命名方式，应该称之为文学学。19 世纪中期，欧洲首先采用“文学学”一词；在我国，“文学学”这一学科命名还没有得到学术界的认可，我国的学术界一般以“文学”或者“文艺学”命名，比如，中国大百科全书将文艺学定义为“研究文学的特性和发展规律的科学”。

将文学的研究称为文艺学，有一定的道理，但还不够严谨。文艺是文学与艺术的统称。可以看出，文学是文艺的组成，但并不能代表文艺全部。因此，真正的文艺学是以文学或者艺术类学科为研究对象的所有的学科的总称。文艺学又可以被称为艺术学，它包含语言艺术学、声乐艺术学、表演艺术学、造型艺术学四个分支，后面三者称为狭义艺术学。因此，对文学的研究应该叫作文学学，作为文艺学的分支学科。

对文学学学科的形成和发展历程进行分析可以看出，文学学学科主要由两种方式建立：一是研究对象的渐次细化；二是学科之间的交融渗透，在今后的发展中，文学学学科的内容和体系会得到进一步的丰富，尤其产生的分支学科、边缘学科将继续增加，主流的研究方向是研究对象的更具体的划分和各学科之间的交叉。

第二节　文学传播理论

一、个人层面的文学传播者

个人层面的文学传播者研究，是一种微观的分析，它涉及文学传播者的社会角色、特点、素养等各种自身因素。

（一）文学传播者的分类

文学传播者构成复杂、人数众多，因而划分也很繁复。依据不同的分类标准，可以将文学传播者分成不同的类别，主要有以下两类：

1. 个体和群体文学传播者

这是依据传播者的人员构成和出现的人数来划分的。个体文学传播者是指以个人面目出现的某个具体从事文学传播的人，如作家、编辑、编剧等。群体文学传播者指几个人或一群人组成的从事文学信息传播的团体、组织或机构，如文学团体、剧团、电影摄制组、文学刊物编辑部等。

2. 专职和非专职文学传播者

这是依据传播者的身份和地位划分的。专职文学传播者是指以从事文学信息传播活动为职业的人，由此得到物质上的利益和心理或精神上的满足，如专业的作家、撰稿人、编辑、编剧，以及文学传播部门的专职人员等。这些人大多有较高的文学修养和较多的传播文学信息的经验。本节所研究的文学传播者，以专职人员为主。

非专职的文学传播者不专司文学传播，因此无须进行专门的训练与学习。他们可以自由地支配传播时间，灵活地运用传播方式，甚至随性所致，顺意为之。比如母亲在为孩子讲故事的时候，朋友之间聊天谈到当前流行的小说时可能无意之间充当了临时文学传播者的角色。

（二）文学传播者在文学传播活动中的地位

文学传播者是文学传播活动的主体，处于主导地位。

1. 文学传播者给文学传播活动提供对象，既是客体的同时，也给活动提供具体的规定

文学传播者所提供的是具体的文学信息，文学传播者所提供的总是具体的文学信息，如诗歌、小说、散文、电视剧等，这样，具体的文学接受活动就只能以具体的中介展开。这些文学作品的文本符号、语言特点及审美规定性就必然制约着受传者，使其按照一定的文学规律去接受。诚然，具体的文学作品及其中的人物、意象可以在不同的受传者心中呈现为不同的形态样式，就像歌德所说“说不完的莎士比亚”，但是尽管如此，说不完的仍然只能是莎士比亚。

根据异质同构原理，对象的结构形式只有与受传者的心理结构相吻合，才能为受传者所把握。没有与文学传播者赋予文学作品的结构形式相吻合的心理结构形式，想让受传者接受和建构具体文学作品是不可能的，这就是为什么并不是所有人都能读懂诗歌的原因。

2. 文学传播者通过创造和传播文学作品，使受传者在接受活动中不断地建构自己的审美心理结构并产生更高的审美要求

与受传者相比，文学传播者在文学领域活动的时间较长，具有一定的审美把握和审美表现能力。可以说，文学传播者总体是一个时代审美要求的最高代表和象征。因此，他们所创造和传播的文学作品对受传者来说具有强大的感召力量。久而久之，受传者的审美心理结构将得以不断地建构，并且会产生更高的审美要求。

这样，文学传播者就不仅创造和传送文学信息，同样也创造新的审美主体，刺激引发新的文学接受和文学传播。

（三）文学传播者传播活动的独特性

文学传播活动体现了文学领域独特的个性和魅力，作为文学传播活动主体的传播者，除了具备一般传播者的特点之外，还以其独特的行为方式影响着整个文学领域的发展，成就着文学作品非凡的魅力。

1. 文学传播者传播目的的独特性

获得最佳传播效果，实现最大程度的意义“传—通”，是每个传播者追求的目标。为此，传播者在传播信息时，都尽量使自己的意义编码清晰、易懂，从而使受传者在解码时，能够理解更多的传播信息。

文学传播者传播目的的独特性就在于：在追求“传—通”的基础上，追求心灵的自由创造，这是每一位文学传播者最大的追求，在传播的过程中实现自我价值的升华。换句话说，文学传播者在很大程度上是在追求自我价值的实现，抒发自我情怀。

现代象征互动理论的集大成者 H. 布鲁默提出了“自我互动”理论。他认为人能够与自身进行互动。人是拥有自我的社会存在，人在将外界事物和他人作为认识对象的同时，也把自己本身作为认识的对象。在这个过程中，人能够认识自己，拥有自己的观念，与自己沟通或传播，并能够对自己采取行动。

这种自我互动在本质上来说是与他人的社会互动的内在化，也就是与他人的社会联系或社会关系在个人头脑中的反映。在这个过程中，个人会沿着自己的立场或行为方式对他人期待的意义进行能动的理解、解释、选择、修改、加工，并在此基础上重新加以组合。经过这个过程的他人期待已不是原来意义上的他人期待，它所形成的自我也已不是原来意义上的自我，而是一个新的行为主体。

文学传播者的文学创作过程，实际上是人的传播方式在审美高度上的一种升华，是人的自由自觉生命活动的一种实现方式。不论文学是讴歌还是审视，赞美还是幽思，他笔下的世界中精神理念的高扬总会超越简单的善恶伦理判断，理想的高扬尽管夹杂着书生的稚气和拗气却不失对人类精神家园的策动，为社会保留下一份对人性高尚、纯美的向往。

新时期文学更多地负载了“文以载道”的重责，文学传播者由于时代的原因被集体推到了一个思想的神坛上供奉，也因为如此，社会责任的提升使文学传播者能够有更大的空间，从容地面对自己的心灵。

2. 文学传播者的传播活动具有鲜明的个体特征

文学传播的客体是现实生活，但是，由客体信息演化为文学作品，需要经过一系列复杂的审美表现过程。

正如清人郑板桥所说：“意在笔先者，定则也；趣在法外者，化机也。独画云乎哉。”虽然谈的是画竹，其原理与文学创作相通。现实生活的信息进入文学传播者的视野，作为主体的审美对象出现在眼前，也就是由“自在之物”转成了“为我之物”，其中离不开传播主体审美实践的参与和制约。

由此可见，文学传播者在对客体信息进行审美再创造的活动中，发挥着决定性的主体作用：

（1）文学传播者的选择标准由自身生活实践决定

客观世界是文学创作的源泉，但并不是所有的现实事件都能进入艺术表现领域，这需要文学传播主体按照一定的标准进行选择。

马克思曾说：“对于非音乐的耳朵，最美的音乐也没有意义，对于它，音乐并不是一个对象。”“焦虑不堪的穷人甚至对最美的景色也没有感觉；珠宝商人所看到只是商业的价值，而不是珠宝的美和特性，他没有珠宝的感觉。”类似的例子在文学传播活动中可以找到很多。比如边塞诗在唐代达到繁荣的高峰，入宋后却销声匿迹，这不是因为宋代边塞战争不如唐代频繁，而是因为宋代文人并不像唐人那样把从军入幕视作猎取功名富贵的一条通途，他们已失去投身戎马生涯的豪兴和体验，边塞的种种也不再进入他们的审美视野，客体和主体间传统的审美关系发生断裂，边塞诗也就一蹶不振了。

20 世纪 90 年代以前的新时期文学，“伤痕文学”“改革文学”“寻根文学”“乡土文学”“女性文学”，一波波的文学思潮与时代变革大潮中作家的经历息息相关。

20 世纪八九十年代以来，在全球化的冲击下，造就了大量的当代“文化移民”，文化移民是从遥远的传统中迁出并将迁徙到遥远的未来文明。在现代化的进程中，这些新移民成为无法定居下来的漂泊者。人们被迫或主动地成了新“文化移民”，而他们的特征也构成当代文学传播者最主要的特征——“流动性”。“流动性”是现代移民最基本的特征，流动总会导致各类旧的人际关系的终结，迫使人们在与新环境的不断调适中重建一套全新的观念与行为模式。流动也使人们成了心理旅程中的孤独者，这也是同时期作家的心路历程，于是，“文化移民”心态奠定了当时文坛的基调。

（2）文学传播者对客体的理解维度因人而异

文学传播者对客体的理解过程，实际上就是对其进行改造和变形的过程，即使同一客体，也会因传播者的不同而得到不同的阐释。

以“寻根文学”为例，激情勃发的岁月中，这些作家，他们依据长久积压在心灵深处的民族记忆进行创作，把民族人生的苦难和在苦难中的超越、沾满血泪的艰辛和对诗意生活的感悟追求熔铸到了一起，旨在修复这个伟大民族思想上的“断裂”，呼唤东方含蓄深远的人生境界。但即使主题如此一致，不同的作家对此的理解维度却有着很大区别。

张贤亮应该说是表现得较早的一位，深沉的反思和理性的思索使许灵均摆脱了“鬼魂的影子”而把自己的幸福根植于辽阔草原，让观众在对“牧马人”命运的浮沉中感受超越与物质之上的精神启示。一方是身价百万的生身父亲和美国身份的诱惑，一方是糟糠之妻和乡土人情的召唤，影片结束的时候许灵均又颠簸在了回西北小土屋的路上，真善美的精神内驱战胜了现实的实用享乐，为与乡土社会结合的知识分子找到了一条灵魂的锤炼之路。

同张承志的摇旗呐喊相比，阿成则表现得不温不火，慢条斯理地向人们讲述王一生的棋谱棋德，朴实的人物和朴素的语言渗透着儒、释、道三位一体的民族文化精神。上下五千年的沉潜笃实、忍辱负重、哀泪笑洒都被他用平淡如水的叙述点染了出来。于是我们看到了生活中的虚静、清远，看到了在无所求中求得性格的完善，看到了民族文化的复归和新生。

（3）文学传播者决定了客体的最终表现力

文学作品最终表现力如何，由文学传播者的能力决定。生活在同样背景下的人有千千万，但是只有一个鲁迅，一个曹雪芹。如何把心理意象外化为视听可以触摸的东西，形成文学作品，这需要文学传播者通过自己的艺术功力来完成。

文学表现力与文学传播者的才情、修养、技巧、生活经历等关系密切，我们见到有的人虽然具备敏锐的感受力，却不一定能写出好的作品，而有的人不但技巧娴熟，而且能够不受约束，不断激发灵感和想象力，主体的力量在这里表现得淋漓尽致。

文学是属于每个人的，有多少个个体，就可以有多少种文学的表达方式。陈染、林白、卫慧等对个体生命意志和感觉的凸显无疑证明了一种释放的可能，但这种可能存在的牢固性和发展的延伸域却是有待证实的，精神价值体系的形成与确立是必须以社会整体语境的规范为依托的。

二、作为文学传播者的大众传媒

文学传播者是文学传播行为的发起人，处于传播过程的首端，对文学信息的内容、流量和流向以及受传者的反应起着重要的控制作用。报社、出版社、电视台、电台等媒介机构是从事信息的采集、选择、加工、复制和传播的专业组织，从其生产规模的巨大性和受传者的广泛性而言，我们又把它们称为大众传播者，或称大众传媒，而以传播文学信息为主要任务的大众传媒就可以被看作是组织层面的文学传播者。

（一）作为文学传播者的大众传媒的特点

作为文学传播者的大众传媒具有以下几个特点：

1. 地位稳固

在面对面的人际传播或者组织传播中，由于互动渠道的畅通，传播者和受传者可以轮流扮演说话人和听话人的角色，比如文艺座谈会，发言者都可以算作是文学信息的传播者。在大众传播过程中，大众传媒与受众的角色关系是固定的，我们在读书、看报、听广播、看电视时只能单方面地接受来自传媒的信息。所以，其作为文学传播者的传者地位也是稳定的。

2. 大众传媒是一种社会组织，具有自身的组织目标和组织结构

这个组织的基本成员，在报刊社或者出版社一般是以编辑为主的文学传播工作者及相关工作人员，他们被分配在不同的部门，执行不同的职能。这些人虽然也作为个人存在，但是他们在文学传播过程中是以组织代表的身份出现的。所以，他们的文学传播活动就不纯粹是个人活动，而具有组织的性质，要经过组织内各关节的控制和引导，具有该组织的特色。

3. 大众传媒是大众传播生产资料的直接控制者和使用者

大众传播媒介拥有先进的技术、设备及各种必要的工具和手段，它们直接由传媒组织控制和使用。一些重要的“稀有”公共传播资源，例如广播、电视使用的电波频率、视频信号等，是国家以某种制度方式委托给传媒组织专用的。

大众传媒上述三个特点，使得它们比其他类型的文学传播者地位更优越、力量更强大。在某种意义上来说，大众传媒也是文学传播特权的拥有者，它们所拥有的传播能力和权利都远远超过了作为个人的文学传播者。

（二）文学传播者是文学信息流通的“把关人”

文学传播者控制传播媒介，制约传播过程，使文学作品的生产和消费按照一定的方向衔接，实现有效的传播往来，文学传播者在文学传播过程中扮演着非常重要的社会角色。

随着科技的发展，大众传播媒介以惊人的速度迅速地渗透到社会生活的方方面面。在大众传播媒介的强效作用下，文学与不同媒介进行联姻：印刷技术的普及使报刊得到长足发展，拥有广泛受众群体的报刊成为文学的主要载体。为了适应报刊的特性、迎合大众的口味和阅读习惯，发表于其上的文学作品也进行相应的调节和改变，甚至与报刊结合创造出了新的文学样式。随着媒介的发展，占主导位置的印刷文化让位于视觉文化，电影、电视成为主要的大众传播媒介，文学搭上影视快车，迅速进入了公众的视野。

从影视剧本到“影视同期书”，文学借助影视媒体的强势传播效应进一步向民间开放。当网络走进日常生活，成为人们工作与生活交流的主要工具后，文学在新媒介的冲击和作用下，也发生了革命性的改变：网络不仅改变了文学的书写工具，还在相当程度上影响并改变着文学的存在方式、人们的艺术思维模式与审美习惯，它使文学拥有了前所未有的广泛的著作群和读者群，它开始作为一种言说的主体，充分、自主地表达自身的文化。正如尼葛洛庞帝的《数字化生存》在谈到互联网时代的文艺创作时说：“我们已经进入了一个艺术表现方式得以更生动和更具参与性的新时代，我们将有机会以截然不同的方式，来传播和体验丰富的感官信号。”

1. 文学传播活动的“把关人”理论

“把关人”一词，最早由美国社会心理学家、传播学的奠基人之一的库尔特·勒温提出。二战期间，美国为节约战争开支开展了一场号召人们食用牛下水的大规模宣传活动，勒温在对这场宣传活动的过程进行研究时发现，除非家庭主妇们接受了宣传，把牛下水买回家并做成菜肴搬上餐桌，否则她们的丈夫或孩子很难有机会接触并接受这种不习惯的食品。在这个过程中，家庭主妇实际上起着一种“把关人”的作用。

1947 年，勒温在他的《群体生活的渠道》一文中再次论述了这个问题，认为在群体传播过程中存在着一些把关人，只有符合群体规范或把关人价值标准的信息内容才能进入传播的渠道。

1950 年，传播学者怀特将这个概念引进新闻研究领域，明确提出了新闻筛选过程的“把关”模式。

这个模式也同样适用于文学信息的传播过程，通过这个模式，我们可以清楚地看到，传媒组织形成了一道“关口”，通过这道“关口”最终传达到受传者的文学信息只是众多文学信息中的少数。

作为文学传播者的大众传媒，根据媒介组织的规定原则以及个人的意见等，就文学信息是否能通过“关口”或继续在渠道内流动做出决定。

2. 文学传播“守门人”作用的实现途径

（1）文学信息检查

这是“守门人”最基本的功能，他对试图通过关卡的文学信息有进行查看的权力，并由他代表媒介组织及受众的要求和需要，对文学信息进行鉴别和选择，决定其能否进入大众传播渠道。在这个过程中，他们会对文学信息行使阻止、删减或通过等权力。

美国政治学家科恩，在提到报纸的作用时说：“报纸或许不能直接告诉读者怎样去想，却可以告诉读者想些什么。”1972 年，美国传播学研究者麦康和肖首先提出“议程设置”这个假设，其中心思想是：公众通过媒介知晓事件或问题，依媒介提示的角度思考，按照媒介对各种问题的重视程度来调整自己对这些问题重要性的看法，或者说媒介对某一事物的强调程度同公众对同一事物的重视程度构成正比关系。

大众传媒具有“议程设置”功能，它会授予它所关注的问题以特殊的重要性。最能体现大众传媒文化主导性的莫过于主持人出书热。倪萍的《日子》、赵忠祥的《岁月随想》、水均益的《前线故事》、崔永元的《不过如此》……如果离开了中央电视台这个平台，这些书可能只能是一堆垃圾摆在库房里无人问津，但是它们不但没有积压，反而全部都成了畅销书，这也给大众媒介的“文化热点引导者”的形象做了最好的注解。

当代文学传播中，文学传播者借助大众传媒的力量成功地制造了一波又一波的阅读热点，在事实上引领了读者的阅读视野。一种或一类文学作品的诞生，一位或一类作家作品的出现，在大众传媒的参与下，更像是一个个文学事件在上演，极大地吸引了人们的注意，成为不得不被关注的焦点。在大众传媒的影响下，人们翘首以盼等待着一个又一个阅听热点的降临。20 世纪 90 年代，贾平凹的《废都》、莫言的《丰乳肥臀》、铁凝的《大浴女》都曾是轰动一时的文学作品，几乎无人不知无人不晓，这固然与这些作品本身的出色及某些地方的出位相关，但如果离开媒体的宣传报道，也是不可能获得如此大的成功的。

（2）文学文本的“清洁维修工”

“清洁维修工”的称号，是美国著名编辑萨克斯 · 康明斯用来形容自己职业的。

文学传播“守门人”工作必须有一个前提，即存在着文学创作者的思维成果。也就是说，“守门人”做的是“为他人作嫁衣裳”的工作，他的劳动成果总是依附在别人的劳动成果之上。通过“守门人”的工作，文学信息达到可以出版或者可以上映的水准。

文学传播“守门人”的依附性是由其工作性质所决定的。被称为“天才的编辑”的帕金斯曾经告诫编辑：“如果你有一个马克 · 吐温，切勿把他变成一个莎士比亚，也不要把一个莎士比亚变成马克 · 吐温。因为一个编辑最终能够从一个作者身上发挥的，只能是作者本身所固有的。”

这就是说，文学传播者的“把关”工作，其目的就是发掘出文学创作者本身所固有的经验、知识、能力及特色，使文学作品能更好地传播。

文学的原著文本，主要是由作者创建的，作为文学传播者的大众传播媒介，主要是将这种文本模式进行加工和传播，使之成为社会流行的一种模式、范式。通过对文学文本的鉴审、选择和重新组合，使若干文本重新组合，形成一个系统整体。随着人类文化的发展，文学传播者的创造性活动，越来越突出地表现在使用怎样的媒体模式与传播怎样的信息方面。特别是随着近代信息传播的需要，报纸、期刊、广播、电影、电视等传媒的出现，使得编辑们将自己的主要精力和时间花费在媒体模式的创造上。不同性质、不同目的、不同事业、不同层次、不同传播方式和不同传播对象的媒体，要求在内容与形式、深度与广度、速度与精度、时间与空间等各方面展示出独立的媒体特色。编辑们没有不为自己所从事的传播媒体的特色而殚精竭虑的。一个报刊编辑部，主要精力用于报刊模式的建设。电视节目的编辑们日夜奔忙，为的是如何使荧屏媒体模式更为新颖、完美、有效地传播更丰富的视听信息。

文学传播者为了维护社会、媒介机构的利益和要求，为了使文学信息获得更好的传播效果，通常会对文学信息进行加工，然后才准予“放行”。

（3）导向功能

检查、加工和评价功能的释放，对传播者和受众的传播、接受行为具有促进或抑制的作用，这就是导向的功能。这也是“守门人”必须要承担的责任。

和传统的文学传播系统相比，大众传播系统虽然诞生较晚，但影响力却日渐深远。“媒介现实”成了人们认识世界的主要来源。大众传播媒介的发达直接导致了海量信息的出现，快节奏的生活，市场化的文学创作倾向，又造成了文学作品的质量良莠不齐。如何在大众传媒上找到优秀的文学作品，成了留给受众的一道难题。

当代小说创作尤其是长篇小说创作非常繁荣，但是仔细审视却发现雷同之作甚多。许多作者以惊人的速度不断生产同样的作品，而不同作者的作品往往会有惊人的雷同。整个小说创作形成了一个趋同化的倾向。作家本身对这种雷同负有不可推卸的责任，有的作家不断地生产注水小说，在一个短篇的构架中注入冗余的细节，将之拉长为中篇小说；有的作家借尸还魂，改换人名地名，将一篇小说复制出许多变种；有的作家则从影碟中寻找灵感，抄袭国外电影中的故事；还有的作家缺乏对生活的思考，表面化地描写生活。

信息高速公路是“后大众传播时代”的产物，它以其迅捷方便的特点改变了人们日常生活的思维方式、生活方式甚至消遣娱乐方式，但是，其负面效应也引起一些有识之士的深深忧虑。信息高速公路所造成的负面效应，包括一些负面信息等，导致精英文化在信息网的传播中受阻，大众文化日益泛滥。加之，信息的过分杂芜和私人化，使得现代心灵疾病如孤独寂寞及所谓的“电子综合征”——精神幽闭、意识抑郁等频现，只能在虚拟时空中与人交流，其自卑远远超出以往所有时代。

（4）桥梁功能

“守门人”处于传播者与受众的中间地带和交接点，具有桥梁的作用。在文学传播过程中，“守门人”如编辑可以利用自己特殊的身份，采用约稿、鼓励、倡导等手段使艺术家的优秀作品，早日与受众见面。20 世纪 20 年代初，著名编辑孙伏园主编《晨报》副刊，开辟了一个“开心话”专栏，约鲁迅撰稿，鲁迅以“巴人”的笔名，开始连载《阿 Q 正传》。鲁迅后来回忆说：没有孙伏园这位编辑办的副刊和开设的专栏，没有他“笑嘻嘻”地催稿，《阿 Q 正传》在当时大概也是“产”不出来的。

第二章 文学的传播媒介

媒介是文学传播的核心概念之一，文学传播媒介是传播文学信息符号的物质载体，正如传播学大师施拉姆所言："媒介就是插入传播过程中，用于扩大并延伸信息传送的工具。"然而，在传统的传播学研究中，"媒介"一词本身具有多义性，在不同的情境、条件下，有不同的意义所属。概括地说，文学传播媒介大致包含两种含义：一方面，它是文学信息符号的载体、渠道、中介物、工具和技术手段，例如"小说文本""戏剧脚本""史诗传说""文字网页"等；另一方面，它也可能指从事信息的采集、符号的加工制作和传播的社会组织，即"文字传播媒介机构"，如"作家协会""创作团体"等。这两种内涵所指的对象和领域不尽相同，但无论作为哪一种含义层面上的"媒介"，都是社会信息系统不可或缺的重要环节，都值得我们研究和探讨。

第一节 文学传播的媒介历史

一、口语传播与文学

就人类信息传播的发展历程看，语言的产生是真正意义上的人类传播活动的开端。口语传播是人类传播活动的第一个历史发展阶段，是人类传播史中的第一个里程碑。口语的产生不仅大大加速了人类社会进化和发展的进程，而且为文学的产生和发展提供了最基本、最常用和最灵活的传播手段，马克思将人类的思维和语言的产生，形象地比喻为"地球上最美丽的花朵"。

从传播学的角度看，关于"语言的产生"历来有不同的见解。施拉姆在其经典名著《传播学概论》当中，曾经总结过西方学者的一些理论观点。例如"汪汪"理论，这个理论认为语言是通过模仿自然界的声音（如狗叫、雷鸣或波涛）而形成的。再如"感叹理论"，这个理论认为讲话是由偶然的感情流露所产生的。或者如"唱歌理论"，这种理论认为，语言是从原始的用于传递感情和欢庆事件的歌曲中演变出来的。又如"呦-嗨-呵"理论，这个理论认为语言是用力、使劲发出的呼噜声音演变而来的。还如"约克-约克"理论，这个理论认为语言是刚好与特别重要或特别兴奋的事件有关联时发出的偶然性声音演变而来。然而，马克思主义的传播观认为：语言是人类在劳动和社会协作活动中产生的，其本身经历了一个漫长的发展过程。德国著名生理学家伽达默认为，语言本身就是一种世界观，人因为有了语言，所以有了一个“世界”，同“世界”有了一种“关系”，对世界有了一种特殊的“态度”。从文艺学原理看，语言媒介是人类所掌握的最高形式的符号系统，它摆脱了物质直观性，可以约定俗成运用概念指称事物，构成人与他界之间的特殊符号关系。一般来说，语言媒介有两个显著特点：一是表义性；二是表象性。马克思曾经说过：语言是思想的直接现实，在历史实践过程中，人类为了相互间进行广泛的思想感情交流，创造了语言这个交际工具。语言符号系统通过语言文字来指称某事物，创造一系列的概念术语，可以使人直接描述和传达自身的思想感情。语言的表义性特点为语言艺术表达主体的审美情思提供了广阔的天地。所谓“语言媒介的表象性”是指：语言虽然不具有极强的物质直观性，它不在读者面前直接展示物的具象，但它可以使人产生表象，这种表象的产生依赖于欣赏心理活动，也更有利于调动欣赏者的审美想象活动。

在口头传播时代，文学因语言而传扬，语言因文学而丰富。翻开中外文学传播的历史，许多优秀的文学作品就是在口头传播时代应运而生的，例如古希腊的《荷马史诗》和《伊索寓言》就是其中的代表。《荷马史诗》是古希腊早期文学作品的代表作之一，相传是公元前 9 世纪—公元前 8 世纪的盲人诗人荷马所作，但很可能是许多行吟诗人对民间流传的故事、民歌进行加工创作的产物，在公元前 6 世纪成为定本的。这部史诗分为《伊利亚特》和《奥德赛》两部，各有 24 卷。《伊利亚特》有 15 000 多行诗句，它以“特洛伊战争”为题材，主要讲述了希腊人对小亚细亚的特洛伊城作战到第 10 年的最后一个多月里所发生的围绕希腊联军统帅的事情，但却较充分地展示了迈锡尼时代希腊人的社会生活。这部史诗以浪漫主义与现实主义相结合的笔调，将古希腊神话与历史事实融为一体，构思精巧，语句洗练优美，堪称世界文学史上的不朽名著。到了公元前 8 世纪—公元前 6 世纪，由于口头传播的发达，希腊文学呈现出多样化的发展趋势，出现了以寓言为形式的创作，产生了著名的《伊索寓言》。这部寓言集是一部以讽喻性、规劝性的小故事为主的故事集，传说是由曾经是奴隶后来成为自由人的伊索编撰而成。该书包括约 400 个简短的故事，形象生动，语言深刻，是西方文学史上的一朵奇葩，对后世的影响很大。

二、文字传播与文学

文字出现，是人类传播发展史上的第一个里程碑。最早的文字产生于奴隶社会初期，在公元前三四千年，中国、埃及、印度和两河流域（幼发拉底河、底格里斯河），分别出现了早期的象形文字。美国历史学家巴勒克拉夫在《泰晤士报世界历史地图集》中指出："公元前3000年文字发明，是文明发展中的根本性的重大事件。它使人们能够把行政文字和消息传递到遥远的地方，也就是中央政府能够把大量的人力组织起来。它还提供了记载知识并使之世代相传的手段。"巴勒克拉夫的这段话从一个侧面概括了文字媒介对文学传播的重要意义：首先，文字媒介克服了声音语言转瞬即逝的弱点，它能够把文学信息、文学符号长久地保存下来，人类的文学知识、文学经验的积累和文学成果的储存不再单纯地依赖人脑的有限记忆力；其次，文字媒介能够把文学信息传递到遥远的地方，打破了声音语言的距离限制，扩展了人类文学交流和文学活动的空间；第三，文字媒介的出现使人类文学的传播不再依赖容易变形的神话和传说，而有了确切可靠的资料和文献依据。总之，文字媒介的产生使人类文学传播在时间和空间两个领域都发生了重大的变革。文字作为人类掌握的体外化符号系统，它的产生也大大加速了人类利用体外化媒介系统的进程。

有了文字，也就有了文字书写，继而有了手写的文学信息传播，这种传播样式突破了口头传播在时间和空间上的阻隔，可以使文学信息传播的容量更大、内容更准确、距离更远、留存的时间更长久。举例来说：我们可以从古埃及的文化遗产中看到象形文字、纸草与文学传播之间的密切关系。在早期农业文明所奠定的基础上，古埃及人展开了卓越的文化创造活动，留下了丰富的文学遗产。在国家形成之初，古埃及人就发明了图形文字，到了古王国时期又创造了成熟的象形文字。到了中王国初期，逐渐形成了固定的几十个字母，形成了相对完备的象形文字系统。古埃及的象形文字一向以复杂、难用而使人望而生畏，1824年法国著名学者商博良经过艰苦的深入研究，出版了《象形文字概论》一书，对古埃及象形文字进行了成功的解读，才使得它与古埃及文明重新展现于世。记录古埃及文字的书写材料也别具一格，古埃及人经过反复探索学会了用纸草、芦管和用植物的浆液制作的墨水来书写文字。

文字媒介有其自身独特的传递、逸散信息的功能和方式。内蕴的多义性就是文字媒介独特性的一个重要方面。蕴藏一定的意义，贮存一定的信息，这是一般媒介所必须具有的功能特征，也是媒介可以成立的必要前提。文学艺术贵在含蓄无限，它通过有限来表现无限，通过"一"而指向"多"。而文字媒介的模糊多义性，为文学作品的表现提供了广阔的空间，使其内容的含量达到了"言有尽而意无穷"的极佳境界。雪莱在《为诗辩护》一文中指出："诗人的语言主要是隐喻的，这就是说，它指明事物间的以前尚未被人领会的关系，并且使这领会永存不朽，……如果没有新的诗人出来创造新的联想，语言就不足以表现人类交接中一切比较崇高的目的了。"事实上，透过语言文字概念的表层含义，读者可以从中体悟到人类对于宇宙人生的玄思冥想。文学作品的创作者在有限的语言结构之中，注入一种无限的宇宙意识。由于文字媒介具有内蕴多义性的特征和功能，文学创作主体在进行文学创作时就一定要注意到这种特性的存在；而文学的欣赏者在欣赏文学作品时，也应该打破惯常的一般媒介观念，从审美接受的角度，发挥审美欣赏的创造力，穿透有限的表层媒介职能，去领悟媒介深层的内蕴，这样才能体验到艺术的极致境界。

三、剧场传播与文学

从西方古代传播的历史发展进程来看，“剧场”媒介与文学传播的发展有着密切联系。以古希腊为例，到了公元前5世纪，古希腊的悲剧与喜剧的创作繁荣起来。随着奴隶制经济的发展与雅典民主政治的形成，公民文化生活的需求日益增长，雅典的公民大会常常讨论戏剧问题，中央政府也组织戏剧的上演，为优秀剧作颁发奖品，甚至为观剧的公民发“观剧津贴”。在这种历史背景下，剧场的建设方兴未艾，为戏剧文学的传播提供了很好的物质基础条件。雅典的狄奥尼索斯剧场是一所规模庞大的露天剧场，可以容纳30000名观众。在具有广泛群众性的基础上，一大批著名的悲剧、喜剧作品从民间节日歌舞与祭祀的表演中发展起来。在当时剧场纷纷建立、新剧目不断上演的热闹场面下，雅典诞生了著名的三大悲剧家。

四、电子传播与文学

电子媒介的出现是人类传播史上的又一个里程碑，给人类社会带来了深远而巨大的影响。早在16世纪，人类就对电磁通信产生了浓厚兴趣，1558年，西方人鲍尔达写了一本名为《应用自然力的魔力》的书，书中描写的“共振的电报机”就是一种利用电磁来进行通信传播的设计。1837年，美国人莫尔斯发明了世界上第一台实用的电报机；1844年，第一条电报线路在美国开通，莫尔斯从华盛顿向巴尔的摩发出了人类历史上的第一封有线电报，电报的内容是《圣经》中的一句话：“主啊，你创造了何等的奇迹！”然而，这个奇迹并非上帝所创造，而是人类科学技术发展的结果。1858年，当横跨大西洋的海底电缆宣告竣工时，接近于实时传播速度的远距离信息传递已经成为现实。此后，这种“闪电式的传播线路”迅速发展，形成了巨大的通信网络。在19世纪末期，电影媒介的发展也异常迅速。

电子时代的传播形式对传统文学创作和文学体制产生了强大的冲击，同时为文学的发展与变迁提供了崭新的契机。

传统的文学呈现渠道与现代电子传播渠道的结合，产生了一股“合力”。这种“合力”使得文学影响的范围更广、传播的领域更大。特别是现代大众传播媒介的介入，使得文学的价值再一次被重估和彰显。具体来说，每一种电子媒介的出现和广泛应用，都会使文学面临一次新的机遇和挑战。电报的发明使得文字信息的传递可以超越高山大海的阻隔，瞬间散布，广为播撒；广播媒介的有声语言传递，为文字的传播提供了表达生动的舞台，许多文学作品成为广播节目中的重要内容；电视媒介的普及，提升了文学的影响力和美誉度，文学不仅成为电视媒介的内容构成，而且文学作品的魅力被电视媒介所看重、所利用，成为电视运营机构编制传播内容“取之不尽、用之不竭”的养分源泉。

五、网络传播与文学

网络传播是指通过电子计算机网络所进行的信息传输和交流过程，这是一种以地空合一的信息高速通道作为传输渠道，以功能齐全的多媒体电脑作为收发媒体的极具开放性的传播活动。网络传播的实现，有赖于三个方面的技术发展和进步：是由于计算机技术的进步，自从 1946 年世界上第一台电子计算机问世以来，经过 70 多年的发展，这项技术有了极大的提高，1981 年世界上出现了第一台个人计算机以后，这一高科技产品迅速进入千家万户，渗入社会生活的各个领域，如今个人计算机已经能以极快的速度处理巨量的多媒体信息；二是由于通信技术的发展，20 世纪末期通信技术的突飞猛进，使得微波、卫星、光缆成为当今信息传输的三大支柱，各国的微波线路四通八达，太空中各类通信卫星星罗棋布，欧美发达国家国内中继干线已经完成由同轴电缆向传输容量更大、速度更快的光缆的转换，国际间的海底光缆、越洋光缆也在不断地铺设中；三是由于网络技术的发达，当今世界上，覆盖面最大、应用最广泛的计算机网络便是互联网，互联网起源于 1969 年美国国防部创办的阿帕计算机网，1986 年美国国家科学基金会建立网络连接全国所有的大学和科研机构，1993 年互联网对公众开放并在全世界范围内迅速扩张，最终使得这个网络成为现代最先进、最有发展潜力的国际信息传播渠道。

网络传播信息的方式很多，目前比较常见的主要有三类：第一类是网络浏览（或信息检索），浏览和检索的基本手段主要是万维网，这是美国国家超级计算机应用中心 1993 年开发并逐步加以完善的超文本、超媒体浏览工具，借助它用户可以自如地从一个文本转换到另一个文本，从文本资料转向音像资料，从而快捷方便地从网上浏览、采集、复制各种信息；第二类是电子邮件，职业和非职业的传播者都可以通过互联网向寄信那样将信息传送给某个人或某些人，传送方式可以是“点对面”，也可以是“点对点”，目前该种网络传播方式已经十分普遍和流行；第三类是电子论坛，这是在网络上设立的交流各种信息和观点的场所，具体名称有很多的差别和变化，比如“新闻讨论组”“电子公告板”等，往往是某些机构、团体、群体设立的自由传播信息和观点的场所，是一种不受时空限制的“观点的自由市场”。

网络时代的传播形式对传统的文学传播形式产生了强大的冲击。正如人们所看到的那样，计算机网络的出现为文学的发展提供了一个更为广大的空间，“网络文学”的兴盛使得文学发展呈现出异彩纷呈、变化莫测的态势。网络文学的发表仅仅是按动鼠标把自己的作品送上电子公告牌；不会受到编辑、印刷成本、权威批评家或者文化管理部门的制约。网络空间提供了一种崭新的文学社会学。许多遭受文学体制压抑和遮蔽的声音得到了释放。网络已经不再是控制在文化精英手中的公共空间了。某种意义上可以说，网络文学似乎返回到了文学的原始状态：人人都可以无拘无束地利用文学形式抒情言志，或者叙述种种白日梦，网络文学废除了经典体系派生的种种规则，包括作家的身份。众多的声音一拥而上，坦然地踞守自己的一方空间。这时，网络空间作品时常是一种即时性消费，没有多少写作者像推敲经典那样精益求精。文学体制的撤除、作家身份的丧失是与精英或者那种载入史册的经典渴求背道而驰的。这将为新型的文学演进制造一个前所未有的表演平台。

第二节　媒介发展对文学的影响

在传统的传播学研究中，一般将信息传播者与信息接受者之间相互进行信息交流的诸种途径、手段、方式，称为“渠道”(channels),而将扩大人类信息交流能力的传播中介物称为“媒介”(media)。人类传播活动、传播媒介的发展是与生产力的发展协调一致的，客观上推动人类社会方方面面的进步，对文学进步的影响也不例外。

一、媒介发展为文学的进步开辟道路

在人类社会的史前期，文学创作与传播都是凭借一系列原始而简单的手段进行的。远古时期，人类面对异常艰苦的生存环境，改造世界的能力极为有限，文学活动也受到了极大的限制。这个时期,文学的幼苗艰难地生长于人类与自然斗争的险恶环境中,依靠“口耳相传”，并借助“手势体态”，在有限的时空内传承。尽管口头语言具有把声音同它所指的对象分离的特征，但作为一种传播手段仍然不能离开发出声音的“人”而独立存在；况且，口语传递文学信息需要依赖人的记忆，信息保存比较艰难，信息流传的精确性也大打折扣。文字的产生以及书写工具、材料的应用，将文学传播提升到另一个前所未有的高度，进而在客观上为文学的繁荣和发展铺平了道路。

以中国文学的发展为例，可以很清楚地看到这条历史脉络。“石头”“木块”“竹简”在中国文明社会的早期都曾经被作为记载文学的材料；以刀为工具进行凿刻，曾是记录文学的主要方法之一。中国先秦时期的众多文学资料、文学典籍，都是以这样的历史形态流传于世的。随着公元105年蔡伦纸张制造技术的革新，原材料低廉、工艺便捷的“造纸术”得到了广泛应用，从此纸张成为中国传统文学的主要载体。在东汉末年，甚至出现了因造纸而闻名于文学界的山东人左伯，他造的纸张被尊为“左伯纸”，受到书法家的钟爱。公元404年，东晋政府下令“废简用纸”，使得纸张日渐普及，随后出现了抄经热、抄书热。1046年，宋朝印刷工匠毕昇自创胶泥活字印刷技术，一改传统雕版印刷的费时费力，使得文学作品的大量印刷和传播成为可能。15世纪中叶,中国的印刷术影响到西方,德国人古登堡采用铅、锡、锑合金制成活字版,完善了金属活字印刷技术,并发明了世界上第一台手摇金属活字印刷机，将机械技术应用到印刷过程中，一次可印刷许多份同样内容的书面材料。古登堡使用手摇印刷机于1456年印刷了200本《圣经》，这个事件成了文学传播史上的一件大事。美国著名传

播学家德福勒等人曾这样评价古登堡印刷《圣经》这一事件的意义："古登堡的发明激发了西方世界一场名副其实的传播革命。在印刷术发明之前，寥寥无几的人垄断了书本知识，大多数书籍都是拉丁文的，随着印刷术的推广，科学、哲学和宗教的进步缓慢地传向几乎所有能读书识字并能买得起书籍的人们。尽管当时读书识字尚未得到普及，而且书籍仍然价格昂贵，但是，在哥伦布从事他那具有历史意义的航行前，西方已经印刷了2000多万册书籍。"

二、媒介发展促进文学接受主体的变革

显然，从传播媒介演进与文学进步发展的互动关系上看，文学传播活动大致经过了口头传播—文字传播—印刷传播—电子传播—网络传播等几个历史阶段，每种主导的传播媒介都与当时的科学技术发展水平密切相关。如果我们把视角转换一下，从文学传播接受主体的角度观察问题，则不难发现：文学传播媒介的每一次进步和发展，都对文学接受主体发挥着深远的变革意义。

原始形态的文学传播受到"口耳相传"的制约，其接受主体的数量不会特别庞大，文学传播的影响范围也十分有限。文字媒介弥补了口头传播"转瞬即逝"的弱点，在相当大的程度上促进了文学遗产的传承。但是文字媒介以及后来的印刷媒介在成就文学传播"流芳百世"之时，也为文学传播制造了一个不可忽视的"传播门槛"，即"接受主体是否识字？""具备什么样的文化程度？"从此之后，识字多少、知识水平等文化因素成为限制文学传播接受人群不断扩大的"瓶颈"——作品的精妙构思、字里行间的匠心独运、深邃的思想内涵等文学内容都需要经由专门的"文学修养"才能被解读和吸收，此时的文学传播与信息接受成了"有知识者"的特权。电子媒介的"声情并茂"在相当程度上降低了人们接受文学信息传播时的"门槛"，正如加拿大著名传播学家麦克卢汉所言：我们应该举双手欢迎电视时代的到来，因为电视恢复了人的本性，报刊书籍把活字一行一行地印在纸上，造成人们直线型、平面型的思维方式，妨碍人们像现实生活中那样立体地认识世界，而且无情地剥夺了儿童、文盲接触媒介的权利，正是托电视的福，一举克服了这些缺陷。

新媒介环境下的文学传播，更加鲜明地体现出对文学接受主体全方位、多角度的影响与互动。同传统的文学接受过程相比，新媒介环境下的文学传播具有了一些新的特点：崭新的文学创作主体和多元化的文学文本；全新的阅读环境和迅捷的互动交流平台。具体来说，由于新媒介环境的"虚拟性"特质，打破了传统的以"审查制度"为代表的文学体制模式，这就使绝大部分的人有了公开自己作品的机会，原来只有作家和少数文学修养比较高的人才能发表作品的局面被打破了，创作者的总体地位下移了，创作不再是个别人的"特权"。创作主体的多元化带来了创作动机的多元化，传统文学创作的审美追求难免受到挑战，文学传播

变得更加随意。随之而来的是文学传播接受环境的改变。新媒介环境下文学创作主体总体地位的下移，造成了文学传播从“阳春白雪”的小众传播到“下里巴人”的大众传播，文学传播的总体对象发生了深刻变化。除此之外，“书本阅读”逐渐为“电子阅读”所取代，使得文学接受者的自由性和自主性得到极大舒展；接受者社会角色的转换也带来了阅读动机的多样化，审美性的、娱乐性的、补偿性的动机形形色色。更为重要的是，新媒介环境产生的“虚拟情境”，打破了传统社会人们固定的社会角色定位，文学接受主体本身角色定位的随意性更大，信息选择的自由度更高。另外，新媒介环境带来的文学传播“信息爆炸”甚至是“信息泛滥”的结果也特别值得深思，从某种意义看新媒介环境下的文学传播比传统的书本式的文学传播更容易使人“疲劳”；还有在追逐大众文化和市场价值的思想左右下，新媒介环境下的文学传播也往往体现出明显的“逐利”倾向，“逐利”的文学传播不利于接受主体审美修养的提高，文学传播提升受众审美水平的传统使命被消解。但问题的另一方面是，新媒介技术也为真正实现文学创作主体与接受主体的充分交流和互动开辟了令人欢欣鼓舞的乐观前景。

三、新媒介环境下文学传播面临的机遇和挑战

在人类社会及文学传播一起走进“数字化生存”的今天，文学传播的审美历程是否具有传统意义上的不断“进步性”？新媒介环境下的文学传播是否保持了人类既定的审美旨趣？评价文学作品的标准是看重其“艺术”的人文性内涵还是执迷其“技术”工具的幻象创造？这些都成为必须仔细考辨和斟酌的课题。被称作“第四媒体”的计算机网络借助先进的电子信息技术，已日渐把自己塑造成了一呼百应的“偶像”，这使得“媒介技术决定论”和“技术沙文主义”又有了滋生的土壤，并可能导致“技术理性”的横行无忌，造成人文价值理性的遮蔽和冷落。于是我们看到，新媒介技术“双刃剑”的特性显露无遗。新媒介环境下文学传播面临的机遇和挑战至少涉及如下几个方面。

一是“游戏冲动”对“审美动机”的消解。新媒介环境下文学创作主体构成的多元化，造成了文学创作的“泛化”甚至“边缘化”，文学虽然不再是特殊人群的特权，但也逐渐淡化了强烈的审美旨趣，以网络文学为例，网络文学写作的“发初者”们多数不是搞文学的，甚至不是搞“文”的，大多属于文学边缘人群或业余文学爱好者。上网休闲、摆弄文学的“无心插柳”其实更多的是游戏冲动，而非审美动机。从技术的角度说，新媒介传播尤其是网络传播更适于艺术中的游戏倾向，它追求光影之间的感官效果，很容易消解人们心中对于永恒性的崇拜，进而使原先向往纯美与崇高的理性思维麻木。从积极的角度看，“游戏”是张扬个性、使人性解放的有效手段，但对“拖动鼠标与网络共舞”的游戏冲动的偏执创造，难免

会动摇责任与道义、松懈意志和旨趣，可能使文学艺术活动失去庄重和崇高，乃至抛弃价值和意义，最终使创作始于游戏而止于游戏。

二是“技术智慧”对“艺术规律”的消解。新媒介说到底是一门新技术，新时代的文学传播与传统文学传播的区别首先是由技术载体的分野引起的。“以机换笔”“软载体飘移”“无纸传播”“蛛网覆盖”“交互式欣赏”“虚拟现实”等，这些文学传播新现象都是基于新技术背景而出现的。但新媒介技术不等于艺术，技术优势不等于文学强势。也许有人会说，新媒介会改变文学的载体和传播方式，会改变读者阅读的习惯，会改变作者的视野、心态、思维方式和表现方式，但问题的关键在于它能否改变文学本身。说到底，文学源于生活积累，源于精神创造，而非源于技术，技术只是艺术借助的工具、手段罢了。虽然在文学艺术的发展历史上艺术起源于“技艺”，但艺术一旦从“技艺”中剥离出来就超越了“技艺”，提升了自己的精神创造性而朝着价值理性迈进。新媒介技术无论多么神奇，它仍然只是技术而不是艺术，它永远代替不了艺术本身。

工具性是一种以工具崇拜和技术主义为生存目标的价值观，而价值理性是以人的意义，人生的追求、目的、理想、信念、道德以及人性的终极关怀为皈依的人文精神。所谓“形而上谓之道，形而下谓之器”，工具理性着眼于“器”与“物”的因素和目的，价值理性则关注于“道”的宗旨和“人”的因素，它们往往是两种相互对立的价值观及认知方式。新媒介技术的泛化和至上化所引发的“工具理性”具有一种见物不见人、重器不重道的实用主义技术观倾向。技术决定论导致的主客分立的二元论出现，导致技术成为一种异己的、破坏性的力量横陈在人类面前，禁锢着人的生存价值和意义。新媒介技术作为文学的“工具”，是人类迄今为止发表作品最容易、传播作品最便捷的技术载体，尤其是在数字化技术所营造的虚拟空间里，人们可以“秀才不出门，便知天下事”，可以“运筹于帷幄之中”，可以实现“天涯变咫尺”的情景，可以实现不必依赖于自身的亲感、亲为就能够认识世界的结果。从这个角度来看，新媒介技术的虚拟性与艺术创作的虚构性和想象性有共通的一面，这对文学创作是有利的；但另一方面，由于新媒介技术的新奇和玄妙，又可能使人们陷入技术工具的黑洞而不能自拔，进而迷失文学艺术的本性，误将虚拟的技术符号当作普遍的真实价值，其严重后果是可能将人类导向意义和价值虚无的危途，因为在新媒介情境下的文学创作和文学传播，电子化的工业流程与大众化的价值追求容易造成普遍化、标准化的时空模式，“数字化生存”掩盖了真实的生存图景，非自然、非人性的成分引入时间、意识、理性、历史的世界之中，并运用超文本或超媒体符号思维的外在干预，形成自然呈现的中断和价值理性的阻隔，不仅导致新媒介工具人为而任意地对人的愿望的生产，而且带来文学艺术对人性的遮蔽和对人文的偏离。

总之，传播媒介是一把“双刃剑”，既有对文学传播发展有利的一面，也有不利的一面，当我们从人类文明进步和文学传播进步的角度探讨传播媒介与文学的关系的时候，需要坚守的仍然是人文本位和审美立场，反对以技术主义替代精神创造和人文价值；反对工具理性替代价值理性；反对技术决定论，尊重文学艺术的终极追求，毕竟文学艺术是人类的精神家园。同时我们也欣喜地看到，乘着传播媒介技术的翅膀，文学传播必将飞得更高、更远。

第三章　媒介时代下的文学

随着电子技术的飞速发展，大众传媒的传播速率逐步提升，大众传媒在实际的运作过程中开始将效益作为核心内容，追求利益最大化，并以此为基础来展开具体的传媒运作，加快了大众媒体的商业化发展进程。在这样的外部环境下，文学创作所处的氛围以及环境已经发生了巨大的改变，这也要求文学生产以及传播都需要适应时代的发展和环境变化进行巨大的变革，使得媒介能够逐步参与到文学生产以及传播当中。

第一节　媒介时代的文学创作

我们当前所处的时代是一个媒介飞速发展的新世纪，互联网的发展速度极快，也正是在互联网的推动之下我国的文学开展了一种重要的文化变革，在文学创作的过程中与当前所处的社会和互联网技术进行整合，同时也增加了传统媒介的参与，最终使得呈现出的文学作品充满趣味。

在展开文学创作时，创作主体会将自身作为媒介，调动自己的各个感官来加强对外界的感知，并且将外部信息传递到大脑当中来进行创作和改造，从而完成人内传播的过程。在整个传播环节，创作的主体会和外部世界产生积极的互动，二者也会实现交叉，创造者会主动对外部世界以及发展进行灵活的感知，并最终将其转变成文学。创作当中的一个对象，被赋予文字生命，融合心灵和精神，内化成创作者个体世界，通过感知自身来感知外部世界。这是一个逐渐积淀的过程，并非一蹴而就。

外部信息在主体感知和意识作用下，经过主体自身感知器官构建的媒介环境的改造和过滤，成为主体信息网络中的节点，从而被主体媒介化，所以外在客体的主体化是通过主体自身的媒介化实现的。主体在感知和思考外部世界的同时，也借助感知环境把自身客体化，以顺应外部世界的信息要求。主体不仅要以自身感知器官为媒介获取外部世界的表层信息，同时还要以自身思维器官为媒介获取外部世界的内在信息，二者共同形成主体的心理现实。所以主体的客体化也是通过主体自身的媒介化实现的，主体的视觉、触觉、味觉、情感、潜意识等众多因素参与到这个主体自身媒介化的结构中。在这个结构中，主体既是信息传播主体，也是信息传播客体，还是信息传播媒介。

一、创作主体的大众化和年轻化

随着时间的推移和时代的发展，越来越多的学者逐步转变研究方向和研究目标，开始着眼于“80后”文学，对其进行深入细致的文学品读和分析，以便能够更深层次地了解新媒介时代的文学特征和特色。“80后”文学概念是在媒介发展过程当中形成的，是当代文学发展的重要产物，同时也可以称作是一种媒介发展的特殊成果。换句话说，随着网络媒介的飞速发展，“80后”文学借着这股东风获得了飞速发展的时机，也逐步跻身于当代文学的舞台，并在这一领域占有一定的位置。我们不能否认一个事实，那就是当前有很多畅销书作家都是“80后”文学的代表人物，甚至有很多“80后”作家在整个出版市场当中能够和一些前辈处于同等水平。先不对“80后”作家的创作水平以及质量进行评断，因为年龄的关系，这些“80后”作家的创作时间还不长，成名时间较短，但是如果从整个出版市场占有量或者是网络发表量而进行分析和判断的话，说他们和前辈作家平分秋色是毫不夸张的。网络文学发表门槛极低，甚至可以说是零门槛，不会有非常严格的层级限制，也没有权威性的要求，那么这就为“80后”作家发表自己的作品创造了有利条件。他们虽然没有文坛巨匠的提携，甚至是得不到他们的青睐，但仍然可以不经过严格出版程序的审查来发表和推广自己的作品。只要他们的作品能够得到广大网民的欢迎以及喜爱，那么他们的作品就会占据极大的市场。一言以蔽之，缺少严格的媒介把关直接促成了创作主体年轻化和大众化的发展趋向，让越来越多的年轻人的作品活跃在文学市场当中。

1917年，著名心理学家同时也是传播学的先驱卢因最先提出“信息把关”这一概念，如果对这一概念的表面含义进行分析的话，卢因想要表达的意思是在具体的传播实践活动当中，人们往往会从自身的经验和阅历出发，依据情感喜好来进行信息的筛选，这实际上是对信息的过滤以及把关。在这一理论提出之后，怀特进一步对把关理论展开分析，最后形成了目前在整个传播学领域十分经典的论断。怀特在实际研究当中选用的是实证研究方法，报纸编辑实际上就属于信息把关者，他们每天会处理以及接触大量的信息，但是这些信息群体当中只有极少部分符合审核标准，并且顺利通过审核，因此受众获得的信息实际上是媒介进行细致筛选之后而得到的结果，因此得到的这一结果符合媒介需求和意愿。站在这个角度上进行分析的话，在整个信息传播环节当中受众处在弱势地位，虽然他们能够接受丰富的信息，但是只能是被动地接受，并且经过媒介筛选加工的信息已经和原本的信息有了极大的差别。

上面提到的媒介信息筛选，一直到筛选的信息被传递给广大受众，整个程序同样能够延伸到文学创作领域，也就是说，大众媒介编辑会接受以及处理大量的文学作品，但是在他们的审查和筛选之下，只有少部分作品能够通过他们的要求和标准获得正式发表的机会。对此，在大众媒介发展语境下，文学创作主体最终只会存在一小部分人或者是限制在其中一个群体当中，例如围绕《小说月报》《收获》和《十月》等杂志媒介成长了一批文学创作的作家。如今，我们正身处在一个网络媒介的时代背景之下，在这一时代已经没有出版机构编辑充当信息把关者，大量的文学创作主体可以轻松地将自己的作品发表到网络当中，再也不会遭遇退稿的尴尬，也不用再面对资金缺乏的问题，不再会有怀才不遇的感慨，充分享受着网络技术为他们的创作带来的便利。任何人只要有文学创作的意愿，借助网络技术，都能够顺利地展现自己的作品，使得这些作品能够进入公众视野当中。不论是早期阶段的网站，还是当前的著名网站和应用软件，都有着非常广泛的开放程度，让那些网络写手作家能够将自己的作品顺利地发表，让越来越多的人能够看到他们的文学作品。即使是他们创作出的作品不符合网络编辑的需要，甚至是不被他们认可，也没有文坛巨匠的提携，这些网络写手仍然能够让自己创作的作品有着广泛的传播和影响范围，只要他们的作品得到网友的喜爱，有着超高的点击率，那么他们的创作目的就能够实现。照着现在的情况继续发展的话，会有很大一批的作品由于受到网民的追捧和喜爱，最终能够顺利避绕传统大众媒介的把关，展开大范围的传播和发展，最终形成有着极大社会影响力的阅读热点。转化成阅读热点的文学作品能够对出版社形成巨大的吸引力，接下来又会进一步地吸引影视制作公司将这些作品进行改编和拍摄，最终搬上荧幕，满足广大观众的欣赏需要。通过对以上问题的分析和研究，能够清楚地看到网络媒介的作用，上面的这些现象都是他们的功劳，网络媒介彻底打破了传统媒介的权威性，打破了传统媒介的限制，让很多原本没有名气或者是创作时间较短的作家拥有平等的发表作品的平台。尽管如此，这些作家的身份在悄然发生着改变，我们不能再将其称作传统意义上的文化英雄，更加符合他们当前角色特征的称号是文化传播者，他们也在进一步地推动着创作主体的年轻化和大众化的发展。

二、创作主题多元化和小众化

在 20 世纪，作家的创作主题更多地倾向于宏观层面，整个话题十分宏大，比如说战争与和平、民族发展等，因此创作出的作品也是十分地恢宏，也吸引着人们对宏观世界的思考。但是，随着网络媒介的迅猛传播与深入发展，人性欲望拥有了巨大的释放窗口，出现了多种多样的创作主题，这些主题涉及社会生活的方方面面，题材的选择更是丰富多元，例如盗墓探险、商业腐败等，让创作主题更加鲜活。

当前创作当中出现的这些多种多样的主题和题材实际上是对传统说教式文学的反驳，以往的很多作品会包含大量空洞说教，缺少与现实生活的联系，不能真实地表现出个人的情感和意愿。对这一现象进行总结的话，可以说是文学创作主题呈现出小众化和多元化的发展特性，这与当前的社会发展环境有着密不可分的联系，尤其是市场经济的进步使这样的趋势得到了加强。正是因为有了网络媒介，大量有着差异化阅读兴趣的小型人群逐步发展起来，并促使了能够满足他们阅读需求的文学作品出现并展开深层次的创作。

在大众媒介时代背景之下，受众长期处在弱势地位，他们只能被动地接受信息的传播，也就是点对面的传播，正是因为这样的形式，使得文学创作无法服务于小部分的人群，更不能让他们得到精确化的信息，使得文学创作缺少人性化的特点。在具体的传播实践当中，受众并不会一直处在被动地位，成为那个一直被摆弄的人群，事实上受众有着自身准确并且强烈的阅读需求，如果其中的某些大众媒介不能够充分满足他们的阅读需求，无法为他们提供精确的信息的话，他们也会随时主动探寻能够符合他们要求的信息。这也因此使得电视媒介之间的竞争激烈程度逐步增强，因为广大观众的主体意识在被不断地唤醒，广大观众的主体地位逐步被确立起来，只有能够满足他们实际需求的媒介才能够真正意义上得到他们的支持，并且迅速发展起来。那些传统的大众媒介虽然能够在一定程度上对一些差异化群体需求进行照顾和满足，但是要想实现点对点的传播是不可能的，因为大众媒介的传播条件不允许实现点对点传播。但是随着网络媒介时代的到来,点对点的传播具备了物质技术的支持，也符合当前环境和受众的实际需要，也因此推动着创作主题的小众化和多元化，衍生出一个又一个小型差异化的阅读群体。

三、创作过程实时性和互动性

在网络媒介时代下，随着网络技术的发展，博客写作如火如荼地发展起来，有很多年轻作家在小说写作以及发表过程中充分借助这股东风，在写完一个或者是几个章节之后就将其上传到网络平台，让广大网民能够即时阅读，由此出现了“催更”等新鲜词汇，又或者在整部小说完结的过程中，网民可以根据自己的喜好和对文学的理解，对作家的小说作品展开评论，同时也可以对他们的写作提出一定的建议和意见。有一部分作家在之后的创作当中会结合网民提出的观点看法以及建议，对自身的创作思路以及方法进行一定的改变，这样形成的小说作品可以说是广大网民和作者共同努力的结晶，并且能够清楚地体现出当今时代文学创作过程当中非常明显的实时互动特征。

有一部分作家在实际展开作品创作的过程中更加希望凭借大众媒介来广泛地收集读者的反馈，聆听他们的意见和建议，并且渴望得到读者的认可。如果网络读者对他们的作品持肯定的态度，并且为他们拍手叫好的话，这部分作者在实际的文学创作当中会更加努力积极地用强大的自信心来投入写作当中。如果他们身处于传统媒介时代，要实现上面的做法以及目标往往是不可能的，因为一个文学作品的出版会经历复杂冗长的步骤和程序，而且书籍在正式出版之前不会向广大读者公布，那么，读者要想事先获得阅读的权利而且根据自己的看法提出见解的话是无法实现的。但是，当今世界是一个网络媒介时代，网络媒介的优势就是实时性以及互动性，让这部分作家能够在网络媒介平台的支持之下广泛地了解以及搜集网络读者的意见，并通过读者的表现来调整自身的文学创作。而网络读者在网络平台上发帖和进行意见表达时也会有意识地参考其他读者的见解。在这样的情况下，由于受到群体压力的影响，大量的差异化意见最终都会趋向一致，而有很多持有绝对不同意见的网络读者，最后大多数会选择保持沉默的态度。

事实上，网络媒介的飞速发展使得文学创作大受影响，也为其发展带来了新的方向和趋势，但是就其本身而言并没有好坏之分。在以往的文学作品创作过程中，作家依靠个人力量和结合自身的思想来最终创作完成，在整个作品当中能够完整地体现作者的想象世界，但是网络媒介下的文学创作则与之不同。网络媒介时代的文学创作可以说是在网络平台上随写随发，类似于一种直播室的文学创作方式，从表面上看做到了集思广益，让整个文学作品成为若干读者和作家的共同之作，但是实际上属于一种迎合网络读者的文学大餐。在整个过程当中，作家承担了多重角色，这也使得作家的身份更加复杂，他们是传播自身信息的主体，是承载内心感受的客体，同时也是信息传播媒介。

第二节　媒介时代的文学传播

在媒介化与产业化的新世纪，联通文学生产、再生产与文学消费、再消费的文学表达与传播方式也出现了许多与其历史形态不同的变化。从理论上说，文学传播的方式在历史上有着口头表达、书面表达、影像表达与数字表达的渐次递增，在共识上有着口头表达、书面表达、影像表达与数字表达的互搭共生。

进入 21 世纪，基于计算机网络技术而横空出世的新媒体，正在以前所未有的态势，迅速地渗透到人们的日常生活与审美生活之中，不仅使得文学生产方式在变迁，而且使得文学表达方式也在变通。一系列新的传播方式正日益成为媒介基础上的传播共识，于是，电子媒介、网络媒介、通信媒介引起的传播革命，不仅一次又一次地引起了文学传播的变革，而且还意味着一场文学革命的肇始，最大限度地促成了人的解放与文学的解放。

一、文学传播与流通环节的媒介化原理

文学创作主体把自己作为媒介将内外部的信息进行交互之后，就要实现文学流通媒介化，将创作主体的思想、心理以及想象固化成文字形式。因为作家的思想情感、心理现实以及想象世界都不能够称为文学作品，需要利用一定的符号来进行细致的描绘，并且将这些符

号赋予特定的意义，在选择媒介形式之后才能够真正将信息变成物质形式，使得文学作品能够步入流通环节。如果从整个创作过程上进行分析的话，作者选择文字和物质载体的全过程实际上是实现媒介主体化的经过。文字符号，首先将形式上和意义上的内容进行紧密联系，最终通过物质载体的方式将原本的联系变成一种具体可感的形式，最后才能真正进入流通环节，实现文学作品的传播。

在这样的条件支撑下，文学媒介的主体个性化特点变得更加鲜明，并且成为表现创作主体情感和内心世界的传播媒介，实现了媒介主体化的巨大变迁。与此同时，创作主体也在进行着媒介化的转变，他们最终选择怎样的媒介，将会直接决定他会运用怎样的形式来将自己的内心世界呈现出来，更好地表现出自己的思想和情感。“对不同媒介的选择会影响文学文本的意义走向。……文本的意义及修辞效果因媒介的不同而或多或少出现差异。”外部世界要想实现主体社会经过媒介环境的过滤以及筛选，同时创作主体利用特定媒介来实现自身的客体化，此时媒介就具有了主体的个性，也迫使主体要接受特定媒介的特征和传播方法。因此，传播媒介的变化会直接引起媒介环境的变化，最终影响文学传播。

文学流通媒介会经历复杂的过程，需要将符号和物质媒介进行相互交融，在二者的互相作用之下经过多层次的交互来实现，具体可以体现在以下两个方面。第一，要想形成最初的文学作品文本，创作主体要借助符号和物质载体来完成。在这一过程中，创作主体会推动自我媒介化，将符号和意义进行紧密联系，完成第一层次。第二，让文本进入流通过程，也就是实现主体外交换。如果创作主体创作出的文本作品不能实现流通和为广大读者所认识的话，文学创作将会变成自娱自乐，更不用说文学传播的实现了。文本，脱离了创作主体，并与相关发行出版机构产生关联后就与传播主体建立了一定的联系，顺利地完成第二层次任务。要想对传播主体的含义进行理解的话，可以是单纯意义上的传播者，也可以是传播机构或者是涉及传播的整个产业。

传播主体在这其中发挥着重要的作用，除了要联系创作和接受主体以外，还需要逐步从其中进行脱离，从最初由创作主体和读者所进行的传播活动变成独立从事文学流通的传播主体，并向着专业化和机构化的形式发展，最终形成一定的规模和产业。传播主体在对待创作主体初步完成的作品时，并不存在被动接受的情况。当这些文本真正被关注之后，它本身的自主性也会直接受到影响，需要由传播主体进行筛选，甚至是依据传播主体的主观需要来进行文本的改造，使其成为能够满足传播主体需求的传播文本。与此同时，文本也凭借内在结构来对传播主体进行影响和说服，使得这些传播主体能够考虑到创作主体在创作文本时的真实想法和对自身思想情感的表达需要。因此，最后步入流通环节的文学媒介实际上是传播主体和创作主体的思想看法进行融合，或者说相互妥协所共同构成的结晶。在整个媒介化的过程当中没有对读者采取排斥的态度，因为读者可以说是影响到二者选择和最终决定的重要因素，如果文学媒介得不到读者的认可，那么，文学创作以及传播的意义也将不复存在。在媒介技术进一步进步和推进的过程中，传播主体的专业程度会不断地增强，其发展规模也将不断地扩大，而且他们将在文学流通的渠道和资源的控制水平上有更大程度的提高，那么对于作家和读者的控制和影响水平也将进一步提升。

二、从“作品传播”走向“事件传播”

新世纪，随着信息主义、“知道主义”与“标题主义”的潮涌，文学表达的重心出现了偏移甚至是变异，假如说我们曾经尖锐批判的过度阐释尚且还与原作原文有着或多或少、或深或浅、或直接或间接的关联的话，那么在传媒语境中的新世纪文学的传播似乎不太依赖于或不仅依赖于作品本身，而是依附于作品的“热点”“卖点”，依托于作家的“绯闻逸事”。文学事件的传播力远远大于文学作品的传播力。于是，新世纪的文学表达便出现了从“作品传播”走向“事件传播”的嬗变。从理论上说，不管是“作品传播”还是“事件传播”，它们所关涉的依然是传播的内容，即“传播什么”与“什么在传播”的问题，按著名传播学先驱拉斯韦尔的“5W 模式”来理解就是其中所谓的“说什么”（Says what）。

作品传播实际上就是对作品本身进行传播和流通，这在传统文学的发展过程当中有着显著的体现，更是传统文学发展的一种重要形式，在这样的传播过程当中坚持以作品为核心，要想将作品真正地大范围流传或者获得普遍的关注与认可，不能依靠外部的形式化，依据的核心是作品本身。在作品传播的具体实践当中，如果要对作家和作品的关系进行简单说明的话，那就是作品成就作家。如果作家创作出的文学作品被读者普遍认可，而且他们对这些作品进行反复的阅读和鉴赏，最终促使作品进行大范围的传播。在这样的情况下，作者身份才能彰显出来，才能真正地成就作家。事件传播实际上是传播文学事件，而这些文学事件可能来自作者创作出的作品，也可能和作品没有任何关系，却和作家有着直接关联，可能是作家隐私，也可能是作家的生平等。文学事件更多的是来自媒介有目的地策划或者是炒作，往往会把原来的事件进行放大，因此也对其赋予了新的名字，那就是媒介文学事件。

如果对当代的文学传播进行特征分析的话，能够非常明显地看到事件化是最为明显的表征，更是文学媒介化所产生的结果。事件传播是外文本传播的一种形式。换句话说，事件传播只是将作家创作出的文学作品作为一种由头，重点是以作家为源泉即核心来进行文学策划和炒作，这样的现象在新世纪的文坛是显而易见的。例如，所谓“70 后作家”“80 后作家”“美女作家”等名头，并不是对作家所创作出的文学作品的概括，没有指向作品的风格、形式、内容等多个方面，而是直接针对作家本身。在整个事件传播的过程当中，作家以及大量的非文学因素是主角，和作品的分析与讨论几乎没有任何关联。

丹尼尔·戴扬和伊莱休·卡茨在《媒介事件》当中把电视直播过程中发生的事件称为媒介事件，并且强调这一事件的发生实际上是组织者故意策划的文化事件，使其能够让广大受众所熟知，扩大受众范围。这些都与文学事件具有同样的特征，如组织策划、议题设置、媒体呈现、受众追捧、意义多元等。当前我们所熟知的多个文学事件在很大程度上都属于商业策划的结果，例如“身体写作”，顾彬的“中国当代文学垃圾论”都属于媒体生产和扩大的一种表现，是为了进行文学推广而采用的一种方法。有很多的传媒人坦陈策划文学事件的事实，并且对策划的真实意图进行了一定的说明。如《山花》主编说：“策划的导向作用贯穿于组稿、选稿、发稿的全过程。可以认为，对刊物创新的成功策划是编辑创造性精神活动的重要成果。”《青年文学》主编说：“我们会对读者的阅读需求进行分析和了解，并和作者进行主动的沟通，用读者的需要来引导作家的写作。做杂志实际上是要体现出办刊人的品位与理念。”

以专门的设计话题制造具有一定影响力的文化事件为主要内容的事件传播在当前有着非常明显的体现，这对于当代文学的传播和发展而言既有积极作用也有消极影响。一方面，受众对文学事件有着非常浓厚的兴趣，也会特意地关注这些事件和有趣的话题，而借助话题和事件的热度，可以让文学作品的阅读量获得巨大的飞升，整个作品销量也会达到一个非常理想化的水平，进而推动整个文学市场的繁荣与发展，文学作品在受众心目当中拥有一定的地位。如果事件传播有创意并且获得成功的话，能够在事件的影响之下让人们去关注作者的作品，比如说卫慧的《上海宝贝》、韩寒的《三重门》、郭敬明的《梦里花落知多少》等作品，就是因为事件传播获得了成功，使得他们的作品得到了受众的认可和普遍的关注，而且这些书的畅销都与特定的媒介文学事件有关。有学者认为：“在当今时代下，当我们在探究文学和文化之间存在的关联时已经不能和古典文学时代同日而语，今天的文学不在文化之外。”那么，新时代的文学同样不在事件之外。另一方面，由于人们将普遍的关注度和目标转移到了作品以外的文学世界方面，那么他们想要了解得更多的是关于文学事件的内容，反而不会有更多的精力投入文学作品阅读方面，出现遮蔽文学的问题，甚至真正地陷入文学事件的泥沼当中无法自拔。在整个事件传播的过程当中，受众所持有的思想实际上就是想要了解和知道这个事件，并且仅仅将知道事件作为主要目的，但是往往知其然不知其所以然，将认知停留在浅层和表面，就因此忽视掉作品的深入阅读和了解。即使有很多读者去阅读与文学事件相关的作者的作品，但往往更多的还是会简单地浏览标题，或者是对事件的大致含义进行粗浅的阅读，不会深层次地理解文学作品的文化内涵，那么作品本身的文学性不会在传播当中获得大的扩展，原本的文学真意会在其中被消解掉。

三、从“书本传播”走向“影像传播”

进入 21 世纪后，文学传播的形式获得了巨大的转变，从原本的印刷传播一直到电子传播，可以说这是一个大的跨越和文化递进，周宪、许钧认为："电子媒介的产生可以说是整个文化传播历史的一次革命，突破了传统的文化传播模式，也让文化形态发生了彻底的转变，让它们在人类生活当中的体现形态已经和以往几乎没有了实质的关联。纵观整个历史，电子媒介对于整个社会的影响力已经远远超出了历史上其他任何时期的传播媒介发展状态，对于整个社会的影响已经不能够用深刻来表达。"电子媒介对社会和世界的影响是深远的。无论是人们日常生活还是文化生活都形成了一种以视觉为主要内容的发展方向，进而推动了书本传播向影像传播的转变以及发展。

传统的文学传播首先需要让作家能够完成作品的创作，之后由传播主体来对作者的作品进行出版印刷，到最后进行大范围的发行，让广大读者能够阅读到作者的作品，并在阅读之后给出一定的评价。但是在当今的文化语境下，文学传播以及表达往往是通过实现文学影视化来实现。在这样的情况下，从书本传播一直到现在的影像传播仅仅能够体现出文学视觉转向的趋势，更是推动了文学的通俗化以及大众化，让文学越来越贴近人们的实际生活。毕竟"书本传播"主要依赖的是读书，而读书在传统社会是贵族的特权、精英的专利，而在生活节奏与压力都日益加快、加大的现代社会，"读屏"是远远大于读书的行为，这里的"屏"即包括电影电视之屏，也包括读网络视频之屏，还包括移动智能手机之屏，无论是据文学作品改编的影视剧剧目，还是纯文本的电子书，都可以通过电子媒介的这一方屏幕来实现，但在数量上，观看影视剧的要多于读电子书和纸质书籍的。有资料显示，在 2012 年中国国民阅读现状的调查中，中国国民的平均阅读数还不到 5 本，而中国每年的电影观影人次从 2006 年的 0.89 亿人次增长到 2012 年的 4.67 亿人次，再到 2016 年的 7.23 亿人次，较 2015 年增长了 8.89%；全国城市电影票房从 2003 年的 9.3 亿元到 2012 年的 171 亿元，增长到 2016 年的 457.12 亿元，较 2015 年增长了 3.73%。透过对以上数据的分析和研究，我们能够清楚地看到，我们当前所处的时代背景下，读书已经变成了一种奢侈的活动，读屏成为一种日常，成为人们生活当中不可或缺的信息获取方式，此时的文化表达方式和途径已经被彻底颠覆。

21 世纪是一个强调视觉文化的时期，表达方式也因此发生了巨大的转变，书本传播已经被影像传播所替代，在日常审美当中，影像已经逐步代替书本，而且影像受众已经远远高于文字文本的受众，影像传播的效果也明显好于书本传播。有人曾经针对这一问题展开过调查研究，其目的是要了解 21 世纪受众了解文学作品的途径。此次调查当中选择了一百部作品，而这些作品有着一个共同点，那就是都曾经被转换成影视剧来呈现在大众面前，最终的调查结果也直接表明影像传播的影响力。调查对象选择的是 20 ~ 40 岁之间的成年人，而且选择的是这部分人群当中的高学历人群。选择这一人群做调查的目的是他们的文化程度较高，对于文学作品的阅读也普遍较多。最后结果显示，有 60% 以上的调查者表示，他们都是首先通过观看影片，或者是在其他媒体平台上了解作品之后再回过头来对这些原著文学作品进行阅读，而剩下的调查者则表示在观看完影视剧之后，就不会对对应的作品进行阅读了。例如，现如今很多人了解莫言、余华、凌力等作家作品都是通过观看由他们的作品改编成的影视剧而开始的，这些作品都是首先因为电视剧的播放而成名，最终在发展当中获得广泛传播和大量出版。

美国学者乔治·布鲁斯东曾在《从小说到电影》一书中，引用了两份资料说明电影对小说出版的影响。一是玛加丽·法伦德·索普所说的，《大卫·科波菲尔》在克利夫兰德影院公映时，借阅小说的人数大增，当地公共图书馆不得不添加 132 册；《呼啸山庄》拍成电影后小说销量超过了它出版后 92 年内的销售总数。二是杰里·华德用更精确的数字证实了这种情况的存在，他指出《呼啸山庄》公映后，小说的普及本出了 70 万册；各种版本的《傲慢与偏见》达到 33 万册。影视对小说的介入，明显提高了小说作者的知名度，并且还刺激了小说的流通与消费。另据“吉尼斯世界纪录大全”的排行榜，美国作家玛格丽特·米切尔的《飘》名列文学书籍的销量之最，超过 3000 万册。究其原因，一方面在于小说本身的价值；另一方面则在于《乱世佳人》一再公演。对此，有学者认为：“影像阐释可以使举世公认的名著更有‘名’，也可以拂去蒙在名著上的尘埃，展示其本来面目。换句话说，影像阐释对小说名著具有催化剂的作用。”

如果站在传播学的层面进行分析的话，文字化的文学作品是在纸质媒介的支持之下进行的平面传播，受众范围极小，文学作品的传播面积较小，而将文学作品进行影像改编则属于大众传播。大众传播有着大范围的受众，而且传播的范围和领域都是非常惊人的。对此，如果将作家的个人化书写放在大众媒介传播时代的话，广大作家在创作自身的文学作品时首先需要考虑到的问题就是怎样对自身的创作进行调整，来让更多的读者的需求得到充分的满足。1990 年后，将文学作品改编成影视剧来实现大众传播已经成为一种重要的文学传播趋势，而且获得了理想的效果，远远比书籍的传播速度快、受众范围广，也让更多的文学作品在整个文化市场当中占有一席之地，他们的生存空间得到了拓展。例如，早在 1983 年，周梅森就已经在文坛上崭露头角，一直到 20 世纪 90 年代的后期，他的多部小说作品如《人间正道》《绝对权力》等被改编成电视剧之后，知名度以及作品的受众传播范围大幅提升，小说的销量更是到了一个惊人水平。周梅森自己也承认：“在这之前对于将小说改编成影视剧这件事情我并没有投入较大的关注度，可以说是根本没有重视。后来有人找到我，想要将我的小说翻拍成影视剧，我将版权卖给他们就可以了。现在我虽然仍然认为小说和影视是两个不同的概念，但是再也不能否认它们之间的互动性。相对而言，影视作品的影响范围很广，并且能够对小说的销售产生直接的推动作用。在小说没有被改编成电视剧并呈现在荧幕上时，我的 15 部作品总发行量还不到 10 万册。但是之后我的单部作品都已经远远超过 10 万册，可以说这样的改变是十分惊人的。”透过上面提到的这些事例，我们能够清楚地看到，将小说进行影像改编，无论是对作家知名度的打响，还是扩大作家作品的传播，以及影响领域都有着重要的推动作用，影视的功劳是不能忽视的。

四、从“一维传播”走向“多维传播”

假如说传统的文学传播是以作品为主的“一维传播”的话，那么随着诗话、词话、曲话、小说评点等评点式文本，和本事、纪事、逸事、趣事等纪事性文本，以及文选、诗选、词选、曲选、剧选、小说选等选择性文本的出现，传统的文学表达开始呈现出以作品为中心、上涉作者下及读者的“二维传播”。进入新世纪，随着文学场要素的增容与扩容，以及传播媒介的层出翻新，特别是由于纯化的文学表达被泛化的文化传播所大范围取代后，新世纪的文学表达在整体上呈现出非线性化、散点化与多维化的世纪症状，呈现事实上早已存在的“三维传播”甚至是“多维传播”的趋势。

如果站在传播学层面分析传播手段，可以说是依照一定规则来展开编码的符号系统传播内容是在整个过程当中要传送以及反馈的各种信息。如果站在编码的层面分析传播手段，具体可以将其划分成一维、二维、三维以至多维等多个类型。一维编码是线性的；二维编码是平面的；三维编码是立体的；多维编码是发散的。一部文学作品的传播型构，既可能“一维传播”，也可能“二维传播”，也可能是“三维传播”，还可能是“多维传播”。当今世界是一个媒体多样化发展的时代，更是多元文化并存的时代，传播内容也在不断地丰富，除了作家作品以外，还需要关注到与作品相关的其他内容。除了原文本以外还有很多的外文本、再次生文本等。在多维建构的推动以及影响之下，当前的文学表达进入多维传播当中，并在这一进程当中不断地拓展与发展。

文学作品的“一维传播”是指围绕着作品出版、流通、阅读、接受、评论等的径直型传播。而文学作品的“多维传播”，就是指文学传播的途径多种、路径多样、主题多元、效果多态的交互式、发散式的动态传播。多维传播与人们所了解的立体传播很接近，只不过多维传播比立体传播多了一种“人”的因素在里面。立体传播与多维传播的结果都体现在展示方面，但多维传播更具灵魂、带有与读者的沟通性，且具有持久性和黏度。在新世纪，文学表达的多维性是十分值得重视的一个现象与问题，如果缺乏对“多维传播”的关注，便难以把握新世纪文学表达的全景与真相。

其一，从传播的信源来看，当今的文学传播的多维性特征是与生俱来的。新世纪的文学传播可以是以作品为中心辐射作者、读者、世界的网状型构传播，也可以是以作者为中心的辐射作品、读者、世界的网状型构传播，还可以是以读者为中心的辐射作品、作者、世界的网状型构传播，甚至可以是以世界为中心的辐射作者、作品、读者的网状型构传播。文学这一活动是由多种要素共同参与构成的有机整体，而世界、作者、作品和读者正是这一整体中的四个基本要素，在新媒介不断发展的进程中，媒介顺理成章地成为文学活动的第五个要素，并且还将市场、产业、文化、种族、性别、地理等都纳入文学场内。以 2012 年获得诺贝尔文学奖的莫言为例，在其获此殊荣之前，莫言的作品就是张艺谋优秀电影的“资源”，如《红高粱》改编自莫言小说《红高粱家族》，而获奖后不仅莫言及其原创作品得到新一轮的传播，而且根据莫言原创作品改编的影视作品也得到了广泛的传播。传播信源的多维性，从不同角度共同积聚着作家作品的影响度，并进而将始于“知道主义”的作家传播力、作品传播力最大化。当然，“知道主义”远不如“精读主义”深入人心，但基于标题浏览、作家八卦的“知道主义”依然有着无可替代的传播优势，那就是在新世纪，文学传播不仅传播于精英文学圈，也传播于大众文化圈。

其二，如果从传播文本的层面上分析，当今时代的文学传播存在的多维性特征是不得不提的。21 世纪文学传播的文本有着多维身份，而且身份十分复杂。即使是针对一个具体化的文本，如果从内容上看可以将其进行多维类型的区分，比如说将它划分成现实型、理想型等；如果从体裁上看可以将其进行多维体裁的划分，区分出诗歌、散文、小说等。例如，刘勰的《文心雕龙》标举了文体的多维性，司空图的《二十四诗品》、钟嵘的《诗品》标举了风格的多维性。再如，新世纪的类型文学的崛起，至少包括诸如穿越（历史）、武侠、仙侠、玄幻、科幻、神秘、灵异、惊悚、悬疑、谍战、官场、职场、青春成长等类型，如果要再细分，还会有更多。当然，新世纪文学的多类型，表征的不仅是文本的多维，还表征的是阅读的多维、趣味的多维、出版的多维、畅销的多维。所以，传播文本的多维性必然催生文学传播多维性，从而建构相匹配的“多维传播”。

其三，从传播媒介层面进行分析，21 世纪文学传播的多维性特征有着与时俱进的变化特点。当前的文学传播有着多种形式，可以以物质化、音频化、图像化、数字化等多种方式存在，但有着各自对应的传播媒介，而传播媒介又是文学表达的载体以及途径。当前的传播媒介有着多样化的形态，这也直接造成文学表达多维性特征的构成。随着新媒介的产生，原本的旧媒介并没有消失，因此形成了一种新旧对立的状态，也因此呈现出异彩纷呈的发展现状。以影视媒介为例，波兹曼认为：如果要对人和电视的关系进行论断的话，不可能是阅读或者是听电视，只可以是看电视，而这样的行为不需要进行训练或者是教育，它不涉及其他任何一种技能，也不用进行技能的开发就能够实现。如戴姆拉尔所说的：“无论孩子还是成人，电视看得再多，也不能使他们看得更好。看电视是人的基本技能，因此我们也从来没有听说过有关看电视的残疾论述。”梅罗维茨认为：“电子声音以及图像让自己能够真正地融入环境。因此在接受信息方面不用花费精力。从很大层面上看，电子信息往往会主动出击和人们进行接触，当人们不想通过书本获得信息时，往往可以通过电子媒介来获得。”同样是米兰·昆德拉的作品，一个大学生也许读不懂小说《不能承受的生命之轻》，但是却看得懂根据小说改编的电影《布拉格之恋》；同样是《尘埃落定》，一个精通文墨的人可能读不懂阿来的小说《尘埃落定》，却看得懂根据阿来的小说改编的同名电视剧。由此观之，影视媒介是集体出现，随着它们的产生和发展，当前的文学表达彻底突破了高难阅读的束缚，实现了文字、声音、图像、视像等共同融构的多维传播，并且还促使传统的小众传播为大众传播所替代。

不得不提的是，一个仅靠影视直观图像而获得形象的人，可能会丧失面对文学作品获取形象的能力，因为文字中固然有形象，但它依然需要读者想象的激活与填充，按罗兰·巴特的话说，就是将“可读文本”转变为“可写文本”，或曰将“死文本”转变为“活文本”。但是影视却“要求观众去感觉而不是去想象”，它需要“观众必然在瞬间内理解画面的意义，而不是延后分析解码”。当观众的感知结构被重新塑造之后，他们很难再变成文学阅读的真正读者，顶多不过是文学传播过程的“知道者”。所以，从这个角度来说，在新世纪文学的多维传播中，除作品传播本身之外，图像传播、视像传播等既是文学传播的助推者，其实也是文学传播的消解者，甚至在很大程度上说，影视媒介已成为文学阅读的扼杀者，毕竟影视媒介从根本上说就是在培养人们远离作品、拒绝想象的习惯与能力。

其四，如果站在传播层级的角度进行分析的话，当前的文学传播多维性特点显著。假如我们将新世纪的文学传播视为一种“泛传播”的话，那么这种“泛传播”必然有着层级的多维构造。传统的传播层级可以区分为两级流动传播、多级或N级流动传播。而在21世纪，基于“泛文本”与“泛传播”的传播层级，由于新世纪文学场的新增元素的介入以及元素的普遍联系与网状交互，从而使传播层级呈现出“环态模型”的重构。假如我们将基于“作品为中心”的作品传播视为第一层级的话，那么与作品相关联的作者传播、读者传播、世界传播便是第二层级，与作者相关联的“泛作者传播”、与读者相关联的“泛读者传播”、与世界相关联的“泛世界传播”便是第三层级，当然在第三层级还可以区分出第四层级以至第N层级。事实上，每一层级中还有N级的衍生层级。

当然，新世纪的文学传播在不同的传播层级其传播效果是不同的，但它们所散播的或大或小、或强或弱的传播力却合力推动着文学走向读者、走向高校、走向舞台、走向荧屏、走向观众、走向大众、走向社会、走向奖台甚至走向经典的圣殿。

第三节 媒介时代的文学传承

在当今媒介时代探讨的文学传承问题主要针对的是我国的古典文学部分。中国古典文学是我国传统文化的智慧结晶，更是对我国博大精深的历史文化的一种展现，其艺术魅力更是恒久而远大的，能够带给人深刻的思考，也能够看到民族的智性和深思。当今世界是一个信息化发展的时代，信息技术的飞速发展和各个领域的紧密结合引起了社会革命以及巨大变迁，使得信息的传播以及加工处理速度和效率呈现出迅速增长的趋势，这也使人们对知识的学习以及选择发生了根本改变。在过去人们对我国的古典文学了解甚少，很大一部分原因来自大多数的人在知识接受和处理方面存在一定的局限性，且古典文学对很多人来说有着巨大的难度。但是随着时代的发展和信息时代的到来，人们接受和处理知识的能力都有了极大程度的提升，文学已经不再是一部分人的专利，它的普及程度达到了前所未有的程度，让广大群众都能够享受到文学为他们带来的情感和思想熏陶。中国古典文学是我国传统文化系统当中不可或缺的组成部分，其文化内涵更是不可以被消磨的，但是我们需要认真思考怎样让这种传统文化在一个高速发展的信息时代生存下去，要用怎样的方式存在于这个环境当中。

一、经典之所以为经典与其现代处境

经典，是经过一定的遴选规则被挑选出来的，特别是被教育机构所遴选出来的书，是文化精英们按照严格的艺术标准以及一定的政治标准创作的。对经典是有选择性的，它们是那些被挑选出来的具有个性化、原创性、代表性的作品，需要读者有学习的耐心、高度集中的精神和相应的阅读技能，由此可以培养读者的阅读能力，提供认知和审美的经验。例如，有学者曾罗列出经典的许多特征："经典作品是一些产生某种特殊影响的书，它们要么本身以难忘的方式给我们的想象力打下印记，要么乔装成个人或集体的无意识隐藏在深层记忆中。……经典作品是一本每次重读都像初读那样带来发现的书。……一部经典作品是一本即使我们初读也好像是在重温的书。……一部经典作品是一本永不会耗尽它要向读者说的一切东西的书。"经典是读不尽的，它不断地产生对之解释的批评话语，又不断地以一种独立的姿态消解掉那些并不适宜的批评话语。

经典在众多作品谱系中脱颖而出，这并不是一个自然选择的结果，而是归因于文本本身和社会语境的多种复杂因素而呈现出来的。当代美国文学理论家布鲁姆在《西方正典》一书中以无限感伤和深情的笔调，论述了西方的伟大作家和不朽作品，从作品自身的维度来阐述西方的经典文学作品："只有审美的力量才能透入经典，而这力量又主要是一种混合力：娴熟的形象语言、原创性、认知能力、知识以及丰富的词汇。”布鲁姆站在文本分析的立场捍卫经典真正的艺术力量以及纯粹的审美力量。美国学者杰洛瑞却持与此相对立的观点，他在《文化资本——论文学经典的建构》一书中，用布尔迪厄的文化社会学理论，特别是文本资本的概念来解析经典的建构过程，认为经典是通过学校这个社会机制生产的，社会不同群体之间的关系及压力使其进入了文学的教育，经典的形成是社会关系的再生产。杰洛瑞从学校的社会功能和体制规范的角度来探讨文学经典的确立，他认为经典并不源于作品本身的特性，而是在作品传播中依靠教育体制加以保障。杰洛瑞的这一观点不论是从文本的审美角度还是从社会语境的角度来下定义，都有一定的合理性，但是经典的形成并非一个简单的过程，其中必然从外部渗透了文化政治的权力，并且在内部有文化领导权的支配。经典的形成必然有其外在的原因以及内在的更为本质性的依据。

中国古典文学从时间上看是在古代，即中国自有文学以来至古代社会结束的整个历史时期。在古代社会结束之后，中国经历了五四时期的新文化运动，经历了一个文化的断裂和转型时期，在这个转折前后，文学的面貌是迥然不同的。在文学成为一个自觉的范畴之前，中国古代文学并不是孤立的，在经、史、子、集中都有文学的成分，它和思想史、文化史、学术史交织于一处。比如《史记》《资治通鉴》既是历史资料，又是文学作品。但是到现代社会，文学日益独立开来，文学开始逐步被固定为诗词歌赋一类的作品，即带有审美特征的、表现内心情感的、无关功利用途的作品。

我国的古典文学有着几千年的历史，是深厚文化的历史积淀，处处散发着人类的透彻智慧，因此能够对人的心灵和思想产生巨大的冲击。在这些古代经典文学作品当中有的已经不是特别完整的典籍，有的甚至有着很多的守旧以及腐朽言论，但是这些古典文化是代代相传的积淀，是一种精神，更是一种文化，是中华民族的血脉。很多人觉得经典的形成需要漫长的时间，需要经过时间和历史的检验以及洗礼。“许多经典作家的作品都是经过若干时代的阅读、阐释和淘洗之后才存留下来的，那些只经过少数人或者一两代人的认可的作家作品还很难成为经典。”经典应该有着丰富的人文含义，有着能够打破时空局限的神力，也有着可以无限延展的可读性。于是，中国古典文学的许多作品便被普遍认可为经典。

如果列出一个中国经典文学的名单，其中大多数必当是中国古典文学作品。如前所说，经典的形成需要漫长的时间，比如《诗》《书》《礼》《易》和《春秋》经过多个朝代的漫长阅读、评注，到汉代以后才立为“五经”，到南宋才形成“十三经”。流传至今的古典文学大多数已经经历时间的考验，中国古典文学是中国经典文学的重要来源，其中数目庞大的原典无可辩驳地被确立为经典，流传至今的中国古典文学作品大部分已经成为经典，但并不代表凡是成书于古代以文言写作的文本便是经典。经典内涵实际上是十分复杂的，同时在这其中也有着一定的矛盾，可以说经典结构十分不稳定。经典文学作品基本上有一个稳定的状态，毋庸赘言，十三经、唐诗、宋词、元曲和明清小说的代表作品是经典，但是，我们还可以设想，还会有少数一些曾经被忽略的古典文学作品在一定的时代语境下被重新发掘和解读，依旧能够获得经典的地位。

从文学的社会作用方面来看，自先秦以来古典文学就肩负起“载道”的功能，从先秦的文以明道，到唐代的文以贯道，再到宋代的文以载道，可谓是一脉相承。虽然其间“道”的内涵与外延会因时因人而有所变化，但大都不脱儒家传统伦理道德。载道的社会功能，使得古典文学在很大程度上依附于封建统治阶级并为其服务，这也成为其广泛传播的前提。然而，在新的历史条件下，处于消费主义当道的大环境中，古典文学的这种历史功能显得格格不入。对于一般读者而言，那种具有浓重政治说教意味的古典文学作品，或许已变得“面目可憎”，令人生厌。由此，作为传统伦理道德承载物的古典文学，无可奈何地遭到人们的冷落与疏离。对此，著名作家郑振铎曾说过一段颇具意味的话：“为帝王歌唱着的‘宫廷诗人’的时代已经过去了；为贵族的生活点缀之‘行吟诗人’的时代也已经过去了……文学的进展是趋向于大众化的。”

从文学的表达工具来看，古典文学多由文人雅士采用雅言创作而成。所谓雅言，即雅正之言，《辞海 · 雅言》说：“雅言，古时称‘共同语’，同‘方言’对称。”孔颖达在《正文》中说：“雅言，正言也。”雅言也称文言，刘师培《文章源始》说：“言之文者，纯乎雅言者也。”就一般意义而言，雅言就是指高雅的文辞。在古代社会中，人们接受教育的权利是不平等的，贵族阶层拥有充分的受教育机会，而平民阶层却较少获得。在科举制的激励下，“万般皆下品，唯有读书高”，读书人掌握了雅言，也掌握了社会的话语权。他们以高雅的文言创作诗词文赋，遂使文学作品着重表现贵族阶级、文人雅士的生活面貌、审美意趣，成为脱离世俗大众的雅文学。流行在文人士大夫中间的雅文学，语言既典丽古雅又艰深晦涩，日益与口头语言相脱离，成为越来越难以解读的“迷言”。在一个娱乐至上的时代里，面对这样晦涩难懂的作品，恐怕很少有人愿意付出大量的时间和精力去啃读，更何况现代人的生活节奏大大加快，在紧张忙碌的工作与生活中，人们也没有充裕的时间沉静下来，细细品味古典文学丰富深奥的语言内涵与深厚的作品意境。事实上，现代人读书重在读而非“品”，获取信息是现代人读书的主要目的。古典文学所能提供的信息量本已有限，而套在古典文学之上的语言枷锁，更是无法满足现代人自由化、轻松化获取信息的基本需求。此外，随着电子媒介、3G 网络的发展，现代多媒体技术带来的异彩纷呈的视听感受，较之枯燥乏味的语言文字更具趣味和诱惑。古典文学作品的语言魅力不再，在现代人的生活中无可挽回地丧失了中心话语权。

二、媒介时代文学传承的契机

网络时代的传播媒介，本质上犹如一把双刃剑，在娱乐至上、消费优先的时代背景下，传承数千年之久的古典文学被逼入山穷水尽的境地，处境极为艰危。然而以互联网、电子媒介、多媒体为主体的现代传媒，也为古典文学的传播创造了可能的途径。古典文学的文字符号转变成集声音、图像、音乐等要素于一体的形式进行传播能极大地刺激受众的感官系统，使得古典文学以一种崭新的面貌进入现代人的欣赏视野；而一旦现代传媒能为古典文学所用，就成为后者至关重要的传播载体，从而为古典文学的复苏提供了某种历史契机。

传统上，古典文学的传播主要依靠纸质印刷，而在网络时代环境下，这种载体日益凸显出苍白、呆板与单调的气息，无法满足现代读者的阅读期待。伴随现代科技的迅猛发展，电子媒介、数字媒体、多媒体以及互联网等传播媒介纷纷出现。一方面，这些新颖的传播方式，在传递信息的容量、速度以及广度上都远远超越传统手段，能够充分地拓展古典文学的存在空间。借助这些现代传播媒介，古典文学的传播可以实现对时间和空间的突破，从而实现传播范围的更大化。另一方面，这些新兴的传播媒介，大多摒弃了传统印刷媒介呆板、抽象与单调的文字传达方式，而是将声、光、音、色糅合起来，以具体可感的形象诉诸人的视听感官，极大地降低对文学接受者的要求，使得文学经典轻松跨越阅读障碍，形象而直观地呈现在读者大众面前，从而帮助人们找到文学欣赏的捷径。

多媒体技术可以使古典文学的传播更具生动的形象性，但在信息化、网络化时代，多媒体与互联网的联姻，才真正为这种传播插上翅膀，并使二者相得益彰，从而把传播功效推上一个新的高度。计算机与多媒体技术的发展，为文学作品的网络化提供了技术支撑与保障，如今，几乎所有的传统文学作品都被数码复制并储存在网络资料库中，众多网站、文学主页甚至个人博客的古典文学作品可谓汗牛充栋。而网民人数的急剧膨胀，使得网络的影响力空前强大。基于此，古典文学在网络的推动下，获得了再次焕发艺术生命力的良好机遇。

首先，通过多媒体技术制作的古典文学作品在网络中以超文本结构形式存在，人们打开电脑，联通网络，即可以欣赏到具有文字、声音、图像、动画乃至影视画面的多媒体作品。

其次，网络是一个自由开放的空间，也是一个反中心化、非一元化的虚拟世界，它漠视权威、消除等级，无论是达官贵人还是黎民百姓，在这里都是平起平坐的网民；借助网络，被多媒体重塑的古典文学作品得以在广大网民中自由传播，这既消除了古典文学晦涩难懂的阅读屏障，也促使文学作品迅速走向普通大众。

在网络空间里，包括古典文学在内的一众文学作品一反过去高高在上的姿态，以一种寻常低调的方式呈现在人们面前，供不同阶层的读者欣赏和品读。而借助论坛、社区、网上书评等形式，读者也可以自由、公开地就作品进行富于个性色彩的阐释和评述，各种古典文学的“水煮”“麻辣”“大话”和“戏说”层出不穷，无疑都是大众读者积极参与古典文学表达的显著例证。在网络视域中，古典文学已经慢慢褪去了精英文化的外衣，逐渐走下高雅文学的神坛，与普通大众日益融汇在一起。对于网络在文学表达中的这一重要作用，诚如论者所言：“（网络）有利于摆脱文学的精英化倾向和曲高和寡局面，普通大众开始和所谓的精英们享受同样的文化产品，这又是网络的一大贡献。”再次，网络不仅可以上传、储存古典文学作品的数据资源，也可以提供网络下载功能，能够将古典文学的多媒体文件传送到手机、掌上电脑（PDA）、平板电脑等易于携带的传播工具上，阅读由此变得触手可及，花费也得以大大降低。

网络时代的新兴传播媒介，为古典文学的传播打通了前所未有的门径，展示出了空前强劲的传播功效，让一度岑寂、几近尘封的古典文学走出华屋，走向普通百姓。古典文学的传播俨然进入一个多姿多彩的时代，长期以来，徘徊于文人士大夫中间的小众传播，一跃进入大众化传播的信息高速公路，古典文学在信息化和现代化的进程中也不至于断裂，而是得到了很好的接受与传承。

第四节　媒介时代的文学接受

在新世纪，电子媒介、数字媒介、通信媒介等给文学提供了一个前所未有的开阔的生长和传播平台，同时，也给文学接受带来了新质的生长与范式的转变。文学创作主体的心理现实物化为外在符号和物质媒介，并通过传播主体的参与进入流通渠道之后，文学传播媒介进入第三重媒介化过程，即文学接受的媒介化。

一、读者角色与文学接受的媒介化

在整个文学实践活动当中，读者是十分活跃且关键的要素，更是文学传播实践当中的主体，和作家以及作家所创作出的作品处于同等的地位。长期以来，在文学研究层面，人们更多的是研究作者或者是作品，对于读者的研究非常缺乏，甚至一直采取的是忽视的态度。一直到20世纪60年代，随着文学批评理论体系的形成，才让读者真正走入文学研究的中心位置。在这一理论系统当中关注读者与文学符号的解读，同时也揭露了读者在阅读文学作品当中的审美心理，并且明确指出文学创作尤其是大众文化生产都需要与读者建立密不可分的关系，只有这样才能真正提高文学的接受能力。曼海姆在《代的问题》中说："同代性注定了这一代人社会经历的潜在特殊界限和范围，使这一代人在性格模式上存在着同样的社会经历和思维方式，在行为上表现出同样的历史类别。"对此，坚持将读者作为核心内容的大众文化生产会直接受到代际变化的影响，并且具有媒介时代特征。

针对文学接受媒介化过程的分析，需要经历相当复杂的过程。首先，读者需要在特定符号以及环境当中实现自我媒介化，而且要让读者实现真正的阅读，需要有物质媒介作为基础条件。在纸质媒介时代，读者首先需要拥有文学文本，也就是出版社出版的作者书籍，而在网络媒介时代，读者首先要具备网络阅读的条件以及能力。阅读方式会决定读者的文本选择方式、目的等。其次，读者进行文本阅读的过程需要在特定符号以及感知环境当中完成意义交换。读者首先需要能够看懂文字符号，接下来才能将自身作为媒介来展开内向传播。

文学接受者把符号转化成相应的意义，使之成为自身信息系统中的构成因素，从而使文学媒介主体化。同时，文学媒介也在召唤潜在的“理想读者”。这种理想读者是创作主体，一定程度上也包括传播主体在特定媒介环境中所建构起来的部分。接受主体在解码过程中通过与理想读者的抗争与妥协，实现自身的客体化，使自己的心理世界融入媒介环境，成为受文学媒介影响的对象性存在，实现双方的意义交换和关系性的主客体置换。阅读以及接受并不代表文学传播的结束。读者反馈在文学传播中占有重要地位，也是整个传播实践活动当中的组成部分，文学活动于是继续进行交互逆反的互动过程。

二、新世纪文学接受的日常生活化

当代的文学有着明显的生活化特征，而且在当代的文化语境下，与日常实际生活紧密相连的世俗精神十分必要，也因此使得大量的文学作品当中涉及生活细节，并将生活表现作为作品的一大特色。与此同时，又在不断地构建各自人群特有生活基础上的“90 后”文学、青春文学，以及网络文学等，彻底打破了专业化作家文坛，使中国文学发展进入一个全新的领域，而这一领域就是与人们生活息息相关的生活领域，原本的文学和生活之间有着非常明显的界限，而现在二者之间的界限也逐步变得模糊，这可能是当今时代文学变化的一个明显特征。在完成这样的转变之后，我们会站在生活的角度来对文学进行解释和理解，生活的存在决定了文学的存在。无论是文学还是文坛都会让特定生活当中的人群以及社会来完成构建，无法再形成垄断的局面。当我们在强调纯文学价值，并对这样的创作表达敬佩之情时，必须要为人们提个醒，他们同样是中国文学生活的组成部分，大量的文学词语都必须在生活以及经验当中得到检验。当我们在理解文学作品时，应该着手于当前的实际生活。在当前强调文学生活化的时代，文学处理的内容不能局限于传统的抽象理论和道德的论述，关键是要结合当下生活与人们的实际处境，把握好与生活密切相关的物质以及精神生活这两个方面，使文学创作能日常生活化，并在生活化当中为文学增添应用性价值。

比如新世纪的小说、散文与报告文学就特别强调对日常生活的表达，得益于越来越丰富的媒介手段，新世纪文学的接受途径和受众也相应地日常生活化，个人化写作、小资散文、新都市小说、“三农”文学等主题，都娴熟地书写出了日常生活中的人与人性。孟繁华认为：“应该说，对极端化或绝对化的生活状态的表达还相对容易些，因为那里隐含着不易察觉的、道德或立场的优越。……但是，对日常生活，对每个人都熟悉的生活状态，对不因时代、环境和制度而改变的，也就是‘超稳定文化结构’中的人与人性的表达，就要困难得多。这就是越是熟悉的生活，越是司空见惯的状态，越难以表达。文学是处理人类精神和心灵事务的领域，表达日常生活中的人与人性是文学的宿命，如果不放弃或牺牲文学，不改变文学的书写对象或范畴，那么，对人和人性的表达就永远是文学的困惑和焦虑。”例如，须一瓜的《地瓜一样的大海》、迟子建的《第三地晚餐》、叶舟的《目击》等都提供了独特而新鲜的生活经验。

如果站在这样的视角上看的话，当代文学想要透过生活的表面现象来洞穿人心和人性，这些表面现象能够亲眼看到，更是涉及人的精神世界。这样，新世纪文学不仅有了属于它的生活逻辑，也有了属于它的文化逻辑。

进入21世纪，由于媒体的力量及大众文化的勃兴，文学审美走进日常生活甚至成为日常生活的构成部分。诚如列斐伏尔所指出的，文学与日常生活从来就息息相关，诗人也好，哲学家也好，神学家也好，尽管他们表面上都是日常生活的大敌，但事实上都是在这个处处不尽如人意的日常世界里做着他们异想天开的白日梦。列斐伏尔认为："文学的和'精神的'19世纪，是从奈瓦尔、波德莱尔和福楼拜开始的。浪漫主义回到了卢梭，连带着他的伤感修辞，以及一种他依然可以引为自得的个人主义，因为他在自己和自然以及神圣之间没有看到障碍，也因为他还没有认真经受过孤独和痛苦的检验。司汤达也是一个18世纪的人物，对人类、自然和自然生物一派乐观、充满信心。波德莱尔和福楼拜带我们走进了一个新的时代，我们今天依然生活其间。"像列斐伏尔所说的生活在波德莱尔和福楼拜的文学世界之中一样，我们也一直生活在鲁迅、沈从文、茅盾、张爱玲、王安忆、金庸、莫言等作家的文学世界之中，这一点，在我们当下的旅游生活之中表现尤其明显，比如我们走进凤凰旅游，从某种角度说是走进沈从文笔下的"边城"与"湘西"，换言之，沈从文的"边城"与"湘西"事实上已成为我们日常休闲生活的有机构成。同样，鲁迅笔下的"鲁镇"与"绍兴"、茅盾笔下的"乌镇"、张爱玲与王安忆笔下的"上海"、莫言笔下的"高密"、金庸的"江湖"等也是如此。当然，在新世纪的影像观看生活之中，"看"文学作品准确地说是"看"由文学作品改编而成的影视作品，这几乎更是大众日常生活的常态。

对此，马大康认为："一方面，文学艺术本身诸如情景喜剧、流行音乐等，已成为热门畅销的商业卖点；另一方面，文学艺术又变着花样、想方设法进入日常生活并与商品联姻，广告、美容、瘦身、服装……其中无不渗透着文化。"文学艺术走进日常生活，并在日常生活中四溢，实质上是走向受众文学接受的实用性与功利性，以削平深度、淡化意义的方式完成对大众趣味的传播，并最终完成和实现跟日常生活的同一与同化。对此，张颐武曾经深刻地指出："从整体上看，中国文学在一个新的全球化和市场化的环境下的'常态化'的运行，是今天和未来中国文学的基本形态。文学不再是社会活动的中心，而是其中一个不可或缺的部分。文学将会像在发达国家那样，越来越不再是宏大的叙事，而是普通的阅读生活的一部分。"

三、从"影像"到"拟像"的接受转变

从古至今，文学的接受方式不外乎三种基本形态：一是"听的方式"（口传文学时代）；二是"读的方式"（书面文学时代）；三是"看的方式"（视像文学时代）。在图像时代，随着审美范式从形象到影像，再到拟像的转变，新世纪的文学审美也随之出现变化，其中最值得

置于视觉文化语境中探讨的就是从“读的方式”向“看的方式”的转变。这是一次革命性的转变，是一种与时俱进的创新。

在新世纪，影视等电子媒介与网络等数字媒介一同以一种不断创新的文学生产模式，既拓宽了文学审美的新天地，又促使文学接受范式出现了从“语言审美”向“图像审美”、从“无利害审美”向“功利化审美”、从“精神审美”向“生活审美”、从“超世审美”向“入世审美”的转变。按照托马斯·库恩在《科学革命的终结》一书中所说的，“范式”就是某一个历史时期为大部分共同体成员所广泛承认的问题、方向、方法、手段、过程、标准等，落实到美学问题上，“审美范式”指的是在某一特定历史时期大部分共同体成员所广泛认同的审美方式。事实上，从古至今，审美范式先后经历了三个阶段，分别是“形象：古典阶段”“影像：现代阶段”和“拟像：后现代阶段”，换言之，就是“形象审美—影像审美—拟像审美”。当然，一种审美范式的新生与主流化，并不意味着另一种审美范式的消亡与退场，所以在新世纪尽管有着图像霸权的客观存在，切实推进了“影像审美”与“拟像审美”的主流化与中心化，但“形象审美”依然还生生不息，建构着属于自己的非主流化与边缘化的美学风景。

在经历了摄影、电影、电视的常规发展与电子化、数字化、网络化的飞速跃进之后，机器性视觉媒介作为人的眼睛的延伸，极大地改变了人类“观看”世界和接受信息的方式，这样，“世界通过视觉性机器被编码成图像”。我们对自身及周遭世界的认知和感受，我们在世界的交往和生存，都潜移默化地受到了视觉媒介技术的强力制约和深刻影响。从这个意义上说，图像时代就是一个机器文化时代，也是一个技术文化时代，更是一个“看”的时代。

影像是现代科技文明的重要成果，作为视觉媒介机器的产物，也是图像时代的主导。作为审美对象的影像，“意指真实世界中的事物，通过光的反射作用在胶片感光剂或电子成像装置上的显影成果”。随着文学载体从传统印刷媒介的形象向现代机器媒介的影像的转换，审美范式也随之转型，即从形象到影像的现代转型。周宪在《视觉文化：从传统到现代》一文中考察了视觉接受从传统到现代转变的五种表现：从不可见到可见，从相似性到自指性，从重内容到重形式，从“静观”到“震惊”，从趋近图像到为图像所围。在《模仿/复制/虚拟——视觉文化的三种形态》一文中，周宪采用了历时考察的思路，选取了镜子、相机、电脑三种视觉媒介，考察了它们对应的三种视觉范式，即模仿、复制、虚拟。周宪的三种视觉范式的归纳，准确而精到，但由于缺乏对图像时代电影与电视这两种最主流视觉媒介的关注而显得有点儿美中不足。

事实上，影像作为一种审美对象的确立与普及，有些特征是值得关注的：一是机器化生产，使得影像这种审美对象可以批量化生产，从而导致审美过程的商业化。二是机器化传输，使得影像这种审美对象可以突破时间和空间的限制，可以使得远在千里之外的人也能同时享受到清晰而又声情并茂的影像，并让人有一种身临其境的审美体验。三是机械化复制以至数字化复制，使得影像可以轻而易举地无限复制，且复制品之间没有任何差异，原本与摹本的区别彻底消失了。

在图像时代，当图像“不再表征现实，甚至与现实无关，它依循自身的逻辑来表征，符号交换是为了符号自身”时，视觉审美对象便从影像走向了拟像，从现代走进了后现代。“拟像”是鲍德里亚创造出来的一个概念，所谓的“拟像”是一种对现实的复制，但它逐渐脱离现实而取得了独立的地位。对于拟像的发展，鲍德里亚将之分为四个阶段：“第一，它是对一个基本现实的反映。第二，它掩盖和歪曲了一个基本现实。第三，它掩盖一个基本现实的缺席。第四，它与任何现实都没有关系：它是它自身的纯粹拟像。”在《拟像的进程》中，鲍德里亚引用《传道书》中的两句话作为篇首引言：“拟像物从来就不遮盖真实，相反倒是真实遮盖了‘从来就没有什么真实’这一事实。拟像物就是真实。”在鲍德里亚看来，拟像是一个非常宽泛的概念，不仅包括图像、形象和符号，而且包括社会事件、现实景观和生活行为。举凡一切的图像、景观、事件，只要按照拟仿的逻辑生成，就都是拟像。从整体上说，拟像生存于影视媒介、网络媒介、数字媒介等所建构的仿真社会与“超现实”或曰“拟现实”之中，秉承着拟仿逻辑，具有二元和数字性的特征，是走向虚拟化的图像，具有虚拟性、欺骗性、不确定性和异质性。

四、从“审美”到“审丑”

新世纪十五年是一个“泛美学”的时代，或曰“审美泛化”的时代。鲍德里亚说过：“我们的社会生产出一个普遍的审美泛化，所有的文化形式，也不排除那些反文化的形式，都被提升了，所有的再现模型和反再现模型都被请入其中。”在“审美泛化”的语境中，不仅那些“反文化”与“反再现模型”可以入主审美视域，就是那些“反美学”与“反文学”也同样可以入主审美视域。由于全社会对所谓的“高大上”的审美疲劳，而那些所谓“矮低俗”却更能带来不可企及的审美震惊效果。这样，“真善美”虽然还是审美家族的主人，但“假恶丑”在进入审美的视野之后竟然成了审美家族的新贵。这样，新世纪的文学审美出现了所谓的从“审美”向“审丑”的后现代转型。

从整体上说，从“审美”向“审丑”的后现代转型有几点是值得关注的：其一，表征着表层化、感官化、断裂化的后现代哲学。其二，“泛审美”强调审美沉浸与欲望投射，迷恋于“当下”与“片刻”之欢。其三，审美主体失去了主动性和能动性，成了“时尚”“流行”和“另类”生活方式的追逐者。其四，文学感受在“泛审美”的影响下走向“碎片化”与个性化。其五，书写“丑”、塑造“丑”、展示“丑”与张扬“丑”，或者说“以丑为美”，成为新世纪文学的话语狂欢。

从理论上说，审美观念是一个时代审美风尚得以可能的前提，而审美趣味则制约着一个时代个人的审美取向。余虹认为：“审美趣味也是一种文化现象。古希腊人认为强健的人体是神性的标志，它很美，……审美趣味是一种引导并制约着个体如何审美的文化力量。”在余虹看来，作为一种文化力量，审美趣味依托于审美主体的主观性与集体约定及社会认同。美与丑，既是相对的，也是可以转换的，但是随着审美文化的历时性积淀，依然有着为绝大多数人认同的、可以厘清的美学向度。美与丑，虽然都是一种审美范畴，但是美的规定性与丑的规定性毕竟不同。所以，“以美为美”是常态，而“以丑为美”是异态，表征着审美趣味的特殊化转变。

事实上，在西方美学史上，倡导丑并让丑走向审美的圣殿早在启蒙主义运动中就得到了大力宣扬。法国的伏尔泰曾经说过：“莎士比亚笔下的光彩照人的畸形人给我们带来的快感要比当今的理智、慎重大一千倍。”在这里，畸形人具有“光彩照人”的审美属性，并能引起读者的审美愉悦以至审美快感。西班牙的埃斯特万一阿特亚加也说：“模仿所摄取的只是集美丑善恶一身的远非完美的个人”，他甚至认为：“艺术史的每一页都驳斥了模仿‘美的自然’的理想。”其后，莱辛在打破丑的禁令上更具影响。在《拉奥孔》中，莱辛认为，近代诗歌艺术主要不是美的艺术，而是真的艺术，它不以美为最高理想，而以真为最高法则。真实的现实，既有美，也有丑，因此丑有权利入诗。“丑入诗”有两层含义：一是描写丑的对象；二是根据真的法则，打破古典和谐美的原则，对艺术各元素做不和谐的处理。这后一条具有更本质、更深刻、更长远的意义。随着启蒙主义向浪漫主义的转折推进，人们已经“感觉到万物中的一切并非都是合乎人情的美，粗俗藏在崇高的背后，恶与善并存，黑暗与光明相共”“诗人着眼于既可笑又可怕的事件上”。在近代的思想里，“滑稽丑怪都具有广泛的作用，它无处不在：一方面，它创造了畸形与可怕；另一方面，它创造了可笑与滑稽”。雨果曾经大声疾呼：“现在是时候了，一切富有学识的人都应该抓住那一条总是把我们称之为美的东西和我们根据偏见称之为丑的东西联结起来的纽带。缺陷——至少我们是这样称呼的——往往是品格的一个命定、必然的、天赋的条件。”正是如此，雨果在《巴黎圣母院》中塑造了一个外形极丑而内心极美的卡西莫多和一个外形很美而内心很丑的腓比斯，特别是卡西莫多更是人们津津乐道的典型。可见，丑通过艺术的加工可以成为艺术之美，虽是病态，但同样迷人。诚如鲍桑葵在《美学史》中所说的：“即令我们被我们自己制造的丑包围起来，我们也有了更大的更敏锐的美感。”正是在这些美学观念的烛照之下，20 世纪的西方现代派更是放肆地将丑、荒诞、异化、魔幻、黑色幽默等纳入审美视野，成为一种最典型、最纯粹的美学形态与范畴。

尽管丑是与美相对的美学范畴，审丑是与审美相对的审美形态，但是，我们想要强调的是，审丑并不代表着“以丑为美”的必然律。毕竟审丑最终是为了窥探丑背后的美、粗俗背后的崇高、滑稽背后的端庄、荒诞背后的真实，是为了“以丑写美”“以丑化美”“以丑求美”和“以丑彰美”，则绝不是“以丑为美”与“美丑不分”。这需要广大读者能够长出一双慧眼，不要被大量的病变审美所侵蚀。

第五节　媒介时代的文学消费

新世纪文学消费方式的转型有四种形态：一是从“直接消费”向“间接消费”的变更；二是从“阅读消费”向“观看消费”的变易；三是从“个性消费”向“类型消费”的变换；四是从“作品消费”向“符号消费”的变调。

一、从“直接消费”向“间接消费”的变更

纵观新世纪的文学消费，诚然有着“直接消费”与“间接消费”的并存，但大趋势上是从“直接消费”走向“间接消费”的变更。

所谓“直接消费”，就是指针对作为商品的文学作品本身的直接的消费行为，包括作品购买、作品阅读、作品评论、作品改编、作品翻译、作品输出与输入等。换言之，这是针对文学作品本身、围绕文学作品本身、以文学作品为中心的消费行为的总称。而“间接消费”，就是指针对作为商品的文学作品的衍生品、附生品、寄生品的消费行为。这种消费行为虽然对衍生品、附生品、寄生品来说是直接的消费行为，但对文学作品而言却是间接的消费行为，包括观看源自文学作品的戏剧、戏曲、电影、电视剧、网络游戏等。

在 21 世纪，“购买消费”是一种最常态的“直接消费”。但是很多人购买文学书籍有着不同的目的，在很多情况下并不是为了阅读和接受其中的丰富信息，只是为了将其进行收藏，把图书变成一种摆设或者是炫耀的资本。埃斯卡皮认为，绝不能把文学书籍的购买与阅读混为一谈：“我们可以举出那种‘炫耀性的’，作为财富、文化修养或风雅情趣的标志而‘应当备有’某本书的现象(此为法国各书籍俱乐部最常见的购买动机之一)。还有多种购书的情况：投资购买是一种罕见的版本，习惯性地购买某一套丛书的各个分册，对于某一项事业或某一位深孚众望的人物的忠诚而购买有关书籍，还有出于对美好东西的嗜好而购买，这是一种‘书籍兼艺术品’。因为书籍可以从装帧、印刷或插图方面视作艺术品。这种不阅读的文学消费包括在文学书籍生产和消费的经济周期内。”不阅读的文学消费，是一种纯粹的购买行为，豪泽尔把它称之为“显示式消费”或“夸示式消费”，其目的纯粹是为了炫耀自己的社会地位。尽管他们没有对艺术的内在审美需要，尽管他们从未打算去阅读那些文艺作品，甚至对所收藏的艺术经典名著一无所知或知之甚少，但为了装点门面，附庸风雅，显示自己既富且贵，因而喜欢购买和引人注目地摆设一些豪华精美的文学经典名著，以营造一种有教养的文化环境。当前纯粹为了消费而购买文学作品的行为随处可见，他们对于名著购买的理由十分简单，是想要对图书的展示价值进行挖掘来炫耀自己对雅致的追求。在这样的情势下，在整

个文学市场当中就出现了这样的现象，很多的文学名著虽然有着极高的价格，但是在市场上还是会受到人们的普遍接受与欢迎。

“阅读消费”是当今最典型的“直接消费”形式，其对象是文学作品本身，来源比较广泛，可以是购买而来，可以是借阅而来，也可以是受赠或其他。在“阅读消费”的范畴里，是主体对作为商品的文学作品，实施具体阅读行为的过程，诸如精读、泛读、略读、跳读等阅读形式。以阅读消费为主要形式的读者才可以算得上是真正的读者。正是因为有了追求文学本来面目的人群存在，才让当前的文学仍然有着生机。大量优秀的文学作品仍然是很多读者的心灵栖息地。但是观看消费明显属于间接性质的消费，是用观看来代替阅读的一种消费方式，观看的是将文学作品进行改编之后的影视作品，这些受众不关注原本的文学作品，只是想要从改编的影视剧当中获得视觉上的满足，无法真正感知到文学作品的本来价值，用读屏代替读书。

二、从“阅读消费”向“观看消费”的变易

图像技术的高度发达与图像艺术的极度普及，直接促成了新世纪的文学消费从“阅读消费”向“观看消费”的转变。所谓“阅读消费”，主要是指对文字的消费；所谓“观看消费”，主要是指对图像的消费。在当前，文字时代已经过去，转而代之的是图像狂欢，从中能够明显看到图像对于文字的排挤和压制，直接将图像推到了文化的中心地带。在之前阅读文学作品的过程中，首先要用眼睛观看，边看边进行大脑的思考，进而捕捉文学作品所塑造出的形象，以及作者透过文字来表达的思想。但是现在文学已经变成了图像化的内容，图像非常形象生动，不再需要眼脑之间的转换，这与当代人的审美特征是相符合的。在这样的推动之下，观看图像成为最主要的文学消费形式。“阅读消费”是一种“直接消费”与“深消费”，而“观看消费”则是一种“间接消费”与“浅消费”，有着“快餐化”的后现代文化逻辑。

21世纪是一个图像无处不在的图像时代与景观社会。因此，在这样的环境当中，有越来越多的文字化的文学作品被改编变成一种图像化的呈现方式，将原本的文学符号变成了鲜活的图像。据调查，影像媒介比之于纸质媒介，在21世纪的受众市场已经占据了绝对的霸权地位。在影视媒介中，最普及、最大众、最广泛的是电视。在电视的节目形态中，电视剧独占鳌头，因其受众的广泛度，它的影响力远远地超过了电影、小说、戏剧等其他叙事形式。阿培尔·冈斯曾说过：“莎士比亚、伦勃朗、贝多芬将拍成电影……所有的传说、所有的神话和所有创立宗教的人和各种宗教本身……都期待着在水银灯下的复活，而主人公们则在墓门前你推我搡。”比如，四大名著先后多次被拍成了电视连续剧，现代文学经典如《围城》《四世同堂》等先后被拍成影视剧。这些文学经典通过影视图像的阐释，借助图像平台的传播，以通俗的方式被“观看消费”。再如，就新世纪的网络小说而言，一般观众不是直接阅读网络小说，而是通过观看改编自网络小说的电视剧来感知的，像《后宫·甄嬛传》《步步惊心》

《何以笙箫默》《欢乐颂》等。概言之，21世纪的“观看消费”有两种选择：一种是止于观看，为观看而观看；另一种是止于阅读，因观看而阅读。前者无可厚非，后者弥足珍贵。蒋述卓认为：“到了今天，我们完全可以说，读者在面对文学作品时已经自觉不自觉地用视觉的东西来要求、期盼它，这种视觉消费、视觉思维已经成为年轻一代主流的思维方式。据调查显示，人们对一些文学经典的了解大多借助的是影视的形式，看电影、电视的时间远比看书的时间要多得多，图像的中心地位、图像在社会中处于支配地位的现象，已经越来越明显。”

新世纪文学的“观看消费”是一种实实在在的“快餐化消费”和“休闲化消费”。“快餐化消费”是后现代社会的一种时尚与潮流，它满足的是快节奏生活中人们对“效率”和文化信息的“知道需求”，有着轻松、休闲、去思考的特征。学者武少民对这样的时代现象做出深刻的思考，并说道：“‘快餐化消费’是以一种无目的的随意性的浏览，放弃思维的辅助，成了填充大脑中暂时的空白状态的消遣。或以新颖荒诞的视角，或以大量具有视觉冲击的图版，诸如卡通、科学幻想、生活幽默、特效技术等来博得人们轻松一笑。作为承受着巨大生存压力的现代人来说，紧绷的神经太过脆弱，需要放松自己，消减存在的压力。在有效的闲暇中，捧读一本装帧精美令人赏心悦目的杂志，追逐着吸引人的标题，了解一些新奇的言论，或者满足猎奇心理，以打发无聊的时间。”而对“休闲化消费”还可以作“浅消费”与“轻消费”“文学事件消费”与“文学名人消费”“内文本焦点消费”与“外文本逸事消费”等细分，其消费对象是文学图像化的影视作品，主要形式有商业出版、电影电视呈现出的“绘本”文学、摄影文学、电影文学、电视文学、影视文学、影视剧、网络视频、网络剧、手机视频等，其中又以影视剧最具代表性。文学的深度可能要被图像平面化、浅直化，读者虽然可以在图像中获得短暂而虚拟的快感，但失去的或许是对文学的深刻内涵的体验和美妙的想象。

从“阅读消费”向“观看消费”的变迁，表征的是新世纪文学消费对象的影像化、消费内容的浅表化、消费过程的快捷化、消费路径的间接化。“这不仅是因为人们爱看直观感性的图像，而且是因为当代社会有一个日益庞大的形象产业，有一个日益更新的生产传播的技术革命，有一个日益膨胀的视觉‘盛宴’的欲望需求。”在“观看消费”的语境下，新世纪文学不得不面临四种窘况：一是文学原著因冷落而搁置；二是以先锋小说为代表的纯文学因影像预设而异置；三是文学深度因影像改编而悬置；四是文学消费因镜像扩张而误置。由此，作品失去了印刷时代的魅力，读者对作品的接受与消费开始向直观和幻化的视觉领域挺进。正如麦克卢汉所说的：“图像革命使我们的文化从个体理想转向整体形象，实际上就是说，照片和电视秀使我们脱离文字和个人的观点，使我们进入了群体图像的无所不包的世界。”

三、从“个性消费”向“类型消费”的变换

所谓“个性消费”也即指“个体消费”，在基于市场经济条件下的消费文化语境中，每个人对消费对象的选择及消费对象的维度的选择是不一样的，比如在文学体裁的选择上就可

以区分为诗歌、小说、散文、戏剧、报告文学等，在文学类型的选择上就可以区分为传统文学、影视文学、网络文学等，在对同一文学作品文本的关注上就可以区分为重收藏、重展示、重阅读、重评论等。就文学消费而言，由于文学消费者是个性化的客观存在，“个性消费”应该说是一种正常形态。在新世纪，由于媒介文化对消费文化的合谋互动，甚至是诱导施控，而媒介文化从整体上说是一种典型的同质文化。换言之，大众传播媒介将文化同质化后呈现出一种同质形态的文化。这样，新世纪媒介文化的同质性必然会在新世纪的文学消费活动上得到极大的彰显，于是就有了后现代文化特征的“类型消费”。

所谓“类型消费”也即指单个消费者的消费对象在类型上的固定性与执着化消费，也就是这样，文学消费者只对某种类型的文学作品感兴趣和有消费需求，如 20 世纪中国文学史上先后出现的“鸳鸯蝴蝶迷”“武侠迷”“财经小说迷”“都市小资迷”，这是消费者个体消费在兴趣偏爱、口味偏重、审美偏至之后的类型化。当然，“类型消费”也可以指许多文学消费者对同一部作品、同一个作家、同一种文学趣味、同一种文学样式等的消费活动，从而形成集群效应与轰动效应，并进而形成文坛的“热点”与“焦点”。对于“类型消费”的形成与勃兴，同大众传媒的造势、宣传、诱导、凝聚密切相关，也与大众传媒的策划炒作、呼风唤雨及推波助澜直接相关。

新世纪文学的“类型消费”与“类型写作”直接相关。在市场经济条件下的消费文化语境中，由于“买方市场”在整个消费过程中的主宰性地位，“类型消费”与“类型写作”是互为中介又互为结果的，从某种程度上说，是“类型消费”促进了“类型写作”的大发展，“类型写作”的大发展又反证着“类型消费”的大市场。

四、从“作品消费”到“符号消费”的变调

在新世纪的文学消费活动中，值得关注的现象还有从“作品消费”到“符号消费”的变调。“作品消费”指的是对具体的文学作品进行购买、阅读、研讨、评论和改编等直接性的消费活动，例如，刘震云的小说《贫嘴张大民的幸福生活》被改编为同名电视剧，无论是小说还是电视剧都是“作品消费”的对象，受众研读小说或是观看电视剧都是一种“消费”活动。而“符号消费”指消费者在选择消费商品的过程中，所追求的并非商品的物理意义上的使用价值，而是商品所包含的附加性的、能够为消费者提供声望和表现其个性、特征、社会地位以及权利等带有一定象征性的概念和意义，具体表现为对文学符号化、作家明星化、作品事件化之后文学所内含的神圣性、儒雅性等文化符号的一种有意味的消费活动。“符号消费”大多不关涉文学作品本身，它聚焦的是文学作品之外的“意义”“内涵”和“认同”等。

波德里亚认为：“消费是个神话。也就是说，它是当代社会关于自身的一种言说，是我们进行自我表达的方式。”在新世纪的消费社会里，人们不仅消费物质产品，更消费精神意义与文化符号，如消费品牌、消费偶像、消费美丽、消费革命、消费历史、消费经典乃至消

费语言与符号等。符号消费是后消费时代的核心，它的最大特征是表征性与象征性，即通过对符号的消费来表现个性、品位、生活风格、社会地位、社会认同、族群意识（主要是贵族意识、上流意识与精英意识）。如果说消费的符号指的是通过消费来表达某种意义或信息的话，那么，符号消费是将消费品作为符号表达的内涵和意义本身作为消费的对象。可见，符号消费指向的是有着能指与所指意义的符号，它不再是纯粹的经济行为，而是一种文化行为。符号消费不断嵌入现代社会并发挥着越来越重要的作用，彰显了消费社会的符号性特质。对此，许多理论家都有深刻的论述，如凡勃伦的"炫耀性消费"，齐美尔的"时尚的哲学"，鲍德里亚的"符号消费"，布迪厄的"文化消费"等。

大众传媒生产或制造出一系列超越作品、关涉作家的"消费符号"，然后利用手中的文化权力对文学实施话题化、事件化和偶像化等操作，从而诱导文学消费者践行"符号消费"，常用的方式如制造文学话题、打造文学事件和构造文学偶像等，随着作家的偶像化、青少年读者的粉丝化，新世纪文学的"符号消费"也就聚流成河了。

随着"符号消费"的推进与潮涌，新世纪的许多文学符号如"身体"与"青春"等都被"神话化"了。这样，"文学"成了一种载体，承载的是可消费、可循环的符号，文学的现实消失了，作品的内容成了可有可无的摆设。例如，当"青春"成为一种被大众传媒构造的"神话"，成了由各符号所呈现的可消费的烂俗体裁，青春的意义也被归入了消费文化的逻辑，"青春"的真实也就在它成为可消费、可循环的"消费品"时而被取消了。这样，被风干后的"文学"成为大众媒介可以任意使用的符号，进而成为大众媒介的集结号与摇钱树。"符号消费"的高涨，代表的并不是文学的真正繁荣，而是文学符号的不断扩张与肆意泛滥。

创作主体、接受主体和传播主体之间基于媒介产生的信息交流和循环互动，使文学传播媒介呈现出多层次交互式的动态结构，同时也塑造了多层次的文学传播媒介环境。以往我们的文学研究更多地从作者、读者、文本、语言等方面研究文学现象和规律，忽视了对文学传播媒介及其塑造的媒介环境的研究。从宏观历史语境来看，由符号环境和感知环境统一构成的媒介环境在一定程度上对文学的诞生、发展和兴衰发挥了决定性作用，媒介环境，影响甚至决定了文学的生产、消费和发展轨迹，文学创作和文学接受因此而产生变化，并进而引起了文学边界和文学观念的变革，这需要我们在媒介与文学的融合发展过程中投入关注与思考。

第四章　文学传播的效果

在人类精神活动领域，似乎没有比文学传播更简单的事情了。咿呀学语的幼童偎依在祖母的身边听故事是文学传播，识不了几个字的成人欣赏根据一定的文学脚本摄制而成的影视片也是文学传播，诸如此类的例子说明文学传播看起来简直谈不上什么难度。但是，同样在人类精神活动领域，似乎也没有比文学传播更复杂的事情了。要想读懂从文学传播过程中产生或以文学传播为研究课题的各种文献，并非轻而易举，因为它们当中有相当部分是异常费解的，远远超出一般的传播经验。在本章中，我们所要探讨和研究的就是文学传播领域当中的文学传播效果问题，它的研究不仅能够显示文学传播存在的意义与价值，而且是将文学传播有机贯穿起来的一条主线，以帮助我们更好地厘清在文学传播领域中所出现的疑惑与困扰。

第一节　文学传播效果的内涵及研究

传播效果研究是与文学传播实践结合得最为密切的研究领域。人类的传播是有目的性的，是个人、群体、组织和国家实现自己的目标所必不可少的手段。人类的文学传播具有不可忽视的目的性，它在确保人类文化历史传承的过程中，也为实现社会系统各部分的协调与沟通、维持社会的进步与发展方面发挥着重要作用。正因为如此，文学传播活动的效果如何，怎样才能获得良好和有效的文学传播效果就应当受到人们一定程度的关注。

人类在进行文学传播的过程中，从文学作品创作完成，所制造的文学信息经由不同传播媒介传达到文学受众之后，总会产生效果，这种效果有大有小，有潜在效果也有显现效果，有短期效果也有长期效果。文学信息只有广为传播，才能有效实现价值和意义，并产生与之相适应的影响及效应。

一、文学传播效果的概念内涵

任何一门学问都是建立在一系列概念有机结合的基础上的，概念是否清晰直接影响到理论体系的严谨性。因此，在研究文学传播效果之时，首先要对其概念加以明确。

（一）什么是文学传播效果

我们知道，所谓效果，指的是人的行为产生的有效结果。“有效结果”，狭义上是指行为者的某种行为实现其意图或目标的程度；广义上则是指这一行为所引起的客观结果，包括对他人和周围社会实际发生作用的一切影响和后果。因此，在文学传播研究领域，文学传播效果这个概念也具有了双重含义：

其一，从文学传播效果产生的微观过程角度分析，主要研究具体文学传播过程的直接效果。在这一层面,文学传播效果是指带有说服动机的文学传播行为在受传者身上引起的心理、态度和行为的变化，通常意味着文学传播活动在多大程度上实现了传播者的意图或目的。

其二，从文学传播效果产生的综合、宏观过程的考察，注重的是文学活动传播过程所带来的整合效果，尤以大众传媒活动对社会的运行、变化和发展所产生的宏观、综合效果为主要考察对象。从这一层面上来讲，文学传播效果是指文学传播活动尤其是借助报刊、广播、电视等大众传播媒介进行的传播活动对受传者和社会所产生的一切影响和结果的总体。不管这些影响是有意的还是无意的、直接的还是间接的、显在的还是潜在的。

第一重含义是容易理解的，当文学作品经由作者或其他传播者传播给受众，受众产生了或感动悲伤、或忧郁快乐等情感共鸣，理解到文学作品的精髓，因文学而重新确立自己的人生目标等所产生的直接效果，便意味着传者主观意图和说服动机的实现。例如，武侠迷读起金庸的小说废寝忘食，情感丰富者读起言情作品涕泪交加；阅读苏联作家奥斯特洛夫斯基的小说《钢铁是怎样炼成的》等作品而鼓起生活勇气的也大有人在。也许正如南朝刘勰所说,“缀文者情动而辞发，观文者披文以入情”，文学传播的直接效果可见一斑。

第二重含义比较复杂一些。它要强调的是，不管文学信息的传播者有没有主观意图，他们所从事的文学传播活动总会伴随着各种各样的结果。电视剧作家着意描写突出暴力场面，其意图可能仅仅是为了提高“卖座率”——但实际结果也许会成为某些青少年犯罪的诱因；《红楼梦》《西游记》等古典名著，不仅读起来令人赏心悦目、回味无穷，而且已被后人当成钻研目标和术业；歌德和莎士比亚可能万万也不会想到，他们的作品经世不朽，甚至被盛誉为“抵得过整整一所大学”。可见，这些文学传播行为不管其最初意图如何，总会对受传者产生并非单纯的作用和影响，而分析这种传播效果的复杂性就在于，很多效果是无法预测和事先觉察的，它带有宏观的综合性和整体性，研究时也必须尽量考虑详尽。

（二）文学传播效果的三个过程层面

传播效果是可以分为不同层面的，因为效果也有着积累、深化和扩大的过程。针对受众在接受文学传播活动中从认知到行动的效果分析，文学传播效果依其发生的逻辑顺序或表现阶段，可以分为三个层面，即认知层面—心理层面—行动层面。

所谓认知层面的文学传播效果，一般是指外部信息作用于人们的知觉和记忆系统，引起人们文学知识的增加和知识构成的变化。人类从小到大在社会化的进程中所接触到的各种文学知识的文化和积累，都属于认知层面的文学传播效果。

所谓心理层面的文学传播效果，是指作用于受者的观念或价值体系而引起情绪或感情的变化，这是文学传播积累到一定程度后所引发的文学传播效果深化的过程。

所谓行动层面的文学传播效果，是指作用于受众在具备一定文学知识量的认知以后，建立起相应的观念与价值体系并通过各种行动表现出来的过程，这是文学传播效果经过累积、深化之后的扩大过程。

这三个层面的文学传播效果，既体现在具体的、微观的传播过程之中，也体现在综合的、宏观的社会传播过程中。在现今的大众传播时代，文学传播效果的具体体现如下：

1. 生理层面的个体感知

在现代社会，人们对周围世界的知觉与印象在很大程度上依赖于大众传播媒介，按照传播学“视野制约效果”的说法，是大众媒介制约着人们观察社会和世界的视野。任何媒介都是人的感觉和感官的扩展或延伸：文字和印刷媒介是人的视觉能力的延伸，广播是人的听觉能力的延伸，电视则是视觉、听觉和触觉能力的综合延伸。听觉具有统合性，主要由耳朵来牵动全部感觉产生相互作用和相互影响，使人们的行为与他们所处的环境浑然一体。以视觉为主的印刷媒介则不同，其特点是集中于细节，并把细节从整体中分化抽象出来，它可以推动人们对事物的抽象的、深层的认识。现代电子媒介尤其是计算机不仅扩展了人类的视觉和听觉，而且由于强烈的现场感和接触感也扩展了人类的触觉，因此，现代人正在找回长期失落的“感觉总体”，重新回到一种感觉平衡状态。在这种状态下，人类个体对文学传播感知的形式和渠道也更为丰富，体验更为深刻，传播效果也越大。人类可以调度一切感觉借助各种媒体来感受文学的存在和延续。

2. 心理层面的价值维护

大众传媒在报道新闻和传达的信息中，通常包含着是与非、善与恶、美与丑、进步与落后的价值判断。大众传媒提倡什么、反对什么，客观上起着形成与维护社会规范和价值体系的作用。这种作用是通过传媒的舆论导向功能发挥出来的，它可以通过舆论引导形成新的规范和价值，又可以通过舆论监督来维护既有的规范和价值。因此，利用大众传媒来进行文学信息的传播与交流，文学接受者所形成的观念和价值体系除了要受到文学本身意图的影响之外，也要受到大众传媒选择性传播的影响。文学传播产生的宏观、综合的效果建立起受众在心理层面上的价值维护，引发其情绪或感情的变化，引导受众的价值取向和价值判断。在这一过程中，受众能在文学信息里获得佐证，能够判断是非善恶，能够辨明美丑真伪，能够提炼社会规范与公众道德，使文学传播效果得到深化。

3. 社会行为的示范效果

利用大众传媒进行文学传播所产生的效果并不仅表现在认知和价值取向的领域，它们还通过向社会提供具体的行为范例或行为模式来直接或间接地影响人们的行动。由于大众传播具有“地位赋予”功能，在文学传播领域，如果某种文学规范、文学思维或在文学中倡导的某种行为得到大众传媒的广泛报道和传播，往往会成为学习或仿效的对象，或形成文学流派、文学思潮，促进文学进化，或产生其他更为广泛的社会行为示范效果。

二、文学传播效果的类型及研究内容

（一）文学传播效果分类

文学传播效果有多种多样的分类，从传播效果的影响上，可以分为积极（正）效果、消极（负）效果、逆反效果；从发挥的作用和历时上，可以分为短期效果和长期效果；从与传播者传达意图的关联上，可以分为预期效果和非预期效果等。

1. 文学传播的短期预期效果

这类效果通常作为受众对媒介意图的集合反应来把握，包括“个人反应”和“对媒介集中宣传报道活动的反应”两种。前者指特定信息在个人身上引起的认知、态度和行为的变化。很多文学创作都是人类的一种有目的的精神创造活动，作家的创作活动是在写作目的指导下完成的，或为时代而写作，或为平民而写作，或自娱或娱人，每位作家都希望在文学传播的过程中能实现长期的预期效果，期望文学的不朽，但大多数带给受众的往往是短期的预期效果，其实即便如此，也实属不易了。后者指的是一家或多家媒介为达成特定目标而开展的说服性宣传活动，比如经由书店或媒体参与主办的作家的签名售书、作家对文学作品的巡回演讲等，经过主办方的策划宣传，借助作家或作品的名人效应，实现文学传播活动的特定目标。实质上这些都是文学传播效果的具体方法策略运用，产生的是短期性可以预见的效果。

2. 文学传播的短期非预期效果

这里也分“个人的自发反应”和“集合的自发反应”两类，与上一点不同的是，这里“个人自发反应”指个人接触特定信息后所发生的是与传播者意图并无直接关系的模仿或学习行为，这些行为可能是有利于社会的，如从文学作品中学习知识或领悟人生道理；也有可能是反社会的，如接触到有害的文学传播内容所诱发的青少年犯罪等。

“集合的自发反应”主要指社会上许多人在同一信息刺激和影响下，发生的集合现象。

如物价上涨引起的抢购风潮、恐怖事件引起的社会恐慌和骚动等。“集合的自发反应”中也有一些是健康有益的，但传播学者们更加关注由信息传播引起的突发性集合行为对正常的社会秩序造成的破坏性结果。

3. 长期的预期效果

在文学传播效果中，长期的预期效果指的是某一文学文本的内容、主题、创作风格等在进行长期信息传播过程中产生的与传播者意图相符的累积效果。例如在《马克思恩格斯论艺术》中讲到《德国的民间故事书》时提出，“民间故事书的使命是使一个农民做完艰苦的日间劳动，在晚上拖着疲乏的身子回来的时候，得到快乐、振奋和慰藉，使他忘却自己的劳累，把他的贫瘠的田地变成馥郁的花园”。在这一例子中，体现出文学传播的长期预期效果，是通过文学作品的形成与流传来提供一种娱乐和消遣的效果，令读者可以通过阅读民间故事进而消除生活和工作中的紧张和疲劳，暂时忘却现实的束缚与种种烦扰，从而沉浸到一种无比愉快的精神境界中去。

4. 长期的非预期效果

这种类型指的就是文学传播领域日常的、持久的传播活动所产生的综合效果或客观结果，例如文学传播对个人社会化过程的影响，文学传播媒介在社会的政治、经济、意识形态和文化发展变化领域所扮演的角色和发挥的作用等，由于这种传播效果受到整个文学传播发展的制约，是不以个别媒介或传播者的意志为转移的，所以通常把它归于长期非预期效果的范畴。

通过区分文学传播效果的不同类型，有助于我们把握各种传播效果的不同形态和性质，在进行分析时做到概念清晰，更有针对性。

（二）文学传播效果的研究内容

文学传播效果有着丰富的研究内容，因为每一次具体而完整的文学传播过程都要经由文学传播者、文学传播内容、文学信息载体、传播媒介渠道、文学传播技巧、文学传播对象等要素和环节构成，而每一个要素或环节都会对文学传播效果产生重要影响，因此，文学传播效果实际上是作为这些环节和要素相互作用的结果体现出来的。当然，这也是出于从宏观角度上来把握和研究文学传播效果的考虑。基于此，考察具体过程的文学传播效果，以下三个方面是不可忽略的文学传播效果研究的重要内容。

1. 传播主体与传播效果

从传播主体方面来考察传播效果，主要是通过研究传播者（包括媒体组织和传播工作者）

的性质，他们在信息采集、筛选、加工中所起的作用，以及传播者的信誉度与权威性等对传播效果的影响。在研究文学传播主体时，可以将文学传播视为一种文本的运动过程，当文本由隶属于作者的作品转化为隶属于读者的读本时，能否使文本得以有效传播、产生的传播效果如何，则主要取决于传播主体。若传播者对社会的认知度高，具有很高的信誉度和权威性，文本自然采信度高，受众也更乐于接受，传播效果自然明显，传播范围广，影响范围大，受众接受阻力小等。反之，传播效果就会受到影响。因此，研究文学传播效果首先要考虑传播者。

2. 传播内容与传播效果

在文学传播领域考察传播内容与传播效果的关系，主要是指所传播的文本内容的主题、观点、价值取向等信息内在因素与传播效果的关联。文本分析是考察信息内容的效果的一种基本方法。文本内容如何，会直接影响文学传播效果的获得，优秀的文本内容能够使人受益无穷，产生深远的传播效果。

3. 信息载体与传播效果

信息是通过语言、文字、声音、图形、画面、影像等载体传递的。考察这些信息载体或象征符号的特性对传播效果构成的影响，也是传播效果研究领域的主要内容。在文学传播过程中，文学信息传播的载体不同，以信息载体作为划分媒介类别的标准不同，文学传播信息的媒介渠道也存在差别。从本质上来说，文学是语言的艺术，它以语言文字作为艺术媒介和信息载体，文学作品创作和文学传播活动与语言文字的特征有着密切的关联。而所谓声音、图形、画面、影像等信息载体可以作为文学传播信息的延伸载体出现，这主要是因为，人类本身接触不同载体所具有的感觉多样性决定了文学传播不仅单纯局限于语言文字。人类社会发展和历史沿革也证明传播方式及媒介变革对文学传播活动的影响至关重要，信息载体不同，受众接收程度不同，所产生的文学传播效果自然也会千差万别。比如文学信息传播载体要是以语言文字传播，就有报刊、书籍、题壁、结集、选本、传抄、刊刻、评点、翻译等诉诸视觉；要是以声音载体传播信息，就可以有歌吟、说唱等；要是以活动画面、影像为载体传播信息，就有以改编文学剧本表演放映的戏剧、电影、电视剧等诉诸视听结合的综合感官刺激。由于信息载体表现不同，文学传播效果也就不同。

第二节　文学传播的个人效果

文学传播是由各种不同渠道的文学传播活动组成的一个大系统。这些不同渠道的子系统主要表现为个体自我文学传播、人际间的文学传播、群体间文学传播以及利用大众媒体进行文学传播等多种形式，它们具有独自的形态、结构和功能特点，共同构成了文学传播的相互衔接和交织运行。在这些不同渠道、不同方式的文学传播活动交叉融合过程中，也同样伴随产生与之相适应的文学传播效果。本节主要从文学传播效果产生的微观过程角度入手，探讨文学传播中的个人效果问题。

一、个体自我进行文学人内传播产生的个人效果

对文学传播对象个体而言，自我传播是一种相当普遍的能动思维意识和心理活动。当个人接收到外部文学信息传播的刺激，并在人体内部进行信息处理活动之后，个人效果就产生了。具体表现在以下几个方面。

（一）增强文学信息在个体能动意识和思维活动中的占有

在文学传播的过程中，个体能动的意识和思维活动的形成将会受到很大影响，这是考察文学传播个人效果首先要面对的问题。能动的意识和思维活动是人体内传播区别于其他动物体内传播的根本特点，人类自我传播并不是单纯生理层面上的刺激和反应，而是个人内部的意识、思维或心理活动的结果。当文学信息传达给人类个体时，个体就开始调动能动意识和思维，运用各种符号语言来概括由文学信息所带来的各种感觉材料，经过综合把握之后形成对文学的知觉，并与记忆中保存的知觉信息相比较或相印证，形成对文学信息所具有的规律性和一般属性概念的抽象概括，作为进行判断和推理的依据，不断增强自身的创造性思维。同时，在个体积极调动主观能动性和思维意识来不断积累认识文学信息的时候，还伴随着人的感情和复杂的心理活动，这种感情和心理在很多情况下对文学传播所带来的个人效果产生过重要的影响。

人类个体在能动意识和思维活动的形成发展中，离不开文学信息的影响，文学中所蕴含的丰富的信息为人类个体形成能动意识和思维活动服务；同时，人类又依靠自身的能动性和思维意识对源源不断的文学信息传播产生反应。

（二）促进“自我”鲜明的人内传播中社会性与互动性的提高

这一点说明人类的自我传播并非与世隔绝、与人割裂，而是具有鲜明的社会性和明确的互动机制，因为人类个体在自我意识活动中就自觉不自觉地形成了“主我”与“客我”的分别，形成社会的角色期待。通过内省式的思考与不断反思，来完善个人的品德和行为或完成解决现实问题的思考。在这里,文学的传播和信息的表达给人类个体带来很大的助益和影响，文学中所包含的信息和内蕴是极其丰富多彩的：有传播者个体的思维意识和文学能力的表征；有社会环境的特征和道德规范的体现；有角色定位的认同和周围他人存在的种种痕迹；等等。因此，在文学传播的过程中，人们会发现究竟该如何建筑符合社会的“客我”存在，究竟如何建筑自我与他人的关系。文学尽管可以虚构、可以创造且高于生活，但文学毕竟也来源于生活。所以，在个体自我传播的过程中，由于文学传播的存在，使个人社会心理在成熟和完善的过程中受到了相当大的影响。

（三）培养个体文学认知、文学感悟和文学鉴赏审美能力

当人类个体接触到文学信息的传播，从感觉、知觉到表象、概念，最终形成判断和推理，人类在自我传播的环节中形成了自我对文学的独特认知，咏诵一首优美的诗，看一篇美文，阅读一部扣人心弦的小说，也许人们可以在这些活动中毫无疑问地判断出，这就是文学，但是究竟凭什么来判断的，似乎又无法说清楚。其实在人类个体的成长成熟、思维意识的发展变化中，与文学的传播已经形成了千丝万缕的联系，作为社会科学中重要的一支，文学的存在与发展，文学的传播与流传给每一个人都形成了或多或少、或大或小的影响。人类已经在认知层面上形成了对文学各种信息量的积累与印象，在文学认知的基础上，人类个体通过文学传播发生复杂的心理活动和感情变化,看到文学作品当中人物形象的命运遭遇、所作所为，或欢欣鼓舞、或悲伤痛苦，或哀其不幸、怒其不争，或评价得失、品评道德。总之，文学在传播过程中，成为人类个体自我认知的一面镜子，人类对文学的认知和感悟在不断地社会实践和体认中得到深化。而人类个体对文学鉴赏审美能力的培养和提高，实质上是从行动层面上关注文学传播的效果。当个人对文学认知和感悟达到一定量之后，就会发生质的变化，会建立起相应的对文学的品评观念和价值体系并通过各种行为表现出来。此时的个体，不再是毫无选择地接触文学传播的信息，而是有选择有鉴别地接受，而与之相适应的结果就是个体对文学鉴赏审美能力的提高。正如狄德罗在谈到戏剧的作用时所说的：“只有在戏院的池座里，好人和坏人的眼泪才融汇在一起。在这里，坏人会对自己可能犯过的恶行感到不安，会对自己曾给别人造成的痛苦产生同情，会对一个正是具有他那种品性的人表示气愤。当我们有所感触的时候，不管我们愿意不愿意，这个感触总是会铭刻在我们心头的；那个坏人走出了包厢，已经比较不那么倾向于作恶了，这比被一个严厉而生硬的说教者痛斥一顿要有效得多。”也许这段话更能生动显见地说明通过文学传播为个体形成文学鉴赏力所能带来的效果

有多么直接吧。

文学传播既可以使受众个体享受到一般的精神自由的快乐，也能够使其形成更为敏锐和细腻的审美能力，丰富与提高自己的审美趣味，享受到特殊的形式美感与审美性愉悦。例如，新时期先锋小说以形式的追求为主旨，努力开拓艺术想象力的可能空间。但这些作品往往玄奥难懂，令一般读者望而却步、不忍卒读。但是，如果受众对博尔赫斯的“迷宫小说”有一定的阅读经验，对西方后现代主义的“无体裁写作”有所了解，对当代叙事学关于叙事方式、技巧、策略的理论略有所知，对马尔克斯《百年孤独》首句中的“多少年之后，多少年以前”的著名叙述语式不感到陌生，那么受众就能在先锋小说中获取较多的审美愉悦，就能使自己的审美能力与趣味得到进一步提高与丰富。这就是受众对文学认知与感悟之后，鉴赏与审美能力的充分体现，它使个体的审美意识与形式感觉大大强化，更具多样性。

二、文学人际传播的个人效果

人际传播是社会生活中最直观、最常见、最丰富的传播现象。人与人之间轻松愉快的玩笑或是剑拔弩张的争吵，情深意切的绵绵情话或是关怀备至的叮咛等，都属于人际传播的范畴。而文学传播过程中的人际传播也是一种十分有效的、富有人本主义精神的传播形式。它使文学以更为灵活直接、极富亲和力的方式走入人们的视野，渗透到人们的内心世界。

（一）文学传播丰富拓宽了人与人之间的沟通渠道和方式

常常有“以文会友”“通过文学寻找知己”等观念在人际传播的过程中出现，人际间的交流与传播有很多渠道和方式，比如能够面对面地运用个体的表情、眼神、动作等渠道或手段来传达或接收信息，形成特殊的传播情境；通过借助信件、电话、电报等有形的物质媒介实现非面对面传播的条件；如果要表达很难同意对方的意见，既可以是愤怒情绪的宣泄，也可以换成柔和的语调和微笑的表情等。人虽是独立的个体，但同时也需要伙伴，要融入社会，拥有家人、朋友、同事、领导，扮演不同的社会角色。而文学的有效传播成为人与人之间沟通的润滑剂和人与人之间增进感情的良好方式。正如钟子期和俞伯牙高山流水之情，人际间的文学传播也需要知音，由于个人对文学的认知和感悟千差万别，所以在人际交流的过程中就会形成对文学观念和价值的交融或矛盾冲突，由于人际传播具有很强的双向性和互动频度、反馈及时，所以个人可以随时根据传播对方的反应把握自身对文学的传播效果，并相应地做出修改、补充传播内容或改变传播方法，以使文学更为有效地在人际间传播，这是一种高质量的文学传播活动，在说服和沟通情感方面有很大的效果。总之，文学为人际间传播提供了更为广阔的领域来增强个体的说服力和魅力，来实现人际间的有效传播。

（二）人际间的文学传播增强个体对文学的诠释力与表现力

由于人际传播具有自发性、自主性和非强制性等特点，所以在人际间的文学传播更能使个人注重对文学的自我表达，它是文学人际传播的直接载体。当人类个体对文学具有一定层面的认知以后，在与他人的人际交往中就会努力把自身对文学的理解传递给对方。个人会运用声音语言和文字语言来传递文学信息内容本身，并通过声调、速度、音量、节奏等传递相关的背景信息。用词粗俗或礼貌、语气坚定或犹疑、声调的高低节奏等，都会引起接收方对文学的不同领悟。另外，个人的动作和表情是构成人类行为的基础和特有的表达方式，它可以用来扩大或者否定口语或文字所表达的意思。将这些方式有机组合加以表现，就会产生文学所独有的吸引力和艺术魅力，满足对方对文学的体验与审美需求。个人通过文学传播产生对文学的独特经验，通常都会以体态动作的展示、面部情感的表达、眼神的内心揭示以及手势的辅助表现来实现对文学的表现和诠释。

在人际间的文学传播过程中，个体对文学的自我表达并不是个人的孤立的活动，而是与他人和一定的社会价值或行为规范相联系的，是应该符合社会普遍认可的真善美的价值尺度的，个体的传播不是通过刻意修饰，而是通过展示真实的自我而使人格的感染力得到充分发挥，并能够真正得到周围人的高度评价的。文学传播给人类提供了表现和交流的动力，也是文学间的人际传播为个体提供了机会和条件。看见，能够不断增强个体对文学的表现力与诠释力是文学与传播互动的效果体现。

（三）培养文学批判精神和文学定位能力

关于个人通过文学传播，培养和提高文学批判精神与文学定位能力这一点，也是文学传播效果的一个重要体现，它实质上也是从微观层面上考察了受众在文学传播过程中经历了认知和心理变化之后，从行动层面对文学效果的拓展。个人在形成文学认知、感悟和鉴赏能力之后，单凭自我传播，是无法对文学做出适当批判和准确定位的，所以把这一点归结到人际之间实现文学传播之后，不无道理。

文学作为一种人类意义形式，具有人文学科所特有的精神的、意识的、意向性的特质，它是人类精神交流的重要方式。文学与哲学、政治意识、历史意识、宗教、美学、伦理、艺术、心理的关系更多地呈现为意识形态之间的关系，呈现为一种精神交往。当人类将文学的传播提升为一种精神交往的时候，就意味着文学的传播又深化到较高的层面上。在精神交往中，文学更多地表现出审美的情感交流的可传释、可互换、可再创造的特质。这种情感是一种经过抽象而走向更高的具体的情感，又饱含着经过抽象的、高级的、凝练的、沉积着丰富理性思考的内涵，这也是人类个体经过文学传播之后所形成的对文学的定位思考和文学批评精神的依托。

总之，由于文学传播的个人效果是考察微观过程中受传者的心理、态度和行为的种种变化，而文学的人内传播与人际传播又属于社会信息系统当中的微观系统，换言之，就是将文学传播纳入人内传播系统和人际传播系统加以考察，所产生的个人效果更为直接明显，也更容易诠释清楚，故而在本节中在分析文学传播的个人效果时做了如此处理。但同时我们应当保持清醒的认知，文学传播实质上是在整个社会信息系统中进行的，各种传播系统和传播方式途径都会有文学传播效果的产生，而且各种文学传播效果相互融合，错综复杂，譬如在文学的群体传播和大众媒介的传播过程中也会产生个人效果，而在文学的个体自我传播和人际间传播的过程中，也体现出社会化进程的演变等社会效果等，为了便于认识问题和解释问题，在本节当中才会把文学传播效果做出分层面、分阶段的化繁为简、由浅入深的分析阐释。

第三节　文学传播的社会效果

文学传播的社会效果考察的是文学传播产生的综合、宏观的效果，它关注的已经不是单纯的受文学传播影响的某个人的结果如何，而是要关注通过文学传播之后受传者群体和社会所产生的一切影响和结果的总体。而能够引起社会整体在文学传播过程中产生宏观综合效果的途径必然离不开大众传播媒介对文学的传播。所以在本节中将结合群体传播和大众传播的特性与功能来分析文学传播所产生的综合、宏观的社会效果。

一、文学传播使社会群体特征更为凸显

人的社会性体现是人以群体的形式进行活动，人的社会本质决定每个人都生活在一定的群体之中。日本社会学家岩原勉认为，群体是“具有特定的共同目标和共同归属感，存在着互动关系的复数个人的集合体”。群体是个广义的概念，社会就是由一个个具有不同划分标准的群体构成。在现实社会中，群体是千差万别的，有的群体具有鲜明的共同目标，有的群体则以聚集本身为目的；有的群体归属感很强，有强烈的“我们”情感或“我们”意识，有的群体这方面意识却并不明显；有的群体是临时形成的，而有的群体则是长期的。但不管怎样，这些千差万别的群体所呈现出来的本质特征和规律性表现却是共通的。那就是目标取向的共同性、情感融合的共同性以及群体归属的共同性。而在文学传播的过程里，其中一个明显的社会效果就是，文学可以使这些群体的社会性更为凸显，更有益于个体通过群体与社会建立合理有效的联系。

（一）增强群体凝聚力，加大社会趋同效应

由于参与群体活动的个人都为着共同关心的利益而集合到一起，这就使群体具有了凝聚力的核心。社会群体在建立过程中，总要不可避免地接受外界各种信息包括文学信息在内的

刺激与传播，当社会群体成员从文学传播活动中获得与之相符的群体构建的目标和依据时，就会在群体意识形态上得到进一步巩固和提升，从而增强群体的凝聚力，反之则会动摇群体的稳固。在文学传播活动中，群体成员会因得到某种程度的需求满足而对群体产生趋同效应，不同群体会在文学传播的过程当中，借助文学传播信息的流量与流向，在文学信息传播活动中产生互动过程，形成其特有的文学传播结构，以为其群体服务，而群体的凝聚力增强了，趋同效应增加了，也就意味着社会的凝聚力的集合和稳定的加强。

文学信息传播的流量大，其覆盖面就广，群体成员之间的互动和交流频率就高，群体意识的基础就好。同时，文学信息的流向对群体意识的形成也具有至关重要的影响。双向性强意味着群体传播中讨论成分多，形成的群体凝聚力也更强。在这里，一个值得关注的概念就是“群体意识”，它是相对于个人意识的一种外在的、约束性的思维、感情和行为方式。有时群体中的多数意见会形成对个人意见或少数意见的压力。在面临群体压力的情况下，一般会对多数意见采取服从态度，产生因避免孤立而遭受群体制裁的趋同心理。这实质上也是社会趋同效应的一种表现，群体暗示与群体感染、群体模仿与“匿名性”以及在集合行为中的“信息流”倾向权威或领袖等，都能在文学传播过程中得到再现和加强，群体成员在群体中具有趋同意识，群体的凝聚力才会大，社会也才会相对稳固。

（二）增进群体情感融合，提高社会审美效应

在文学传播的过程中，文学所承载的主题、思想、价值取向、审美形态及规范，以及其他的信息表现和内涵等会在一定程度给社会各群体成员提供丰富的与人沟通的素材与条件，文学是增进群体间情感融合的源泉和方式之一，有了文学的传播，群体成员间的密切接触和相互协作也显得自然流畅。审美是人类在精神交往当中最为看重的一种能力，这是在社会和群体发展过程中所形成的群体成员间约定俗成的、追求精神境界的一项指标。由于文学本身就具有很高的审美价值和审美内涵，而且在文学的发展传播过程中又形成了较为成熟的审美体系和评价标准，故而在群体建构和社会发展中，文学的传播有了更为重要的意义，社会群体成员在文学传播的过程中，不仅接收大量的文学信息，还要通过欣赏挖掘文学的内涵而努力寻求审美价值的取向，进而提高社会整体的审美标准与价值取向。而在文学传播过程中提升审美取向和能力的同时，社会各群体成员也会被文学深深地打动，产生不同的心理变化和情感体验，这些情感的交流体增进了群体间的情感融合，突显出群体要求具有情感融合共同性的本质特征，提高了整个社会的审美效应。

（三）稳固群体归属性，提供社会活动效率

社会群体成员因从群体活动中得到某种程度的需求满足所产生的认同感，是社会个体认同所归属的群体的现实依托和情感依托。个体总会进行自我怀疑和自我释疑的心理活动，人

需要在一定的群体中与社会建立联系，人需要不断地从社会中寻找证据来肯定自身的选择，人判断对或错并不是依靠自己的主观臆断，而是需要社会和群体给予引导和帮助。所以，个体在群体中获得需求的满足实质上就是一种印证自我选择或归属正确的有力依据，文学在传播过程中会产生的一种效果就是能够使群体成员对他们所依归的群体产生足够的信任或不信任。群体成员对文学的共同认知和共同感悟，或对文学具有独特的审美评价等，都会对群体确立的用来集合群体成员的共同目标和共同归属依据造成影响，若文学信息的传播在群体成员当中形成正向的肯定群体存在价值的影响，那么群体的归属性就会得到稳固和加强，社会群体成员具有强烈的向心力和凝聚力，他们在各自的群体中既能满足个人需求，对社会和群体充满信任和安全感，并在社会群体中能够使自身得到充分的表现和自我提升，那么整个社会群体成员都会具有极大的积极性和能动性，有着昂扬向上的精神状态，社会活动的效率自然会得到极大的提升。这就应验了马克思主义辩证哲学中意识对物质具有反作用的关系，而文学传播在这个过程中所起到的效果就是力求使社会群体成员形成积极能动的意识，为社会和群体服务。

二、文学大众传播的宏观社会效果

文学大众传播，是专业化的媒介组织运用先进的传播技术和产业化手段，以社会上一般大众为对象而进行的大规模的文学信息的生产和传播活动。在社会信息系统中，大众传播属于宏观信息系统范畴，将文学运用大众媒介进行传播，所出现的效果不仅发生在社会的每一个角落，而且还渗透到日常生活的方方面面。文学大众传播不仅在形成社会观念、价值取向和行为规范方面产生了重要影响，而且也是传承文化、发展文明的主要手段。

（一）文学传播强化了大众对信息环境和数字时代的体认

大众传播对人的行为和社会实践具有极为重要的影响，人的行为实质上是调节自身与环境关系的一种活动。不论在自然界还是在社会，“物竞天择，适者生存”都是一个不可抗拒的客观规律。人为了求得自身的生存和发展，总须及时了解环境，协调自己的行为，不断与变化的环境保持和谐和平衡的关系。而文学传播在人与环境的关系中发挥了重要的作用，起到了应有的效果。在人类传统社会里，人类接触文学信息的渠道和手段极为有限，文学传播的效果也很简单，易于把握，人们对文学信息传播的环境体认得也并不困难。直至新型媒介系统——大众传媒的出现，被人们用来作为对现代信息社会巨大而复杂的环境加以体认的手段之后，人们才发现，伴随着人类文明发展所诞生的大众传播是以传递信息、提示外部环境变化为基本职能的社会信息系统，它给人的环境认知和环境协调活动带来了前所未有的体验。可以说大众传播是信息环境的营造者，在大众传播所营造的信息环境里，文学信息可以运用各种具有特定含义的语言、文字、声音、图画、影像等信息符号，以非人际的传播关系传播给社会大众。如果说传统的社会中由于社会交往的空间相对狭小，人们在感受文学传播的信息环境时就是在感受客观环境本身，那么到了交往无限扩大的现代社会，由于大众传播系统的发达，文学信息通过大众传媒可以得到大量生产、复制和大面积传播，短时间内整个社会就都能够接收到同类文学信息的传播，造成普遍的信息声势。此外，由于大众传媒具有公开性、权威性、显著性和直达性等特点，它能够通过各种表现手法凸现文学信息，使其成为社会关注的焦点。所以，当人类在大众传播的信息环境中接触到大量文学信息时，体验的是与以往完全不同的文学信息流动，特别是互联网技术的广泛应用和人类数字时代的到来使文学的大众传播无国界、迅速快捷；文学在更为开放的领域与人们展开交流和传播，人类发现各种文学信息、文学表现、文学式样等以前所未有的庞大之势展现在面前，这在以前是无法想象的，文学的神秘面纱被逐渐地揭开，人类在文学大众传播的饕餮盛宴中体悟着大众传播拥有其他类型传播所不可比拟的强大渗透力，对人类生存的信息环境和数字时代特征变化和优势体验也得到真切的强化。

（二）文学大众传播对社会心理和舆论的影响

从社会心理学的角度来看，舆论是一种社会控制机制，是一种“社会合意”，即当社会问题出现后，经社会群体讨论最终达成合意的理性行为，舆论是民意的表现，具有高度的正当性和合理性。由于大众传媒对文学的传播范围广阔，覆盖面巨大，所以文学所负载的信息能使社会大众群体都在短时间内接触到。同类的文学信息携带相关的社会内容观念、价值体系等经过反复持续的传播就会产生累积效果，在认同这些社会观念和价值体系的社会群体间形成共鸣效果，并通过媒介抵达范围的空前广泛性体现出更大效果，这些效果的综合影响，便在一定程度上形成大众的社会心理和舆论。人类在社会交往中，一个心理前提是“害怕被社会孤立”，这种对个人社会孤立的恐惧会产生对“多数”或“优势”的趋同行为，这种心理是社会舆论形成的契机。在文学的传播过程当中，大众也会直接或间接地产生这种恐惧的心理体验，进而形成群体大多数的合意行为。由此可见，文学的大众传播产生的是宏观综合效果，所以给社会群体带来的不仅是单纯的文学领域的影响，对社会与环境的关联、人类社会化的发展、社会心理过程的建立和社会舆论形成都会造成或多或少的影响。

（三）文学大众传播潜移默化形成的社会教化效果

从传播观与社会观的角度出发，大众传播对受众具有潜移默化的影响效果。在大众传播高度发达的现代社会，文学经由大众媒介传播也具备了潜移默化的社会教化效果。所谓教化是指人类精神财富的主动“遗传”方式。文学的教化功能在大众传播的过程中表现得尤为突出。教化的方式一般包含两个方面：一是隐性教化，即社会生活中文化的浸染与熏陶，可以说，只要掌握了一种语言，就进入了一种教化。就文学而言，从人类掌握了语言文字开始，文学的教化就启动了，这是隐性的、潜在的、长期的教化行为；二是显性教化，即通过某种程度的规范性教育、训练或体验达到文化审美感觉的逐步生成，人类的文化审美感觉能力的生成，既来自文学的传播又反过来重新作用于文学传播，也就是说，人类文化审美感觉能力的生成，绝不是一个自然获得的过程，而是必须通过教育，在文学传播的影响下，通过对文学艺术的实践和对文学艺术形式的感知过程中逐步获得的。

而大众传播不仅成全了文学传播的教化责任，同时又加速和扩大了文学传播的社会教化功能及影响。大众传播通过把文学信息加以选择、加工、记录和传达，向人们提供了关于外部世界及其变化在文学中的反映和印象，通过社会成员对文学大众传播的认知、判断和行动实现文学效果。文学的教化在文学交流的审美实践中获得，而文学交流的审美实践更多得益于能够在大众传播领域进行，通过文学大众传播的教化，可以使人类都能体验到文学所具有的一种“知识的人类学性质”，这种人类学的性质所指向的是使文学交流能具有更为普遍的有效性、客观性和共同美感的素质，承载着文化的、文明的和社会性的内核。这种特质的习得是生存于某一社会生活方式中的人被大众传播潜移默化了的结果，文学的历史沉积和现实开创通过语言内涵的运作，利用各种传播方式向一代代人传递，在传递过程中实现社会的教化。

（四）文学大众传播导致“文学沟”的形成

“文学沟”从广义上来说也是“信息沟”的一种。理论依据是在大众传播领域，新技术的采用所带来的利益并非对所有社会成员都是均等的，换句话说，对现有文学信息水准较高或文学信息能力较强的人来说，能够比较弱的人获得更多的文学信息，受到更大的文学传播效果影响。文学在大众传播领域，初期的传播效果是，文学信息总会先对那些传播活跃、文学信息积蓄量大的社会群体产生影响，而对现有文学信息能力弱的人群来说，这是十分不利的，因为对文学新信息的接纳吸收，总是需要不断充实新媒介技术和文学传播的相关知识。新媒介技术层出不穷，更新换代周期越来越短，文学传播的趋势和效果最终就形成了“优势”群体与“弱势”群体间的文学“老沟”尚未填平，而新的“文学沟”又不断出现的状况。

在文学信息传播过程中，居于弱势的一方表现的落后主要体现在两方面的不足。一是对新媒介技术的运用和普及不够，不会使用网络媒体或没有配置电视等条件，无疑在与外界和社会沟通上造成巨大的障碍，不能与文学传播媒介接触，就意味着不能与文学信息接触，不能进行文学知识的积蓄和进行文学交流沟通；二是文学弱势群体本身对文学信息就积累不足，这就造成对新的文学信息理解、诠释、吸收和转化的困难，而越不能接收越向文学的低层次转向，使人们在文学之间的鸿沟越拉越大。

当然，作为人类人文科学的主要构成和人类精神交往的主要内容，并不是要求人类对文学的体认都站在一个水平层面上，但文学的发展和进步还是要与全社会整体对文学体认的提升为基础的，所以，尽管“文学沟”由于大众传播时代的到来而存在并日趋呈现扩大之势，但还是要把努力缩小群体间“文学沟”的差距作为一项长远的文学传播目标和社会进步的实现途径来看待，不可忽视。

第四节　文学传播对其他艺术发展的主导效果

在探讨文学传播对其他艺术发展的主导效果之前，首先要明确两个问题，其一，既然将文学传播与其他艺术发展相关性做研究，那么“其他艺术”都包含除去文学之外的哪些艺术门类，各自特征及发展如何；其二，文学作为个性艺术的艺术“个性”体现在哪里，为什么在它传播的过程中会对其他艺术发展具有主导性影响。事实上，解决了这两个问题，本节所要阐释的问题也就不言自明了。

一、文学的艺术定位

（一）艺术不同门类的划分及关系

根据不同的角度和不同的标准，艺术是可以划分为许多门类，可以呈现很多艺术形态的。莱辛在《拉奥孔》中说过，“以物质材料和艺术媒介的不同对艺术本体进行分类的原则，是首要的和原初的分类原则”。也就是说，人们在了解不同门类艺术的特点时，往往从其所依据的媒介——物质材料和语言符号系统（亦与物质材料有关）——入手。在古希腊时期，艺术被分为五大艺术门类，分别是诗、音乐、绘画、雕刻、建筑；到了近代，舞蹈和戏剧出现，分别成为第六艺术和第七艺术；而到了现代，随着科学技术的广泛传播与应用，出现了被称为第八类艺术的电影；广播、电视和杂技也被分别规定为第九艺术、第十艺术和第十一艺术。在这十一门艺术当中，每一门艺术能够与其他艺术相区别的关键就是，运用了新的或完全不同的物质材料和语言符号系统来进行表现。但同时也可以发现，承载文学信息的语言文字几乎在任何一门艺术中都是不可或缺的。尽管，文学并没有作为艺术门类在这里出现，但如果从纯文学的角度来看，人类的第一门艺术——诗，就是文学的最初存在。

根据卡冈的《艺术形态学》对艺术分类的不同标准，我们可以大致知道，艺术的存在既有其复杂性又有其规律性。不同门类的艺术，表现出来的艺术形态是不同的。比如，从艺术的存在方式看，诗、音乐是时间的艺术；绘画、雕刻、建筑是空间的艺术；电视和电影是时空结合的艺术。从对艺术的感知方式看，有诉诸人视觉的艺术，有诉诸人听觉的艺术，还有激发人想象的艺术。

从塑造艺术形象的物质手段和艺术媒介看，可分为造型艺术、表演艺术、语言艺术和综合艺术。在造型艺术中，绘画和雕塑主要通过线条、色彩、金、石、竹、木等艺术形式和物质材料来展示；而在表演艺术中，音响、节奏、旋律、人体动作成为音乐和舞蹈的表现手段；诗、散文、小说、剧本等都是诉诸语言文字的文学表现，是语言艺术，而综合上述各种要素和手段进行表现的戏剧、影视和杂技等，就是综合艺术的体现。由此可见，物质材料的性质在很大程度上决定了各种艺术样式的基本形态和作用方式，规定了各类艺术作品的表现手段和表现内容。当然，这种分类也只是相对的，因为各种艺术形式在发展过程中是相互影响的，彼此之间也往往存在着某些相同的因素，发生着密不可分的关系，这也是我们能够发掘并论证文学艺术对其他艺术发展有主导效果的原因和依据，比如在人类社会的早期，诗乐舞是“三位一体”的，相互影响又相互衬托。意大利美学家瓜里尼也曾经认为：绘画“是诗的堂弟兄”，音乐“是诗的同胞弟兄”。

（二）文学是语言的艺术

高尔基说：“文学的第一要素是语言。”语言是人类思维和表达思想的工具，也是人类社会最基本的信息载体。语言是以语音为物质外壳、以语词为建筑材料、以语法为结构规律而构成的符号体系。而文学是语言的艺术，它以语言文字为艺术媒介，对社会生活做审美把握，文学基本特征的表现。

文学对语言是具有依赖性的，作家对生活的理解，感受要借助语言；作家进行艺术思维，孕育艺术形象，也不能脱离语言；此外，作家把内心意象物化为可供他人欣赏的艺术形象，便只能依赖语言。文学离不开语言，文学活动和文学作品与语言文字的特征有着密切的关系。由于语言具有符号性、概括性、心灵性和表达的灵活性等多方面特点，决定了文学作为语言艺术也具有多种特性：

首先是具有形象感知的间接性，作为语言的艺术，文学作品中的形象不具有直接的现实性，它只能通过接受者的想象和联想才有可能间接地被感知。换言之，读者只有了解了某种语言文字的意义，在自己生活经验的基础上，通过艺术的想象和思索，才能再现作品中的艺术形象，理解形象蕴含的思想意义（即为文学语言—读者想象—文学形象）。正如歌德说：“造型艺术对眼睛提出形象，诗对想象力提出形象。”

其次是具有反映生活的广阔性和动态性。这是作品客观内容的特点，是就创作而言的，是指语言具有表现的灵活性的特点，它对社会人生的反映很少受时空的限制，因此文学作品具有反映生活的广阔性和动态性的特点。广阔性是从空间角度讲的，动态性是从时间角度讲的，所以文学是时空综合的语言艺术，这比其他艺术门类更具有优势。比如，绘画是一种空间艺术，它依靠在空间并列的线条、色彩来描绘客观事物。一般适宜于表现在空间并列的静态事物。虽然杰出的画家和雕刻家，也能够通过巨幅的画卷和一组或几组雕像，展示广阔的社会生活图景，表现事物发展的某一过程，具有某种程度的动态。但造型艺术的这种广阔性和动态性在程度和范围上都颇受限制。

再次是表现情思的深邃性。这是就文学作品主观内容的特点而言，是说“语言是思想的直接现实”，同人的思维活动有着极为密切的关系，因而语言艺术能够深刻、细腻地表现人物的情感世界和心理活动，表现作家的情感评价和人生思考，从而获得超越其他艺术的心灵深度和哲理深度。朗吉弩斯说：“用语言表达的思想和表达思想的语言，总是密切相关的。”

语言是人类因表情达意的需要而创造的，用语言作为媒介手段的文学，它不但在反映生活的广阔性、动态性方面有着其他艺术不可比拟的自由，而且还能生动、明确地表现思想。它既可以深入到人物的内心世界，揭示心理活动的微妙变化，也可以表现人类深层的无意识流动。

综上可见，文学是语言的艺术，语言的特性决定了文学所具有的特性表现。文学传播就是将文学化了的语言文字符号传递给受众，使受众能在抽象中体味真相，能够在文学中还原现实生活的时空，能够探析人类深邃的情思。

二、文学传播对其他艺术发展的主导效果

文学作为一门语言艺术，与其他门类的艺术发展并非毫无关联，而是拥有千丝万缕的联系，在文学传播的过程中，人类其他艺术的发展无一不是得到了助益的。可以毫不夸张地说，人类社会各种艺术的发展都离不开文学的传播，都或多或少因其传播产生的效果而受到影响。

（一）文学传播媒介对其他艺术发展的主导效果

文学同其他艺术门类之间的关系既具有类同性，又具有差异性。所谓类同性，就是指文学与其他门类艺术一样，都具有特殊的审美性。同为艺术，文学与其他艺术门类其内在本质和精髓是一致的，都是为了满足人类精神需求和实现更高的精神追求而被人类创造出来，加以发展和完善的。

由于文学与其他艺术门类主要是依靠不同媒介加以区分的，所以文学与其他艺术门类的差异性主要就在于艺术表达的媒介的不同。文学在漫长的历史发展长河中，其传播从来没有间断过，有文学的产生就有了文学传播的出现。人类诞生之初，是运用口头语言和形体语言与环境及他人进行沟通，接着人们逐渐学习利用外物做媒介，不仅用鼓声来扩大人的声音和用烽火台的烟火向远方的人们发出警戒，还在器具上雕刻或在洞穴壁内涂画，以记下季节的变迁或部落发生的重要事情，久而久之就有了图画和由图画演变的图形符号，并最终产生文学的物质基础——语言文字。在繁多的文艺形式出现和发展中，文学的语言文字占据着特殊重要的地位。语言媒介是人类所掌握的最高级形式的符号系统，文学是利用语言媒介使人类摆脱物质的直观性，为艺术表达主体的审美情思提供了广阔天地，因此文学传播展开以后，在语言文字这种“再现媒介”的基础上才产生了绘画、雕塑、戏剧、影视等艺术。印刷术的发明、银版照相法的出现使文学得以广泛传播；电影、广播、电视以及互联网技术等媒介的

出现及广泛应用，使得人类接触到更多的艺术门类和艺术形态，也对文学有了更广泛、更深入的了解。

人类从利用自身到利用外界自然物，从利用自然物到发明创造媒介和符号，在研究人类传播媒介的历史时，实际上也是艺术各门类产生和发展的历史研究，在艺术发展的历史中，文学艺术通过传播对其他艺术发展产生影响，首先就表现在作为传播媒介的语言文字上。从媒介产生的先后顺序而言，语言文字是最先出现，通过塑造各种相互独立、相互陪衬、相互作用的艺术形象来形成形象的整体或体系，为其他艺术门类发展打下坚实基础的。绘画、雕塑、戏剧、影视等艺术门类在形成和发展中都是依据了文学传播媒介所创造的艺术形象和艺术体系来成就自身的媒介表现和内核表达，可见，文学传播的语言文字是其他艺术发展的源头。从媒介的历时性、长久性和适应性上来讲，文学传播的语言文字也是最有效的，它不仅一直作为物质中介为文学传播服务，同时也以极强的表象特点将文学艺术的审美想象与认知融入其他艺术门类的发展过程始终，对其他艺术门类产生效果。

（二）文学传播为其他艺术门类的发展奠定思想与情感基础，彰显艺术审美特性

文学传播过程中所负载的思想与感情是人类艺术的共同归属。上一点已经提到，艺术是从对人类各种活动都重要的传播活动中产生出来的，是从传播的实用功能中发展和独立出来的。所以其实在最初时，人类艺术的创造虽然也是出于传达情感和传达思想的需要，但这些都不是独立的，当我们的祖先“手之舞之、足之蹈之”的时候，可能更主要的是在围歼猎物，而在这些以传递实用信息为主的活动中同时表达了他们的喜悦和恐惧、祈求和欲望。逐渐地，一些传播活动成了专门以传递情感和表达思想为主，此时也就有了独立的艺术活动。换言之，艺术是在真正独立出来之后，才逐渐形成自身独特的用来传达情感或传达思想的审美特性的。而在这一过程中，文学艺术就成为首先显示出艺术真正具有独特审美特性的门类，而其他艺术则是在此基础上不断地创造出更多新颖的表现形式，不断地发展和完善艺术传递情感和表达思想的功能，形成更为丰富的审美特性体现。

诗歌、小说、散文、传记等这些文学的具体表现形态，它们都是在运用语言文字传播着思想，宣泄着人类情感和表达着人类审美的意义及美学价值的。文学可以说是出现得最早的艺术门类，它所代表的艺术审美标准和特性在传播过程中为其他艺术门类的产生发展奠定了基调。比如，歌唱艺术中的诗意美、舞蹈艺术中的节奏美、建筑艺术中的形式美的发展带来很大创作发挥的空间，歌唱中的诗意美、舞蹈中的节奏美、绘画中的意境美、电影艺术中的新奇美等，都很容易使人想象到文学传播中所体现出的思想情感意境和审美表达。当文学成为语言艺术，将其特定审美要求和价值形态加以传播之后，其他艺术类型就会在此基础上进行不同形式的再创造，这是使文学成为其他艺术发展的“源头活水”，滋润着戏剧、音乐、美术、舞蹈以及影视艺术等的原因。比如文学作品中经常会以人物动作姿态及环境氛围的描写来表

现人物的内心世界，这种审美表达方式运用到绘画中的代表性例子就是意大利文艺复兴时期画家达·芬奇的名作《蒙娜丽莎》，作者在绘画的过程中也以蒙娜丽莎的神情与手态表现一种难以名状的“神秘的微笑”的精彩，给人以观赏不尽的审美潜力，表现手法之高超足以使“任何一位卓越的艺术家战栗和惶惑不安”。

（三）文学传播是使各门类艺术发生联系或产生融合的合理性存在

文学可以说是一门最自由、最富有表现力、最带有普遍性的艺术。人类艺术地掌握世界，是有其基本规律可循的，各类艺术都不能背离这个规律，而在文学传播过程中，人类艺术地掌握世界的规律得到了突出和明晰的体现。文学传播和语言艺术的发展直接影响、推动着其他艺术类型的发展，也是使各门类艺术发生联系或产生融合的合理性存在。如文学中的现实主义、浪漫主义、自然主义和现代主义就概括地体现着其他各类艺术反映内容的本质特征和范畴。同时文学中语言文字塑造形象的丰富手法的传播也奠定和拓宽了其他艺术种类的表现手法和技巧。如诗歌中最基本的由审美物象的并列描绘而构成作品意境的手法，就可以称得上是电影蒙太奇手法的缘起。而所谓“诗中有画、画中有待”一说，也是从侧面道出文学传播与其他艺术关联如此紧密和不可或缺。

文学传播不仅通过语言文字符号和艺术审美规律为其他艺术门类的发展奠定基础，而且也在人类艺术领域成为贯穿各门类艺术发展的主线和桥梁，有了文学的传播才有了更多艺术门类的密切关联，才使文学传播显得更为突出和任重道远。举个简单的例子，由于文学传播的题材广泛，反映生活和现实迅速，流传久远，积累丰富，创造了大量可以再创造的文学形象。而其他艺术形式常常取材于文学宝库，经过改编和再创造，塑造出许多不同于文学的新作品，这不仅带动了其他艺术的发展，丰富了其他艺术的表现内容，而且使其他艺术拥有共同的文学特质，彼此发生联系或产生融合。如交响音乐《天方夜谭》、小提琴协奏曲《梁山伯与祝英台》、芭蕾舞剧《罗密欧与朱丽叶》，以及根据古希腊神话史诗创造的大量雕塑、绘画作品等，都能看到文学传播的影响效果。当代艺术世界里，根据小说改编的电影、电视剧、绘画、音乐、雕塑作品更为普遍，日趋显示了文学传播的基础性意义和主导性效果。

第五章 “现代”知识分子的解放与崛起

作为文化传播的主要物质承担者，一方面指传媒、出版，另一方面指学校等。前者使文化得以广泛流传，后者利用规范的机制为社会变革训练人才——新知识群体。考察清末民初的现代化历程，随着“前全球化”冲击的不断加剧，实际上最大的对抗集中体现在中西文化方面，而扮演“文化载体”这一角色的“知识人”（从士子童生到新学师生）就更是首当其冲的了。无论是教育体制的变革，还是“知识人”自己从觉醒到最后的选择，都深深地烙上了半殖民地半封建社会这一时代的印痕。所以，我们在这一章里专门讨论早期“现代”知识分子角色的转换，就是为了说明教育的变革直接关乎新知识群体的产生，这为新式传媒提供了更为广泛的读者、作者和编者。此外，从文化传播主体力量的历史形成来看，教育方式在近代的变革，不但打破了对“文”的程式化束缚，而且标志着人的解放。这是因为科举的废除预示着禁锢士人心志和思想的八股走向了衰落，从根本上解放了思想，赋予了“现代”知识分子多元化的选择。

新知识群体在文化传播的过程中，既是传播主体和文化“把关人”，又是文化传播的接受者。新知识群体是一个不断蜕变与重组的群体，他们在传播文化的同时塑造了他们自身。所以，研究教育变革的历程和新知识群体的形成，对现代中国文学的变革和新文学的出现是十分重要的。可以说，这首先抓住了文学生态中的两个主要环节：创作主体与受众群体。

面对盲目自大的中国文化本位心态，漂洋而来的外国传教士，首先选择了创办报刊、学校、医院来配合宗教的传播。医院的创设属于传播福音的实践，办报刊是为了广泛传播世俗知识和基督精神，这都容易理解，而学校的设立却可谓用心良苦。单纯传教收效甚微，使传教士对本来坚信不疑的观念有了动摇。通州潞河书院的倡导者——美国公理会传教士谢卫楼最初就曾反对过办学，但几年之后，他的观点就发生了变化。因为他意识到教会必须占领教育界，“教育是未来中国的一种力量，基督教会……必须积极举办教育……这样就可以使基督徒占据有势力和有影响的位置。”教育可以影响人的心理，通过教育可以使“基督教的信仰和伦理道德渗透到整个社会结构中去”，从而“使中国基督教化”。这与李提摩太提倡的同化中国人的灵魂如出一辙。因为，不少传教士也从亲身体会中看到了这一点，于是教会办学成为传教士文化传播的最有效的方式之一。

就近代教育变革的历史来看，经历了这样一个发展过程：传教士创办的新式学校强行登陆，发展迅猛—从而刺激了中国官方、民间的办学—传教士与中国士绅争夺教育阵地的办学竞赛—国人创办的新学超过了教会学校。这其中贯穿着文化传播和拒斥这样一个同构过程。传教士想用教育手段改造中国人的心理，使之成为沟通中外的桥梁。而中国传统文化对此却表现出了十分敏感的反应，这就是中国传统教育体制的崩溃与新式教育体制的确立这一艰难的应变历程。

教会学校开办之初，尽管举步维艰，但还是被中国下层社会先一步接受。对贫穷的下层民众来说，无钱受教育与免费的教会学校，后者具有更大的吸引力。教会学校可以教会他们一些谋生手段，另外，下层民众也不像士大夫那样存在心理上的顾忌和思想上的羁绊，所以，他们乐于接受这一方式，并不断地从“生活境遇的变动中，改变自己的行为和观念”。尽管如此，但早期教会学校并未对中国传统教育机制有丝毫根本性的损伤。随着被迫对外开放的洋务运动的深入，教育体制的弊端便慢慢显露了出来。一方面，域外文明提供了重新审视世界文明的参照系；另一方面，科举制未能给晚清中国培养出实用的专门人才，这一捉襟见肘的现实，迫使官僚层不得不直面陈腐而又落后的教育体制，倾听来自各方的关于变革科举、改革教育的呼声。

第一节　新式学堂与人的解放

在谈论清末民初的教育改革之前，我们首先要弄清楚的是中国传统教育体制发展到近代究竟出了什么毛病？传统教育主要由私塾、官学、书院以及与之相补充的义学、社学构成了一套体系。关于这种教育的优点和功绩，这里不做讨论，因为它是特殊时代的产物。但在近代，它的局限和弊端日益凸显，并成为束缚人性的一种枷锁，这一点却不得不正视。私塾属于启蒙教育，但过于强调死记硬背，不遵循幼儿学习的特点，不循循善诱，所以一定程度上反而抑制了幼儿才思。王筠的《教童子法》对此提出批评，“学生是人，不是猪狗；读书而不讲，是念藏经也，嚼木札也，钝者或俯首受驱使，敏者必不甘心”，这种不求甚解的蒙学教育只是死读书，所以培养的学生是“废才也”。再来看看专为十五六岁以下童子开设的《家塾课程》，“大约以看读写作四字为提纲，读熟书（经类及《文选》《古文辞类纂》）以沃其义理之根，看生书（史类）以扩其通变之趣，写字以观其用心之静躁，作文以验其养气之浅深，四者具而学生之基业始立”。这里通篇是背书、温书、念、读，然后是依样画葫芦地按体例作文。书院以传统经史为主要教授内容，讲是讲了，但在琐碎考据和空谈心性之外并未逾雷池半步，只是拾一些前人、圣哲的牙慧，全无所谓讲者和听者的再创造，没有融入教学双方的参与，更谈不上个人主体性的发挥。以上观点，尽管是对传统教育的种种弊端而生发的，但却未全然击中要害。中国传统教育落后的根本原因，在于科举考试这一选拔人才的制度本身，已越来越无法适应全球化时代的社会需要，它无法使现代科技和自由民主思想得以萌芽和产生。用八股文这一固定的体裁、格式来层层考试选拔官吏，这是科举制的核心。所以，走科考之路的士人，因之“非三代之书不得读，非诸经之说不得览”“谢绝学问，唯事八股，于是二千年之文学，扫地无用，束阁不读矣”。数百万士人，皓首穷经，盲聋老死，却没有几人真正掌握经世致用的学问。不仅如此，科举取士这一制度，还促使私塾、书院的教育也紧紧地围绕着科举这个魔圈，所以，这限制了独立的思维，扼杀了读书人的灵性，明显造成了教育的误区和人才的极大浪费。另外，从更深层次探究，之所以有这样一种八股取士的定式，也与皇权专制的统治策略有关。士为四民之首，从士到仕贯穿这一儒家伦理于教育的始终，对统治者来说是极为必要的（这一点与此处讨论的教育变革关系不大，恕不赘述），但是，这却绝对培养不出能担负救亡图存大任的“现代”知识分子和社会精英。

于是，清末有两股势力促使国人对传统的教育体制展开反思：一股是经世致用的文化变革思潮的兴起；另一股是教会学校的强行登陆。

清末士风与文风的转变是从包世臣、龚自珍、魏源、林则徐为代表的经世致用思潮开始的。他们从汉宋之学的桎梏中冲决而出，直面现实，大胆倡导变革自强之说，寻求匡世救危之道，纷纷抨击科举制的弊端。龚自珍“不拘一格降人才”的呐喊，魏源主张科举废除书法试帖，关注实务、时务等观点，在当时都可谓是振聋发聩。他们的“教育思想已在一定程度上切中时弊，开启了近代教育改革的车轮”。如果说经世致用思想是对空疏、僵化的汉宋之学的反拨，那么，鸦片战争的失败，却使统治者内部和开明士绅对科举制的危害有了最初的认识。中国文武官员不懂实务，对突发的战争，无以应对，不能不使有识之士对科举制的程式化取士方法产生怀疑。

19 世纪最后十年，是近代教育改革最为激烈的时期，教育体制的积弊在民族生死存亡的危机中暴露无遗。因为，民智未开，人才缺乏，这是民族积弱的根源之一。所以，配合着强国保种的社会变革，一股比此前更为全面、系统、激进的教育改革思潮成为强大的社会舆论，从而使中国近代教育史掀开了新的篇章。

1898 年康有为撰写的《请开学校折》，已超越了从前的实务教育思想。文章对科举取士给予了深刻反思，比照中外教育的发展历史、现状，他认为，国家的兴衰以人才的多寡为转移，“人才既多，则国命延洪”。西方诸国，遍设学校，人才用之不尽，而中国却驱使全国的读书人奔命于空洞乏味的八股文，这实在是摧残灭绝人才，所以导致人才缺乏以至于难以立国。因此，目前当务之急“请远法德国，近采日本，以定学制……遍令省府县乡兴学”，教育民众使之成为于己于国都有用的国民。“国民教育学”的理念出现在变革传统教育体制的言论中，康有为在此应该说是比较早的。这是欧美诸国强盛的奥妙之所在，康有为在此论述、引用的意义显然是为我所用。更有意味的是，康有为在提出学习欧美诸国先进的教育体制的同时，仍能在中国历史中找到佐证，“万国立学，莫我之先且备矣”。一方面，这符合康有为自己“托古改制”的维新变法思想；另一方面，在这一时期的教育改革言论中，“上溯古制，参考列邦”似乎已成了一种阐发言论、推行变革措施的策略。既有传统、祖宗之法做盾牌，又有横向的学习、比照，这一点在张百熙等官员的奏折中也可以看到。作为新式学制、章程的倡导者和具体制定者，张百熙、张之洞等人对新学制的出台可谓不遗余力。然而，他们虽已洞见八股取士的弊害，但要立刻割断与科举制的联系却十分不容易。因此，在1903年奏定的《学务纲要》中，他们仍然禁止自由民主的言论，使之贯穿着科举的遗痕与传统思想。所以说，即使是力主改革的官员，他们的言论总还是常常迟缓于开明的士绅和新式知识分子。

能代表这一时期思想主潮的，仍然是康有为、梁启超、严复、谭嗣同等新式启蒙知识分子。他们的言论击中要害，充满着鲜明的针对性，全方位地向以科举制为核心的旧式教育体制宣战，形成了废除科举、广开学校、创设大学的强大社会舆论。梁启超把新式教育纳入缔造“新国民”的体系；严复批判“中体西用”等思想，提出从民智、民德、民主三方面全面学习西方；王国维认为，教育的宗旨是为了培养“完全之人物”，只有实行德、智、体、美四方面全面发展，才能达到这一目的。至此，近代教育思想的发展可以说是达到了一个新的境界，已包含了新的教育精神和美学理念，远远超越了改革派官员的教育思想。

经过半个多世纪的酝酿和实践，以1903年的癸卯学制和1912—1913年的壬子癸丑学制颁布为标志，教育体制终于发生了历史性变革。癸卯学制整个系统分三段七级：第一段为初等教育，包括蒙养院、初等小学、高等小学共三级；第二段为中等教育，只有中学堂一级；第三段为高等教育，分高等学堂或大学预备科、分科大学和通儒院三级。由初等教育、中等教育、高等教育组成的癸卯学制，每一阶段又有其组成部分，可以说是比较完备的教育体系。尽管科举制在1905年才宣告废止，但是，这一新学制的颁布、实施，无疑加速了教育体制的变革历程。民国成立，教育部长蔡元培召集中央教育会议，遂制定、颁布了壬子癸丑学制，一直实行到1921年以后。壬子癸丑学制分三段四级，整个教育过程是18年。初等教育分初等小学、高等小学两级，共计7年；中等教育，4年或5年，只有一级；高等教育内分预科、本科，共6年或7年，也只有一级。下面有蒙养园，最上为大学院。比较两个学制，差别和联系一目了然。癸卯学制明显含有过渡色彩，它是传统教育与现代教育的桥梁，是中外教育文化碰撞、磨合的产物。壬子癸丑学制是从癸卯学制发展而来的，况且是在倡导国民教育的民国时期颁布的，所以更加完备和科学，属于现代国民教育的范畴。正是由于教育体制在此间发生转型，新的学制得以颁布推广，才在更大程度上保证、促进了新式教育的迅速发展。

第二节 文化的迁徙

留学生是近代新知识群体的一支重要力量，文化载体的这一迁徙、互动，带动了“文化从一个区域向另一个区域的传播、区域之间的文化交流”。这里必须指出，留学生在这一过程中扮演的是双重角色：留学过程是以“知”的权利主体出现，是异域文化的受传者；留学归国又以传播异域文化的主体登场。作为受传者的留学生面对的是整个域外文明，尽管在汲取、接受时也存在选择性，但人作为社会的动物，不可避免地被各种异域习俗、风尚、文化、人际交往等所包围，这种群体压力，迫使受传者处于一种矛盾的精神状态——一方面想极力维护自己的个性，另一方面是不自觉地遵从了多数人的选择和习惯。在感知过程中，受传者历经了对外来信息的排斥、筛选、涵化，自觉或不自觉地受到了影响。同时，也应注意到，在大众传播系统中，“不存在一成不变的受传者”“人人都是大众传播的受传者，而每个人都有其独特的反应”。又因为，媒介信息所包含着的“特定的刺激性”，与“受传者的个性特征有着特定的相互作用”。所以，由于生活经历、性格、脾气、心态、兴趣等方面的差异，受传者面对同样的信息也会作出不同的反应。基于这样的前提，我们就好理解为什么留学生归来后的价值选择会与清政府派遣时的初衷相违背，而且在他们这一群体内部也存在选择上的较大差异。

朝廷本来是想让留学生带回域外的先进技术，用它来图强保国，然而无意中却培养了一批具有民主、自由、科学精神的叛逆者，最终成为专制政体的掘墓人。这是由文化接受与传播的本质决定的，绝不是某种外在意志可以左右的。因此，了解了文化传播的这一特质，才能够对留学生的价值选择和文化影响有比较准确的把握，也才会透过层层人事纠葛、社会风云，触摸到历史的脉搏。近代中国走向现代化的艰辛历程是从域外文化的介入开始的，随着域外文化的向内传播，传统的本位文化由被迫应对转向迎战和对话，与此同时，文化传播的另一闸门终于打开，这就是以留学潮为标志的向外学习。

中国最早的留学生并不是由政府派出的。1847 年 1 月，马礼逊学校的校长布朗因病回美国，“极愿携三五旧徒，同赴新大陆，俾受完全之教育”，于是，才有了容闳、黄胜、黄宽三人的赴美留学。尽管这是一次偶然的机遇，却无意间开了近代中国人留学西方的先河。从容闳的回忆可以看出，当时国人对域外诸国一无所知，对于送子弟留学海外生死未卜的前途充满疑虑和恐惧。这次留学之所以能成行，至少有两个潜在的背景做铺垫：一是容闳三人有在教会学校受西方教育六七年的前提，他们对域外文明充满着好奇和向往；二是留学是免费的。容闳等人均是贫苦出身，在“留美期内，不独经费有着，即父母等亦至少得二年之养赡”，这对家庭和自身都有好处的事，当然有吸引力。但如果不是这样的优惠条件，也许这一事件会有另一说法。所以，过高估计早期留学的自发性、主动性是不切合历史实际的。

容闳三人赴美后都进入了麻省芒松学校学习，这是进入大学的预备学校。其间，黄胜因病返回香港。后来，黄宽赴英国苏格兰爱丁堡大学学医，毕业回国成为名噪当时的一代名医。作为第一位受到近代医学教育、精通西医的中国人，他的成功无疑对排斥、怀疑西医的现状起到了不可估量的扭转作用。而自 1841 年就与黄宽同学于马礼逊学校的容闳却走了另一条路，他进入了美国耶鲁大学。要说三位留学生对中国现代化的影响，还是容闳最为突出。早在留学期间，他就萌生了教育救国的理想，为使更多的青年也能与自己一样留洋受到先进的西方教育，“以西方学术，灌输于中国，使中国日趋于文明富强之境”。他学成归国后，即投身于西学东渐的教育救国的大业。由于系统地接受了西方教育，因此容闳的主张是西方科学、民主、自由观念与中国文化相比照的产物。所以，不能笼统地说容闳是哪一种文化造就的，他在接受西方文明熏染的时候其实一刻也未忘记自己是一个中国人，两种文化的碰撞、对话一直贯穿着他的一生。由于他幼年即入教会学校，转而留洋，所以传统积习在他的身上表现得不是很浓厚，所以，他在对待域外文明的态度上就少了许多传统的羁绊。他的“教育计划”超越了张之洞等人的“中体西用”主张，直接提出用西方文明来改良东方文化，从而使中国由“老大帝国，一变而为少年新中国”，走向富强和繁荣。仅这一点，就比维新思想家早了近三十年。容闳积极参与洋务，倡导办学、办报，其实宗旨只有一个，即加快西学东渐的进程，以资产阶级的模式改造中国，用西方学术改造衰落的东方文明。《予之教育计划》是他教育思想的核心，“政府宜选派颖秀青年，送之出洋留学，以为国家储蓄人才”。详细的派遣留学生方案历经坎坷，终于经过曾国藩、李鸿章、丁日昌等人的代奏被朝廷采纳。从大量史料来看，洋务派与容闳一拍即合，其原因也有可循之处，因为洋务派也深感缺少洋务人才，所以，派幼童赴欧美学习“军政、船政、步算、制造诸学”“使西人擅长之技，中国皆能谙悉，然后可以渐图自强”。可以说，洋务派支持容闳主要是因为他们在派遣留学生这一点上的目的一致罢了。如果背离了“中体西用”的樊篱，矛盾就会暴露出来。后来留美学生的撤回就是明证。

19 世纪末，中国最早的一批女留学生也值得一提。尽管她们留学的专业是医学，回国后也主要以行医为业，但是，她们创办的医院患者如云，对西医的推广和女医生、女护士的培养等也做出了不小的贡献。甲午战前，在留学风气未开，女留学生寥若晨星的年代，金雅妹、何金英、康爱德、石美玉这 4 位中国最早的女留学生事业的成功，无疑予维新变法倡导女学的新潮以较大影响。当时的《申报》曾将她们誉为“奇女子”，梁启超撰文《记江西康女士》，对康爱德的留学成就给予高度赞扬。舆论关于这一事件的传播，对 1898 年之后的女子出国留学产生了一定的推动作用。但是，同时也应看到早期女留学生得以出行的特殊性。以康爱德、石美玉为例，她们的留学皆与教会有关。1873年出生在江西九江的康爱德，因“幼失怙恃”，遂“被美国传教士昊格收养”。少年时曾在教会学校读书，后随昊格赴美留学。与康爱德同岁的湖北人石美玉，就幸运得多。她出生在一个教士家庭，父母都为神职人员，从小入教会学校，后被美国传教士带往美国读书。这种历史的偶然性显然不能昭示19世纪末中国人留学的整体状况，留学的落后、迟缓以及大部分留学生归国后未被重用的现象仍然十分严重。

随着民主思潮的勃兴，文学革命的思想先后由留日生倡导而兴起。梁启超流亡日本，创办《清议报》《新民丛报》《新小说》等报刊，在日本政治小说的影响下，他提倡“新国民”的政治小说，并从欧美、日本诸国开化的历程中窥见了文学的作用，因而抬高了小说的地位，把它作为开启民智的工具。清末的“小说界革命”“文界革命”就是留日学生文化传播的结果。黄遵宪是“诗界革命”的实践者，他曾留学日本并担任驻日公使，深受日本文化的熏陶和影响。1906年，留日生成立的戏剧团体——“春柳社”，在日本公演了《茶花女》《黑奴吁天录》等话剧，使话剧经日本传入国内。五四新文化运动的发动者和新文学的创作者中留日生不胜枚举，如陈独秀、李大钊、鲁迅、周作人、郭沫若、郁达夫等都在日本受到了现代文明的熏染，其文学观念和创作，深深打上了日本文化和日译西方文学著作影响的痕迹。

特定时代的社会背景和形势决定了不同的价值选择和留学生政策，自然也就形成了不同的留学生文化。最早外派留学主要是为“洋务”的需要，从此，形成了一种心理定式，凡派往欧美者，以学习发达国家的先进技术为主。甲午战后掀起的留日潮因受日本明治维新的震动，所以，明显带有民族救亡的激进色彩，学习重点多集中在社会科学、军事等学科，主要是制度、心理层的借鉴、改造。由于这一特殊性的影响，留学生归国后的选择也出现了明显的不同。留日生从政者多，留学欧美者多选择科技、制造、研究。这充分体现了留学生对域外文化的选择吸收和涵化的特点。据有关资料显示，在一般情况下，“留日学生中学法政、军事的要占一半”，这还不算经济等学科。出使大臣杨枢1903年正月统计，“在日的中国学生已达1300多人，其中学文科的1100多人”。史载，“从1905到1907年，同盟会为数可考的会员有379人，其中354人是留学生，占93%，而绝大多数是留日生。”这一系列数字都可说明一个问题：留日生大多数热衷于文科学习，并且是辛亥革命的中坚力量。

从上面的论述中，我们可以发现一个显而易见的事实：“留学救国”思潮下的留日生，“把留学和反清革命联系起来”，而民元以降的“科学救国”思想影响中的留美生，则“把留学和经济建设结合在一起”。这一选择背后潜藏着的是不同的社会危机和时代背景。文化传播的侧重点以及主攻科目的不同，是由认识上的差异导致的。

第三节　“现代”知识分子的崛起

梳理传统教育体制的现代转型和留学制度的开启，实际上就是拷问“现代”知识分子形成的心路历程。从封建体制的附庸者到边缘化，“知识人”在清末民初经历了一个痛苦的灵魂蜕变过程。这种哀伤而没落的心境，是不能完全用科举入仕之路的被斩断来解释的。面对国破家亡的积弱和危机，觉醒了的知识分子上下求索，寻求民族救亡的道路。一边是日益衰落的传统文明，一边是殖民主义者带来的域外文明。中与西的矛盾、古与今的纠葛，撕扯着、撞击着当事人的心灵，从而使得“现代”知识分子的崛起历程充满着炼狱般的煎熬。因为，作为社会良知的代表，他们所竭力争取的已不仅是自我的解放和自由。无法回避的现实，迫使他们必须义无反顾地选择前驱者的角色，这就是启蒙者的命运。

下面就谈一谈转型期的中国知识分子的成长和发展历程。

在西方，现代意义上的“知识分子”的出现大致在中世纪，它是伴随着城市的兴起而产生的，其特定内涵是指“以思想和传授其思想为职业的人”。俄国作家彼得·博博雷金于19世纪60年代首先提出了“知识分子”一词，称它与人的某种特殊天赋如智能、智商有关。那么现代意义上的“知识分子”究竟是些什么人呢？何晓明认为：

根据西方学者的一般理解，所谓的“知识分子”，除了受过相当程度的教育并且献身于专业工作以外，还必须具有超越于个人及其所属团体的私利之上，深切关怀国家、社会乃至全人类利益的品格。他们以理念世界来批判现实世界，是些专门从事创造、传播和使用文化的人。

有学者指出，中国早在两千多年前就已经产生了“士”这一类似于西方“知识分子”的社会群体，这是有一定道理的。从春秋战国时代诸侯纷争、“百家争鸣”的历史语境看，确实出现了庄子、孟子、墨子等一批具有批判精神的“知识分子”。就人身依附关系来说，他们具有一定的独立性，不是某一集团、政治势力的附属与私产。“士”的自由人身和四处周游，不但使其自由学说得以产生，而且，诸侯纷争也为“士”人的自由思想提供了实践、张扬的舞台和空间。然而，随着秦汉以降的大一统政治策略的施行，“罢黜百家，独尊儒术”使除儒家学说之外的学术自由受到极大限制。从此，“士”便徘徊于“庙堂”与“江湖”之间，前者融入统治集团成为其一分子，彻底消融了其独立性和批判能力；后者忘情田园，在“天人合一”中体验自然，寄托理想。这就是古代“士”人的“进”与“退”。进者以统治集团的一分子实现其工具职能，退者也只是为了维护仅存的精神自由。从隋唐开始的科举制，使

“进”“退”之间有了一座合法的桥梁。“士”可以通过科举入“仕”成为官僚，从此，“士”的独立性便日益遭到削弱。清末民初，中国古代知识分子的历史形态被打破，域外文化的广泛传播使知识分子人格、思想觉醒；城市的兴起冲击着宗法制伦理观念，使知识分子有了赖以存在的空间；科举制的废止，入仕之路的崩裂使士群发生裂变，知识分子终于有了重新选择的可能。在这一过程中,教育体制的改革和留学策略的实施发挥了极其重要的作用。但是，挣脱传统束缚的知识分子却明显地带有旧文化的痼疾，使这一“求新”“求变”的旅程染上淡淡的恋旧色彩。

从龚自珍、魏源、林则徐等第一代近代知识分子来看，对传统的反叛是极其有限的。龚自珍的呼唤“风雷”来自抑郁愤懑，无论是批评八股的僵化还是清廷官员的不作为，都是立足于对封建统治末世的忧患。他的可贵之处在于看到了文化专制对人性的束缚，但其“变”的目的仍然局限于体制内。魏源的《海国图志》试图为闭关锁国的中国献上一针清醒剂，使之放眼四海，励精图治。其“夷情备采”的思想与林则徐的睁眼看世界吻合。从经世致用的思想出发，他还提出了“师夷之长技以制夷”的主张，成为 19 世纪中叶中国人学习西方的指导思想。从此,知识分子对现实不满的言论尽管十分谨慎但却不绝于耳。冯桂芬的采西学、制洋器的改良，薛福成等出使大臣对西方富民之策的介绍和肯定，已开始触及体制变革。虽然曾国藩、左宗棠、李鸿章、张之洞等人的洋务实践只限于技术层面，但还是招来了骂名和抵制。传统势力使萌动于物质层面的现代化运动如履薄冰，举步维艰，从而使任何涉及体制的批判仍处于禁言之列。

在“前全球化”的大背景下，知识分子应保持怎样的文化品格来输入域外文明以激活中国文明呢？梁启超认为：

第一，勿为中国旧学之奴隶。第二，勿为西人新学之奴隶。我有耳目，我物我格。我有心思，我理我穷。

能在域外文明占强势的文化背景下，提出如此清醒的文化传播理念，实在难得。这既批判了全盘西化论，又彻底回击了守旧派的保守观念，避免了在文化传播中容易出现的主体迷失，为功之大，莫此为甚。从这一思想出发，梁启超还抨击了中国思想的“好依傍”与“名实混淆”的痼疾,认为“此病不拔,则思想终无独立自由之望”。梁启超的这一独立品格的内核、精神，贯穿于他追求新知和坚持文化启蒙的一生，使他从不囿于固定的学理、主张而使自己的思维僵化。他始终坚持独立思考，这一点在打破程式化的文化创造方面表现得尤为突出。例如，他早期受业于康有为，康氏的政治理想和文化观对他影响深广，但他却在不断探索中超越其师，并与之分道扬镳，表现出了“不依傍”的非凡勇气。

正如文化与社会、经济的发展不具有共时性一样，同一文化背景下的知识分子，其价值选择也不是整齐划一的。1905 年，随着科举制的最后废止，连接体制与知识分子的纽带断裂了，多元分化的知识分子队伍中，有一支力量随着商业经济的发达而日益强壮起来。从政界退隐的张元济投身商务印书馆，开始了他文化重建的实践。对域外新知和传统文化的重视，使他的文化立场显得卓尔不群，一直挺立在时代的潮头。为了保证文化传播的独立性，他不但与各种政治势力保持一定的距离，而且拒绝再次入仕，这显示了从传统与现代夹缝中走出的“现代”知识分子的追求。同时，一批自由职业者如记者、编辑和职业作家也应运而生。黄远生、刘少少、邵飘萍、林白水、胡政之等一大批名记者，运用报刊这一舆论阵地进行社会批判,代表了一个时代的知识分子的良知和呼声。林纾、李伯元、吴趼人等“绝意仕进”“屡拒荐举”，表现了游离于体制外的独立品格。林纾以翻译为谋生手段，李伯元、吴趼人等以批判小说行世，都显示了清末民初职业作家对于独立人格的追求和与体制的不合作态度。与王韬相比，他们更具有自觉性。

第六章　时代语境下的“大文学”氛围

第一节　现代中国的“非文学”氛围

中国的现代转型即现代意义上的国家制度和社会形态出现于辛亥革命之后，“其间内忧外患不断，私心与公义纠葛，政治团体或分或合，时而起高楼，时而楼塌了”，如此经纬万端的风云变幻注定了现代意义的中国从一开始就不可能具有独立、自主、纯粹的个体生存空间。民族的内忧外患、政治的新旧交替、个体的私心公义，各方力量纠缠不清，随时主导着人们的物质生存和精神生活。气象万千的社会历史形态以不容分说的力量将现代中国文学卷入历史事件和社会变迁的旋涡，甚至“在乾坤颠倒、沧海横流的时刻，‘文学’更有可能会支离破碎”。“文学之外”有太多值得我们清晰辨认和详加追问的对象，否则我们何以解释在中国文学现代嬗变的过程中对文学独立功不可没的西方“纯文学”观念却在落户中国后越走越偏？为什么现代中国语境中的作家们无法在“艺术之宫”内觅得文学的世外桃源，仍乐此不疲地追求着内心深处的名山事业呢？西方“纯文学”观及相关的文学思潮被移植到中国后出现了“南橘北枳”的现象，原因就在于文学赖以产生的历史语境和时代氛围形塑了作家的生命体验并不断地调整着作家的艺术旨趣。因此，重新考量现代中国文学的生存语境之于文学发生发展的重要影响，有助于我们深入把握现代中国的文学氛围，为进一步开掘现代中国文学的特殊价值和历史意义，确立饱含中国经验的文学观念和评价方式做出必要的准备。

一、民国作家的生存困境

现代中国文学的发生发展基本上与中国社会的现代转型同步，伴随着这一社会文化转型的是关乎个人生存的诸多困扰和期待解决的社会问题。鲁迅在1927年时的概括似乎一语成谶：“中国现在是一个进向大时代的时代。但这所谓大，并不一定指可以由此得生，而也可以由此得死。”自辛亥革命步入“现代”社会伊始，国家政治、经济、社会结构的变动都可以成为决定国人物质生存与精神诉求的主导力量。现代作家的生存遭遇与精神困境使他们不得不走出纯粹自律的审美空间，将更多关注的目光投向文学之外的存在。现代语境下的中国文学自诞生之日起就与现实人生结下了不解之缘，相当数量的作家不仅谈论过文学与人生的话题，更将“为人生”视为文学的一种自觉选择。重新检视现代作家的物质困境、精神羁绊与社会关怀，以及现代作家在回应西方文学思潮时所达成的“为人生”的文学共识，将使我们对于现代中国文学发生发展的基本环境和文学主题的考察得以在更具体的时代语境和更真切的人生体验中展开。

（一）北洋政府时期的断炊之虞

“一个作家，即使是最清高的诗人，他每天也要吃饭和睡觉”，我们必须清醒地认识到“作家职业的本质”。正如鲁迅在《娜拉走后怎样》中所言：“梦是好的；否则，钱是要紧的。”“钱，——高雅的说罢，就是经济，是最要紧的了。自由固不是钱所能买到的，但能够为钱而卖掉。人类有一个大缺点，就是常常要饥饿。为补救这缺点起见，为准备不做傀儡起见，在目下的社会里，经济权就见得最要紧了。”

鲁迅于 1923 年 12 月说的这一番话中对“钱”的意义的透彻阐明，虽是对“娜拉们”所言，却同样说到了当时的知识分子的心坎上。自 1921 年起，北京教育界发起了长达六年之久的索薪运动。1921 年 3 月 16 日，北京八校教职员联合会发表停职宣言称道：“盼政府发款像大旱的时候盼雨一样艰难。添聘教员没有钱，购买书籍没有钱，购买仪器没有钱，购买试验用的化学药品没有钱，乃至购买一切用器都没有钱，学生终日惶惶，觉得学校停闭就在旦夕，不能安心求学。教职员终日惶惶，迫于饥寒，没有法子维持生计，亦不得安心授课。试问教育机关困穷至此，还有何法可以维持下去？”由此，北京国立八校的教师因欠薪而集体罢教，其后又因联合学生去政府请愿，与守卫发生冲突，是为“六三事件”。

事实上，北洋政府时期拖欠教职员薪金，并非始于 1921 年，“自五四而后，教育经费积欠日多，教育界感着生存的需要，常常用罢课停职种种方法对待政府”。1919 年冬，“适北京中国、交通两行停止兑现，至十二月价格不及折兑，京中公立学校教职员所得薪俸，多为纸币，致生活大感困难，屡次要求发现而不得，乃于十二月十五日起一致罢课。但因财政困难与政府对教育无意维持的两重原因，卒无圆满解决；以后在经费上固然愈欠愈多，而政学的冲突亦日演日剧。”当时教育部公务员和北京八所国立院校的教职员都是欠薪对象，鲁迅兼而有之，他在教育部工作长达 14 年之久，1920 年到 1926 年期间又曾在北京的学校兼课。鲁迅后来在《教育部拍卖问题的真相》中谈道：“北京政府发不出经费，已成了一种普通的现象，而每月发给经费的倒被看作不可思议的怪事了。每当财政总长更迭的时候，都以有没有筹措每月经费的本领为必要条件。”北京许多教师包括“国立八校”的高校教师在内，由于政府常年欠薪，以至于这些以固定薪金为主要生活来源的教师们，生活中困苦万状，他们连自身生存状况都无法保障，养家糊口已非常困难。

对于相当一部分作家而言，在大多数情况下，“写作”担负了养家糊口的重任，就算是有固定薪水的鲁迅也免不了到处兼职以解决生计问题。张恨水曾说：“我的生活负担很重，老实说，写稿子完全为的是图利……所以没什么利可图的话，就鼓不起我写作的兴趣。”年仅29岁的朱湘最后投江自杀，惨淡困顿的生活和压力自然脱不了干系，当时“安大时常欠薪。他们在安庆所生的一个幼子，不到一岁，因为没有奶吃哭了七天七夜，活活地饿死”。这种令人心酸的生活状况对于民国时期的作家来说并不少见。沈从文鼻腔患有出血症，他又常常通宵达旦地闭门写作。一边流鼻血，一边写个不停，这一字一淌血地拼命写稿就是出于生活所迫。在时局不稳，充斥着各种不可控因素的生存语境下，民国时期作家的生存及创作之艰辛不易常常超出我们的想象。

（二）战争背景下的贫病交织

诚如浙江人宋子亢在1939年时所言：“饿着肚子不能救国。”“如何生存下去”仍是战争状态下的中国最重要的时代主题，就算是那些真正具有明确的抗战意识并心系国家民族的党派人士、文艺团体、青年学生以及其他行业的知识分子，也都无法逃脱战争带来的伤害，同样要面对生存的困扰和心理的煎熬。天灾人祸让本就伤痕累累、内忧外患的中国一面在转型的路途中上下求索，一面不得不在生存的边缘苦苦挣扎着。席卷中国的战争打破了相对稳定的文学生存与发展格局，“靠卖稿维持生活的作家们的生活秩序也就完全破坏了。为着工作，为着生活，他们不能不离开安定的故居”。流亡离散、居无定所、入不敷出成为知识阶层被迫离开象牙塔之后不得不直面的惨淡境遇，安宁的生活再难维系，这使得曾经只需要分心于社会理想抱负的知识精英平添了更多的人间烟火气，他们不得不为生计奔波、为生存焦虑。抗战期间，西南联大的教授们同样陷入了生活的困境，林徽因重病缠身，陶孟和妻子病故，梅贻琦夫人等家属们摆地摊，闻一多挂牌售卖篆刻手艺以维持生计，朱自清因长期食不果腹患上严重的胃病。费正清目睹此景后不无感慨地说：“依我设想，如果美国人处在此种境遇，也许早就抛弃书本，另谋门道，改善生活去了。但是这个曾经接受过高度训练的中国知识界，一面接受了原始纯朴的农民生活，一面继续致力于他们的学术研究事业。学者所承担的社会职责，已根深蒂固地渗透在社会结构和对个人前途的期望中间了。”

中国由传统向现代的转型，社会结构的变化发展是在新旧杂陈、缓急互见中进行的，并非一蹴而就地实现，它必然“伴随着形成政权合法性基础的转换”。但是，旧的政权瓦解似乎是顷刻间的事，而新政权的确立尤其是它的合法性基础的形成却相对缓慢得多。这其中既有外来因素的助力，同时更有传统因素的阻碍干扰，各种影响社会变革的因素交互作用，体现了现代转型的中国社会变革的复杂性。随着民国社会政治的剧变以及资本主义经济的发展，工人阶级以新兴阶级的姿态得到进一步发展壮大；中国的资产阶级在更为复杂的政治经济形态下进一步分化；而背井离乡、流离失所的农民要么进入军队，要么流入城市。国家财力不足，政府无能，社会承灾力低下，关键就在于民国时期国家政治经济等制度发展缓慢，无法将各方力量汇聚成合力共同解决现实问题，以至于生活在民国社会历史形态下的现代作家无法获得一方宁静的生存空间，他们首要面对的人生问题仍然是“如何生存下去”。

1938 年 8 月来到重庆的老舍，考虑到“文协”经费紧张，他主动不拿报酬，生活全靠稿费收入，尽管他异常勤奋且多产，可捉襟见肘仍然是他的生活常态。赵家璧曾回忆道：“老舍在北碚期间，生活是很困难的，一进门那间客厅里放着一些当地制作的竹器桌椅，书架上见不到多少书，写字台上空空如也。”正如舒济回忆他父亲时说：“我们一家住在北碚，我父常患疟疾和肠胃病。旧社会的生活折磨，使他整日忧虑苦闷，我们姐弟十来岁时，从来不见他的笑容。”对此，臧克家也提到过，老舍他们极容易满足，因为“平素，大家生活都极苦，香烟，下等的，还是单支买。到对面小饭馆里吃上一碗‘担担面’就觉得很美满了”。1939 年的老舍为了参加重要的全国性会议，买两身灰布做的中山装都得咬紧牙关，而这两身服装“下过几次水以后，衣服灰不灰，蓝不蓝，老在身上裹着，使我很像个清道夫”。

二、生存语境下的文学担当

（一）现代作家的精神空间

1931 年初，鲁迅愤慨地写道：“现在来抵制左翼文艺的，只有诬蔑，压迫，囚禁和杀戮；来和左翼作家对立的，也只有流氓，侦探，走狗，刽子手了。”“单是禁止，还不是根本的办法，于是今年有五个左翼作家失了踪，经家族去探听，知道是在警备司令部，然而不能相见，半月以后，再去问时，却道已经‘解放’——这是‘死刑’的嘲弄的名称——了。”同年 10 月，沈从文在《致王际真——朋友已死去》中同样悲愤不已，“朋友胡也频已死去，二十人中八十枪，到后则男女埋一坑内，……际真，你是同中国离得太久了，你一点不明白当美国或欧洲法律到保护牲畜，鸡鸭倒提也算犯罪时节，中国人在何等情形中即可被杀！”“许多小党员无事可做，故想到在文学方面清除异己的办法，杀戮的捉去杀戮，监狱中满满的关了年轻人，勒令各书店不为印行新书，各书稍有不同意当局的各处加以没收，用官方势力迫书店为出版刊物书籍，……”鲁迅与沈从文共同缅怀的便是 1931 年 2 月 7 日在上海被秘密枪杀的五位左翼作家。此事引起全社会哗然，随即激发了全国新闻及文学界的声讨。

中国的现代作家对现实有着极为清醒的认识，他们深知要想冲破这文化统治的罗网，只能“杀出一条生存的血路”不可，那么我们也就不难理解，这一路披荆斩棘走出来的文学绝不会是温室里的花朵，只能被供奉在单纯美丽的艺术殿堂中。在鲁迅看来，除“知识分子以外，现在是不能有作家的”，因为“居今之世，纵使在决堤灌水，飞机掷弹范围之外，也难得数年粮食，一屋图书”。不得不承认，现代中国的生存语境，不论是物质匮乏的生存困境，还是禁锢压抑的思想空间，都带给作家太多的艰辛和磨难。然而，正是在这样的生存语境下，中国作家收获了坚实饱满的人生体验。

（二）现代作家的生存抗争

郭沫若曾在1926年不无感慨地说，只有等到“社会一切阶级都没有，一切生活的烦苦除去自然的、生理的之外都没有了，那时人才能还其本来，文艺才能以纯真的人性为对象，这才有真正的纯文艺出现”。换言之，现代中国文学之所以无法纯粹还在于中国人的生存苦恼需要文学的分担，而事实上，这一时代语境下的中国文学也正是如此形塑着自身的品格。在矛盾丛生的历史时空下，被各种现实因素纠缠撕扯的现代作家，从未满足于仅在生存的缝隙中苟延残喘，他们以现代知识分子的智慧和胆识与专制政权展开了激烈的较量与斗争。

鲁迅在1926年6月17日《致李秉中》的信中谈道：“从去年以来，我因为喜欢在报上毫无顾忌地发议论，就树敌很多，章士钊之来咬，乃是报应之一端……今年春间，又有一般人大用阴谋，想加谋害，但也没有什么效验。只是使我很觉得无聊，我虽然对于上等人向来并不十分尊敬，但尚不料其卑鄙阴险至于如此也。”的确，自1925年以来，鲁迅的生活就颇不宁静。其中以《我的“籍”和“系”》《流言和谎话》《女校长的男女的梦》等文章声援北京女子师范大学的学生运动，从而招惹了时任段祺瑞政府教育总长兼司法总长的章士钊，由此，鲁迅与教育部展开了一场“压迫和反抗，正义和暴力的争斗”。在这场智慧和胆识的较量中，鲁迅凭借对民国法律“空隙”的敏锐发现和熟练运用，步步为营。1926年3月31日，国务总理贾德耀签署“临时执政训令第十三号”“依法裁决教育部之处分应予取消”，并“著交教育部查照执行，此令”。最后，鲁迅在这场对教育部的抗争中获胜，大大增强了当时文人抗争的信心和底气。鲁迅曾表示：起诉，“不过为着揭穿老虎的假面目”，而“律师只能为富人争财产；为思想界争真理，还得我们自己动手”。

在现代中国文学的发生发展进程中，诸如此类的个体抗争与群体抗争事件贯穿始终。抗战爆发，民族国家的安危、一致对外成为时代共识，个人利益和情感在抗战的背景下隐退。尽管如此，知识分子在维护个人权利的路上仍未停下过脚步。到了抗战中后期，经济恶化、贫病纠缠让知识分子尤其是靠稿酬和版税谋生的作家陷入生存的危机状态。1945年5月，曹禺、张申府、张静庐等50多名作家、学者对审查制度发起了强有力的反抗，他们“要求言论自由、出版自由、取消新闻图书杂志及戏剧的审查制度”，并提出“拒绝检查、拒绝审查”的口号。8月上旬，黄炎培的《延安归来》在不送检的情况下自行出版发行，随后被国民党特务大肆搜禁。在黄炎培等人的推动下，重庆《民主世界》《中华论坛》等16家杂志联合发表拒检声明，郑重宣布从9月1日起，杂志不再送检。这一掷地有声的决定掀起一场声势浩大的“拒检运动”。抗战的胜利又恰逢9月1日记者节，《新华日报》发表时评《为笔的解放而斗争》：“8年来紧紧束缚着新闻记者的手，从今天开始有了自由，大家的呼吸开始可以透出一点气来了！”9月22日，迫于强大的舆论压力，国民党通过决议并宣布自10月1日起取消对新闻和图书杂志的审查。10月1日，《新华日报》发表《言论自由初步收获》的社论，直言“检查制度的废止，是言论自由的开始，但还不是言论自由的真正实现”。

现代中国语境下的文学，因为有了宪法精神的注入而更具现代意义的担当品质，文学功能也随着社会历史形态的转型和现代人生体验的改变实现了自身的蜕旧换新。当民国作家在宪政理想和专制现实的矛盾境遇中挣扎抗争时，文学的法律功能得以最大限度地释放，从而产生了强有力的震慑效应。正是活跃于现代作家精神脉动中的宪政理想，赋予了他们强大的道德力量和充足的文人底气，使他们得以在反抗专制、维护公民权利的路途中持续呐喊、不断抗争。

三、现代中国文学的“生存”主题

李之常曾说：“今日底文学底功用是什么呢？是为人生的，为民众的，使人哭和怒的，……至于说，文学是为艺术的艺术，那么，人们衣食问题尚未解决，哪有闲工夫去作不可捉摸底，无实用如景泰蓝底为艺术的艺术呢？”国门洞开之后，连续不断的战事和冲突就像冷冽压抑的空气无孔不入地蚕食着每一个人的激情和耐心，直逼人们精神承受的临界点。在政治动荡、硝烟弥漫、形同虚设的中华民国，无论是知识分子心系天下，于人生困境中努力求索救国之道，还是底层民众在粮食危机、失业危机以及各种天灾人祸中苦苦挣扎，听天由命，他们都需要面对共同的问题——如何生存下去。

（一）以“生存”为主题的文学关怀

曾经我们习惯于这样表述“新文学”，五四新文化运动以崭新的风姿宣告了一个新的文学时代的开始。然而，现代中国的文化与文学就真如历史叙述一般实现新旧的瞬间位移了吗？古今、新旧、中西的相互纠缠所生成的丰富的人文景观不断提醒我们，那些在传统文化熏染下走向现代的知识分子，本身就保留着兼济天下的传统文人理想与姿态，但他们同时又拥有现代知识分子的文化自觉与审美独立的意识和追求。他们书写的错综复杂的文学景观又岂是用二元对立、非此即彼的思维所能揣测的。有学者因为五四新文学家们并没有直接描写军阀混战等重大历史事件，就据此认为五四新文学回避了民国的乱世风云，对中国的历史走向和政权动荡持远离和观望的态度，于是得出结论，即民国知识分子具有远离政治的“洁癖”，他们强调并在乎的是文化启蒙与个体解放的诉求。而与此相反的观点则认为，在民族危亡之际，“救亡”压倒了“启蒙”，个性解放只能让位于民族国家。上述两种观点都各执天平的两端，无视文学的丰富性与复杂性。

“近现代社会到来之后，由于个人主义的觉醒，日常生活以及个人经验才得到了文学的重视，成为现代文学的一个特点。”上述认为五四新文学对现实持远离、观望态度的观点，明显混淆了文学话语与历史话语，以历史叙述的原则来衡量文学创作。“历史属于所有人同时又不属于任何人；它是普遍的，一般的”，记录、描绘重大的历史事件与书写重大历史事件背景下的人生百态是完全不同领域的叙述方式。身处乱云飞渡、群狼无首的动荡年代，以“为人生”为宗旨的作家们，将关注的目光和笔墨投向“人力车夫”、学徒工、下等妓女等底层民众的身上，文学着力表现的恰恰就是容易被历史的宏大叙事所遗漏的“人生悲苦”，而文学对“人生悲苦”的叙述正是建立在宽广的社会历史背景下对人生百态的提炼与升华，这不正是文学的人文关怀与历史品格的最好呈现吗？

历史叙述着眼于整个社会，对民族、国家、政治、经济、军事等概貌及演变进行宏观的、整体性的把握，通过梳理具有全局性影响意义的重大事件来呈现人类社会的发展脉络。在历史画卷中留下浓墨重彩的往往是那些影响甚至导演了重大历史事件的英雄人物。相比较而言，文学则更多地关注“人生”，剖析社会历史的微观世界，对那些被历史的宏大叙事所遮蔽的细节进行审美观照，是人类关注自身精神生活、感悟世界的重要方式，其最重要的价值恰恰在于它能记录并展示个体在不同的历史场景和人生境遇中的心路历程。同样是面对“过往发生的一切”，文学呈现的是鲜活、饱满、差异化的生命个体，而这样的个体往往被历史的宏大所掩盖，因此，文学的复杂面相常常以游离、差异、矛盾甚至对抗的姿态与历史叙述之间形成张力，于是我们便能看到，一边是历史波澜壮阔的恢宏图景，而另一边则是发炎溃烂、无法愈合的生命创伤。尽管，历史叙述已向我们清晰地呈现了转型期的社会图景，但仍有一些敏锐的作家能捕捉到日常表象下的深层异动，发现不同于历史叙述的别样图景，文学通过其独有的穿透力为我们构建了另一个社会空间。

在民国文学空间里，最响亮的仍然是以生存为主题的“为人生”的呐喊之声。现代文学伊始，鲁迅首先以《呐喊》《彷徨》通过对国民性的思考，对国人灵魂的拷问叩问民生疾苦，在形而上的层面上摹写国人生存之艰难，而国民性的孱弱不正是积贫积弱的民国社会中人的精神病态吗？尽管鲁迅曾悲愤地说：“在一个积贫积弱没有任何民主要求的国度，病死多少也不必以为不幸。”鲁迅的弃医从文，在于他更多的是对民族国家的前途进行一种形而上的思考，然而，能达到鲁迅思想高度的人毕竟凤毛麟角，而这恰恰反映出当时的中国，除了国民精神的贫弱之外，更普遍、更棘手的问题仍是“国计民生”，在战争长期的异常状态下作为独立的生命个体是无法逃避生存困扰的。一直以来，现实主义的文学创作方法常常被人误解，读者习惯于将作家笔下的文学世界与作家生存的客观现实一一比对，并理所当然地认为作品中人物的生存语境就是作家的生活写照，而一旦发现作家的现实生活与人物的生存状态有很大的出入时，便开始质疑作家的文学创作。近年来，有学者致力于通过爬梳翔实的历史资料，考证民国时期知识分子的生活现状尤其是经济收入情况，于是得出鲁迅“年可坐得版税万金”的爆炸性“真相”，要知道鲁迅阔绰富裕的日常生活与他透视人生的睿智深刻，根本就是两个不同层面的问题，两者并不是相互对立抵触的。他对生命底色的书写，取决于他自身的生命感悟和形而上思考所能抵达的深度，这与作家的经济收入没有必然的直接的联系。的确，大量鲜活的历史细节能让我们领略到民国丰富多样的生活景观，但过分纠缠于局部的细节，以管窥豹就会在不知不觉中陷入“一言以蔽之”的概括，这样的概括不能不说是偏颇片面的。事实上，鲁迅在物质上的优越生活不过是他历尽千帆后人生成就的局部呈现，就算是那让人垂涎的财产收入又怎能与他带给这个民族的精神财富相匹配呢？他也经历过“从小康人家坠入困顿”，他同样也走过北洋政府时期的索薪之路，为了自身的经济权益更为了争取做人的尊严不得不与强权将官司进行到底，然而，被这些庸俗事物缠身的鲁迅却从未放下过他的“投枪”和“匕首”，这样的精神财富该如何计算呢？现代作家中除了鲁迅后来的生活相对富裕之外，绝大多数作家仍为生计四处奔波，这种惨淡的生存体验常常在作家的文学书写以及带有“纪实”色彩的作品中有较为翔实的呈现。林徽因曾提到当时的作家在选材时比较偏向于“农村或少受教育分子或劳力者的生活”，并认为在他们所处的那个时代“青年作家都很难过自己在物质享用上优越于一般少受教育的民众，便很自然地要认识乡村的穷苦，对偏僻的内地发生兴趣，反倒撇开自己所熟识的生活不写”。即使是 1921 年开始的“为人生”与“为艺术”之争，事实上也并非因为人生与艺术的截然对立而展开的论争。文学研究会以“为人生”为宗旨的文学主张，并没有因为强调文学的社会功能而放弃对文学审美艺术的追求；与此同时，标榜“为艺术而艺术”的创造社作家们，也没有因为重视文学艺术审美功能而失掉对社会人生的文学关怀。

现代中国作家无论是在“启蒙”思想烛照下的时代“共名”，还是出于其自身“痛说苦难史”的文学需求，其创作仍然是以生存关怀为主的“为人生”的文学。

（二）“为人生”的文学共识——西方文学思潮的中国化

中国现代文学的发生发展与西方文学思潮的引入和转化的过程几乎同步。

《创造周报》上的《创世工程之第七日》这样表述：“上帝，我们是不甘于这样缺陷充满的人生，我们是要重新创造我们的自我”，或者是渴盼一个中西文化结合产下的宁馨儿。这些都显示出中国现代文学迥异于中国传统文学的特征。象征派、神秘派、意象派、表现派、未来派、意识流派等一时之间都涌进中国，西方几百年的文学历程却要在中国短短几十年里演练一遍。这些来自异域的、陌生的声音，在当时的中国文坛会引起怎样的回响，中国作家对西方思潮又会做出怎样的反应，都是中国现代文学研究的重要课题。在传入中国的西方文学思潮中，“为艺术”是很重要的一个，由于其概念外延特有的延伸性，使其能涵盖的文学现象更多，情况也更加复杂。回到民国时期作家的生存语境中，考察作家对西方文学观的择取，有利于我们深入了解现代中国语境下作家的文学观念和创作实践。

有学者将中国现代文学始终保持的入世、战斗传统，归结为文学与现代中国政治生活的紧密联系。在我看来，与其说是中国现代文学保持了这种入世、战斗的传统，还不如说是中国人自身的生存状态和文学需求本就如此。在浊浪不断、动荡不安的现代中国，现代作家不论是对文学“载道”传统的继承，还是本身出于对文学需求的现实把握，他们都很难在生存困扰中去追求纯粹的艺术真空。因此，他们对西方文学思潮和观念的择取以及创造性地使用，无不透露出现代中国语境下“为人生”的文学诉求。在贯穿了20世纪中国文坛的名目繁多的“主义”中，如浪漫主义、象征派、唯美主义、自由主义等具有纯粹审美艺术追求的西方文学思潮，对中国现代文学的发生发展产生了相当大的影响，而由此带来的“为艺术而艺术”的文学观，更是成为与“为人生”的文学观不断撕扯的存在。因此，重新审视唯美主义以及“为艺术而艺术”在中国被批评的遭遇，是考察现代中国语境下文学与人生关系的不可或缺的视角。

20世纪20年代初中国现代文坛掀起一股“王尔德热”，王尔德的剧本、诗歌、小说和理论主张先后被译介到中国。先有周作人翻译王尔德的童话《快乐王子》，介绍了王尔德的戏剧《莎乐美》。之后，朱维基翻译的《谎言的颓败》真正体现了唯美主义的美学思想。还有林语堂分五次完成的译作《作为艺术家的批评家》，则是王尔德的另一篇美学文论。此后的《小说月报》和《国民日报》副刊等分别刊出了介绍王尔德的评传文章，进一步推进了唯美主义思潮在中国的传播和研究。

据相关研究表明，自周作人的译作《快乐王子》问世以后的20多年时间里，翻译、介绍西方唯美主义文学理论的作品在数量上仅次于中国对现实主义思潮的译介。坚持艺术独立和审美自觉的唯美主义，在一定程度上为腹背受敌的新文学实现独立的诉求提供可资借鉴的理论资源。然而，自20世纪20年代初开始，唯美主义的“为艺术而艺术”就在中国遭遇了否定性倾向的批评。1920年，胡愈之立足于“为人生”的文学主张发表了《近世文学上的写实主义》，并强调中国文学应注重描写“人生问题”的“写实主义”，远离“把文学和艺术，看作超出现实的东西；现实的人生问题，只好让哲学家社会学家政治学家去研究，不该把它搁在文学里面的。这种艺术观念，是叫作‘为艺术而艺术’。但到了近代，物质文明，日盛一日，生存竞争，更加剧烈了，人类的背上，驮着很重的生活问题，一天到晚，除了谋衣食住之外，哪里还有许多闲工夫，来谈没干系的风花雪月呢？”1921年，沈泽民在《王尔德评传》里称王尔德是“唯美派的文学家”“独倡为艺术的艺术”，是“梦里的空花”“不了解人生的真义”。茅盾和邓中夏也从“激励人心”“唤醒民众”的文学功能角度撰文批评“唯美”倾向的作品。萧楚女的批评更加严厉，他认为：“纯艺术不啻是要叫人们都陷在催眠状态，而使外界的一切罪恶愈益滋长。……他们不但是愚不可及，愚得可怜，而且是成了一个拥护罪恶的罪人了！”可以说，20世纪初的中国知识分子基于内忧外患、民不聊生的社会现实，更容易亲近“为人生”的文学观念，而对“为艺术而艺术”的文学追求便自然而然地给以拒绝甚至反对。到了20世纪20年代中后期，革命文学、无产阶级文学的大规模提倡，一直到20世纪30年代左翼文学的兴起，文坛对唯美主义以及“为艺术而艺术”的批评呈现出有增无减的趋势。无论是出于时代社会对文学的激情需求，还是个人认识对文学诉求的变化，郭沫若的转变是比较有代表性的。他分别在1925年和1928年谈道：“我从前是尊重个性，景仰自由的人，但在最近的一两年之内与水平线下的悲惨社会略略有所接触，觉得大多数人完全不自主地失掉了自由，失掉了个性的时代，有少数的人要来主张个性，主张自由，总不免有几分僭妄。在大多数的人未得发展其个性未得生活于自由之时，少数先觉者毋宁牺牲自己的个性，牺牲自己的自由，以为大众人请命，以争回大众人的个性与自由！这儿是新思想的出发点，这儿是新文艺的生命。”

到了20世纪30年代初中国左翼作家联盟成立之时，就明确表示出对“为艺术而艺术”的严厉批评。“中国无产阶级文学运动已经冲破了末期资本主义文学的个人主义浪漫主义艺术至上主义的影响，明确地指出无产阶级文学的必然性。”随后，“左联”又强调：“作家必须从无产阶级的观点，从无产阶级的世界观来观察，来描写。……要和到现在为止的那些观念论、机械论、主观论、浪漫主义、粉饰主义、假的客观主义、标语口号主义的方法及文学批评斗争（特别要和观念论及浪漫主义斗争）。”此时，“左联”对于“为人生”的文学观念的提倡已经随着“冲破”“斗争”等词语的出现而染上了阶级论的色彩。抗战的爆发为否定“为艺术而艺术”的理论和实践提供了合法化的时代语境，“作品的艺术价值与‘功利性’正成了一个正比”。甚至这种对于“为艺术而艺术”的否定和贬斥成为开展文学批评的前提和基础，那么，对于其他文学观念的“别样”存在会做出过敏性的反应也就不足为奇了。

第二节　是“非文学”还是“大文学”

一、生存语境下的“非文学”氛围

自晚清以来，西方“纯文学”观的引进，为中国文学追求审美独立、摆脱传统文学观的束缚提供了强有力的支持。毋庸置疑,西方“纯文学”观实现了中国文学独立的诉求。然而，文学新标准与旧观念的并存，审美理想与现实诉求的较量，以及文学家们在观念层面的追新与操作层面的持旧，使得中国文学在“纯粹”的道路上越走越偏。文学保持其审美的自足、自律与独立是无可厚非的，然而，现代中国驳杂纷呈的历史语境使文学无法“纯粹”，亦如有学者指出，“在诸多社会问题、生存困扰纠缠不清的现代中国，美丽的语言艺术从来就不是‘文学’单纯关怀的对象”，中国知识分子复杂的人生遭际，使他们被各种社会现实人生问题所牵绊,无暇徜徉在纯粹美丽的文学审美世界中。对于现代中国语境下的知识分子而言，文学的“纯粹”实在是一个过于奢侈的梦。随着西方“纯文学”观被引入中国,“文学(纯文学)/非文学”的说法也随之得以确立。“非文学”相对于追求艺术自律、审美自觉的“文学/纯文学”而言,是作为区隔于“文学(纯文学)”的一种假定的存在,指向文学之外的存在状态,“文学”与“非文学”也因此成为一组相互确立、不可分割的范畴。有关“非文学”的概括不仅关系到对“文学是什么”的界定和追问，而且还与“文学”介入社会现实的方式和力度有直接的关联。现代中国语境下的作家在文学之外的挣扎和纠结,常常被视作在“文学”与“非文学”之间的游走,这本是现代中国语境下的文学常态,却因为借助“非文学”对“文学(纯文学)”的分离同时又是对“文学(纯文学)”的确证这一二元对立的认知方式而变得模糊不清。因此，重新审视学界对于“非文学”所达成的普遍共识，是我们对于现代中国的文学问题进行辨析追问的前提条件。

自“非文学”的说法出现以来，其具体内容随着文学观的变化而有所不同。

“非文学”凭借对社会人生内容的强调和偏重,与审美自觉自律的“纯文学”区别开来。1914年吕思勉在谈论有关“纯文学的小说”与“不纯文学的小说”的评判标准时说道“一诉之于情的方面，而一诉之于知的方面也”，接着又借用孔子之言提出“法语之言，智的方面之事也,非文学的也；巽语之言,情的方面之事也,文学的也”。“文学”偏重于“情的方面”，有利于抒情达意，而“非文学”则偏重于“智的方面”，更有利于传授知识。这里的“情”强调的是文学对艺术审美趣味的自觉追求，“智”则强调文学对社会人生的内容呈现。值得注意的是，“文学”的“主情”并不意味着“非文学”就是“无情”的，这里“文学”与“非文学”的区别主要体现在各自对“情”和“智”的偏重程度不同，换言之，“非文学”更注重对现实人生的内容呈现而对审美价值的自觉追求显得并不那么强烈罢了。“主情”还是“主智”作为“文学”与“非文学”的划分标准，在20世纪20年代已获得新文学家的普遍认同。

胡适在《什么是文学（答钱玄同）》一文中谈道：“语言文字都是人类达意表情的工具；达意达得好，表情表得妙，便是文学。”但“好”和“妙”又该如何断定呢？他紧接着提出文学最重要的三个要素：“第一要明白清楚，第二要有力动人，第三要美。”“文学不过是最能尽职的语言文字。”在胡适的论述中，无论是文学的“懂得性”（明白）还是“逼人性”（有力），都体现了胡适对文学审美特性的重视。以此为依据，胡适认为：“无论什么文（纯文或杂文，韵文或非韵文）都可分作‘文学的’与‘非文学的’两项。”在他看来，“文学”应同时涵盖社会人生和审美艺术两项内容，区别在于各自的侧重点不一样。

这一类观点以西方“纯文学”观为依据，对中国文学进行了“文学 / 非文学”的界定，在中国现代文学观确立之初对文学提出了审美自觉的追求，有助于现代中国文学从传统文学观的束缚中独立出来。

“非文学”与社会政治的对应与疏离。在中国现代文学不可或缺的众多“非文学”因素中，社会政治的变革与20世纪中国文学可谓渊源深厚，似乎社会政治的变革总能轻易地在文学领域掀起变动的波澜，“国家与革命”当之无愧地成为中国现代文学与文化发展进程中高频出现的主题词，因此，中国的20世纪又被称为“革命”的世纪。尽管20世纪的中国文学经历过惨烈的“非文学”教训，文学与社会政治的密切关联既是中国社会现实的文学诉求，同时也是中国文学自身的特质所在，通过介入社会现实彰显中国文学的特殊力量。

作家刘心武在回顾20世纪70年代后期创作《班主任》的心态时谈道：“我当时是以非文学的情绪进入文学领域的，当时还顾不到‘美文’，使用的是相当粗糙、笨重的文本。……总之，是把社会政治诉求寄托在小说的躯壳中。”如果说20世纪现代中国的“非文学”氛围主要是由于文学与革命、政治的关系太过亲密的话，那么，进入21世纪后的文学在远离了政治之后是否就脱离了“非文学”的氛围呢？进入21世纪以后，文学在大众传媒时代备受冷落，同时也不再受到政治的青睐，文学的社会关注度日益下降。在文学与文化的关系持续升温之际，同时，有感于文学的沉默，有学者选择从政治文化的角度切入来考察文学，并对20世纪的中国文学做出总结性的概括——“中国的20世纪是一个非文学的世纪”，现代中国的文学之所以是“非文学”的，原因就在于文学不能独立、自足地发展，文学的本体性和审美特性并没有得到张扬和凸显。

围绕着“文学与政治的关系”这一命题，有学者指出，“20世纪中国人日常生活和精神世界的政治化倾向”已成为常态，文学也就不可能真正地回避“政治”，因此，考察文学生态环境势必会触及政治环境。对文学所处的“政治文化场域”的考察正是对历史现场的逼近，还原具体的历史情态，才能真切地体察20世纪中国文学的“非文学”氛围，触摸现代中国语境下文学的丰富与复杂。

20世纪90年代初，中国文学曾经认为自身背负了太多的东西，应该把它们卸下来。于是，曾经的精神信仰：国家、政治、宏大叙事、崇高、历史、诗性、自由、人性、理想主义等也被卸了下来，常常被遗忘在文学之外。文学进入了平庸化、日常化时代，物欲化的消费主义意识形态开始笼罩市场，文学在远离政治、亲近市场的浪潮中从依附政治转为傍上了商业。各种非文学因素、非精神立场因素都活跃起来，知识分子被各种琐碎的细节、体制的罗网和利益的诱惑所纠缠，似乎作家们总会被困在文学之外沉默着、挣扎着，文学要么转向各种小情小爱、自我张扬的叙事，要么就是“意识形态化”与“普遍道德化”的常态写作。在文学不受政治青睐的时代，文学介入社会现实的力量逐渐衰弱，已不能承载知识分子的社会担当和良知，这便是中国作家进入21世纪之后所遭遇的“非文学时代的文学痛苦”。

“非文学”与文化的交织互动。这一类观点认为，文学研究在考察现代中国语境下的文学现象时，除了要探讨文学的审美价值、艺术成就之外，当然还必须充分考察文学之外的各种非文学因素对文学现象的影响，比如文学的社会价值、现实诉求、文学团体的形成条件和思维方式等对文学发展或变革产生影响的方方面面。文学研究要呈现的不只是对时间、空间和相关事件的简单连缀，而是要探究这一文学事件发生的原因，梳理围绕这一事件所形成的关系网络以及其中各方力量对文学本身的影响。换言之，文学必须借助“非文学”才有可能存在。这里的“非文学”主要指“政治、哲学、道德、经济、科学、知识等文化范畴所包含的思想和内容”，是“一个外在于文学的文化性范畴”，它是文学赖以产生的语境和氛围。文学首先通过审美价值的创造显示自身的独立性，同时，又与“非文学”交互影响、不可分割。中国文学的“载道”传统与“杂文学”观对中国现代作家的审美眼光、思维方式和精神气质产生着内在影响。而对文学审美自律的诉求，或者说对“形式的独立和抽象化”的追求，其主要目的还是尽可能使文学摆脱“政治和文化、社会和道德这些‘非文学因素’”的束缚。

20世纪80年代的“回到文学本身”，无关“文学”本身的审美诉求，其关注的恰恰在“文学的周边”，即政治带给文学的“非文学”状态。为了实现对政治意识形态的突围，文学将关注的目光投向“文化”，在“‘20世纪中国文学’三人谈”中，学者陈平原提出以“文化角度”代替“政治角度”考察文学，使文学至少能尽快地走出政治的狭隘视野。从20世纪80年代的“文化热”、20世纪“寻根”思潮，到20世纪90年代兴起的“文化研究”思潮直至今日，文学与历史文化建立了长期的密切联系。希望借助“文化”的力量打通文学的突围之路，使文学自身与文学研究获得更宽广的生存空间。

到21世纪初，有学者则认为越来越受青睐的文化批评所蕴含的问题从未得到真正的解决，是因为“文学中的文化与文化视野中的文学之不同质”的区别从未得到过深入的探究，这也就造成了对文学独立的误解，即文学与文化政治的关系不是无关的就是对抗的状态。该学者进一步指出，“文化批评”之所以被视为“非文学性的批评”，原因就在于“文化批评”忽略了对文学作品进行艺术鉴赏和审美阐释的真正目的是什么，将文学作品当作论证文化批评的工具，最终使研究脱离了文学作品而“直接诉诸文化与社会问题”。不得不承认，这确实指出了文化研究存在的问题，但与此同时也呈现出这样的事实，文化研究之所以越来越有市场，恰恰证明了文学所赖以产生的文化政治比文学本身更加抢眼，或者说，20 世纪的中国充满了动荡和变革，大多数作家都难以逃脱被一波又一波的社会思潮所裹挟。处于潮流之中的作家，虽然在不同程度上以自己的独创性和个体性以期实现对政治、文化的超越，且不论这样的超越是否成功，现代中国语境下的作家们不可能完全置身于政治、文化之外实现真正的超脱，那种完完全全的脱离只会陷入虚无的境地，并且，这样的作家只能局限于个人的狭小世界里，更不能赋予文学以情怀、胸襟、格局和气度。

以“非文学性”细化对“非文学”的理解。对于“文学性”与“非文学性”这一组概念，有学者进行了简单的描述,“非文学性”主要指“文学的意识形态性（如社会思潮、文化思潮，以及文学思潮中的意识形态部分）”，而“文学性”则是“文学的非意识形态性（独创性、风格多样化等）”，同时，该学者又将情感、人物、场景、氛围、世界、人性、意义等因素称为“非文学”的因素。显然，这里“非文学性”与“非文学”的意义不明恰恰反映出这种划分的不合理性。有学者认为,“文学性”已不再是纯粹的审美自律的概念，当它与“非文学性”在互动中发生重叠时，“文学性”的概念才得以确立，并且不再纯粹。21 世纪初，已有学者意识到“文学性”的历史生成性，指出“文学性”是宏观的、开放的定义，并触及“文学性”与历史文化、时代语境的关系问题，至于“文学性”的内涵只能慢慢意会，难以言传。这里对“文学性”的理解主要还局限于审美自律的“纯文学”领域，但论者似乎已感觉到这样的“文学性”内涵已不能满足中国文学的需要。于是“文学”内部被划分为“文学性”与“非文学性”，那么问题就来了，两者交汇重叠的部分又该如何命名呢？另有学者虽然也认为“文学性”与“非文学性”都是内在于文学的因素，但“文学性”是追求纯粹审美价值的因素，而“非文学性”则是文学之外的社会文化在文学之内的内在化呈现。这种划分似乎巧妙地避开了两者互动重叠的部分无法被命名的尴尬，但新的问题又出现了，文学内部的“文学性”与“非文学性”的界限如何明确？这同样陷入之前“文学”与“非文学”之间界限无法明确的难题中。本来“文学性”这一概念的出现就是为了用来区别“文学”与“非文学”的，结果“文学性”又再次被二元对立地划分，这只会让关于“文学”以及“文学性”的概念越来越不明确。相比较而言，接下来的这一观点则有所收回——“文学性”是文学的本质属性，但它不是预设的先在属性，只有在“文学”与“非文学”的互动中才能完成“文学性”的自我确立。这一观点没有了“非文学性”的掺和，似乎要比之前的论述清晰得多，而事实上不过是又回到了最初关于“文学”与“非文学”如何划分的讨论中。

世纪之交，有感于“20世纪中国文学”观并没有真正回归文学自身，学者吴炫提出“一个非文学性命题”，并指出“非文学性”恰恰体现了“20世纪中国文学”观的局限。他认为尽管“20世纪中国文学”观帮助文学突破了政治的束缚，但却未能将文学从文化的束缚中解救出来。这里所说的“非文学性”，是与“文学性”相对立的一种假定的存在，两者在文学内部呈此消彼长的共存状态。其实，这类观点意在指出的不是文学作品是否具有文学性，而是现有的文学观已不能涵盖文学本身的丰富性和复杂性，事实上是文学观念、概念、名称的使用不当。换言之，现代中国时代语境下的文学以其纷繁驳杂的状态早已逸出通常所理解的“文学性”的内涵，所以需要通过“非文学性”来表述。同时这一观点还指出正是“20世纪中国文学”观对文化“现代性”的强调，使文学史叙述以及文学研究更关注文学发展的“整体性”特征，助长了“非文学性”的态势却减弱了文学的“文学性”，导致文学不能实现“个体性”价值的诉求，最终严重影响了文学对文化等“非文学性”因素的“穿越”，因此，文学仍然处于“非文学”的状态。这也就意味着承认了这样一个事实，即中国文学的“非文学”状态并没有因为“文化”力量的介入而得到改变，而这一状态正是现代中国特殊的历史语境与时代氛围的产物，是现代中国文学本身的特质。现代中国的历史变革与时代思潮构成了作家无法逃避的时代语境和文学生存状态，如有学者所说的能够置身于潮流之外，以个体化立场超越政治、文化的作家毕竟只是极少数特殊的存在，因此，“非文学”的状态和氛围在现代中国的时代语境中反而是常态化的表现，只有充分考察“非文学”因素对文学的影响才能进一步追问贯穿了整个20世纪中国文学发展进程的启蒙、救亡、解放、反思、开放等社会性和文化性命题。然而，试图借助文学内部的“非文学性”来进一步细化对非文学状态的理解，仍显得无能为力，反而是造成这种表述无力的原因更值得我们详加追问。

“非文学”的所指在这里发生了极大的改变，如果说之前的“非文学”是对文学过分介入现实的一种指责的话，那么，这类观点中的“非文学”则是指文学介入现实的无力，以及文学作品中社会关怀和人文精神的缺失。与此同时，这类观点还强调了“非文学性”的重要性，并具体分析了“文学性”与“非文学性”的意义所在。

为了解决“非文学时代的文学痛苦”，有学者提出“非文学性”因素的缺失是20世纪90年代以来文学影响式微的主要原因。文学的社会影响力之所以越来越弱的原因不在于“文学性”的缺失，而恰恰在于对“非文学性”的忽视。此类观点认为，文学作品中“隐含着的化育人心、提升道德、推动历史进步的伟大力量”恰恰属于“非文学性”的内容，它直接决定了文学的价值和意义。换言之，“文学性”是判定文学之所以成为文学的标准，而“非文学性”则极大地影响了“好作品”“大作品”的产生。很多优秀的文学作品中最为突出的“非文学性”因素则体现为源自社会现实的政治意识。持这一观点的学者通过列举中外文学史上一些作家的创作经历，证明了恰恰是作家浓厚的政治意识、社会参与意识等“非文学性”因素才使得他们笔下的文学作品具有介入现实的深刻和力度。20世纪90年代以来“中国小说精神缺钙”的现象主要源自作家们对社会现实的回避甚至漠视。知识分子最为可贵的人格情怀只能产生于生命个体对民族历史社会现实的深刻体察，而这些情感内涵往往被认为是“非文学性”的，不属于自足的、纯粹的审美范畴。在现代中国的时代语境下，作家对“好政治”“大政治”的诉求，通过文学反思政治的批判性姿态介入社会现实，以及内化为个体生命意识的“‘非文学性’的‘政治’追求”将有利于作家创作出更为优秀的文学作品。“文学之本在于避免限定本质，避免呈现时固定文学甚至将其实现：文学从来都不事先存在，要不断重找、更新。”“以文学体现文学，无果。寻找文学，只能到文学之外探索；……所以，最终‘非文学’才是每本书追寻的境界。”

通过对“非文学”这一概括的粗浅归纳和分类，我们可得知，学界对“非文学”这一假定存在的理解大致经历了这样一个过程：在现代文学观确立之初，“非文学”是判断文学独立和审美自觉的假定存在，学界对其持相对客观的态度；后来，随着文学与社会政治、现实人生关系的发展变化，学界对“非文学”的态度也平添了更多情感的色彩，无论是对“非文学”的指责、排斥甚至否定，还是对“非文学性”价值的抬高，都体现了学界对现代中国文学越发深入的认识和思考。

在现代中国文学发生发展的历程中，无论是曾经的“非文学”对“文学性”的掩抑使文学沦为政治的附庸，还是20世纪80年代以来文学对社会历史政治等“非文学”因素的回避导致文学介入社会现实的影响力衰退，都共同指向这样一个事实，那就是现代中国的“非文学”氛围已然成为学界的普遍共识。的确，对“非文学”的警惕和敏感，恰恰证明了“文学之外”的强势存在，这是由现代中国文学赖以产生的历史语境和时代氛围所决定的。

“非文学”已被视为20世纪中国文学的一种特质，强调文学的社会功能，即文学具有超出文学之外的功利性和社会效应。有学者曾指出：“从晚清康有为、梁启超，到五四时期胡适、陈独秀等人均是以非文学者的身份来提倡文学的，文学改良与文学革命的发生都不适用所谓‘文学自律’能够解释的。”当文学要承担启蒙的使命，实施教化的功能时，就必然会要求中国文学与社会现实建立更紧密的联系，通过增强文学的社会效应来达成启蒙和教化的目的，这极大地影响了清末民初小说的发展。当小说追求的社会效应与“国家想象”和“现代性”追求发生关联后，形成了这一时期文学发展的一个重要传统，成为20世纪中国文学的“非文学”特质形成的关键所在。当文学创作被“小说界革命”等文学革新思潮裹挟后，文人的创作观念、精神诉求，以及社会对文学的需求都发生了极大的改变，直接促成小说地位的提升和小说创作的繁荣，这其中到底是文学因素的作用还是非文学因素的影响很难做出明确的判断。“政治理念的合法性和国家民族的认同感”毫无争议地成为新文学发展最为重要的助推力，“文学对‘中国意识’的承担和表达”则体现了清末民初“文学追求的非文学特征”。这既是文学在现代中国语境下发展的产物，同时，也是中国作家基于社会现实与人生体验对文学做出的理性思考。可以说，新文学家们“既想让文学承担超出文学之外的社会功能，又企图保全文学自身的审美属性。这种看似矛盾的文学观念在当时具有相当的代表性”。事实上，这种看似矛盾的文学主张恰恰是对中国传统的“杂文学—大文学”精神的承续，不仅体现了现代中国的时代语境和社会现实对文学的需求，同时也表达了中国现代文学自身发展的需要。“非文学”的氛围造就了现代中国文学广博的社会关怀和关注现实的品格，这正是具有中国本土特色的文学审美体验，事实上，中国作家本身也并不痴迷于纯粹的审美。面对一部作品要判断其是不是文学作品时，作家与读者往往是根据自己所拥有的常识性经验来完成的，他们根本不会依据所谓“文学与非文学”的区别来评判。他们能快速做出判断所凭借的常识，主要来自他们在文学实践活动中积累的文学经验和鉴赏能力。因此，有学者指出，对于作家和爱好文学的读者而言，鲜活的文学实践活动使他们能把复杂混沌的“文学与非文学”关系进行常识化的处理，在这种情况下，他们就不会产生“文学与非文学”的二元对立、非此即彼的思维，但这并不意味着他们没有受到“非文学”的滋养。相反，“许多作家的焦虑倒是集中于如何创作出好的文学作品，如何在有限的文学作品中创造出极其丰富的指涉性”。曾有作家感叹道，是“从柏拉图、亚里士多德开始，一直到晚近的叔本华、尼采……以至于当代的艾因·兰德、罗尔斯、福山之类，这些人点亮了我的内心，从此看人看事就有了独特的视角，最终影响了我的人生和文学见解，我甚至认为：文学的巅峰只有在非文学的路径上才能攀登”。

作家的视野、思维、观念绝不是在艺术内部就能自主、独立地实现的，必然涉及作家对历史、社会、政治、文化的感受，最后内化为作家个体的思想和精神世界中，成为其文学创作、持续思考、不断提升文学品质的内在力量。其实问题不在于作家具有强烈的政治意识本身，而是在于这种政治意识对作家自身的文学姿态、视角和立场的影响，并且在作家创作时或多或少地影响其艺术探索和审美追求。其实，无论是政治诉求也好，还是审美追求也罢，如果都源于作家个人最真实的生命体验，那么，这些诉求就能转化成其文学创作的有效资源。文学研究应关注的是文学如何有效地与文学之外的社会生活建立有机关联，并将这种关联从文学之外转化为文学之内的内在影响因子，而这样的关联和影响又是如何通过文学文本自身来进行阐发和诠释的。这一过程必定是错综复杂的，而非单向线性的。

文学是关联着人的生命体验的话语系统，在不同的历史语境下呈现出丰富驳杂的样态。文学之所以打动人心，就在于它对人的生存体验和生命感悟在精神层面的丰富体现。与其说是现代中国文学的不单纯，还不如解释为文学创作者的人生体验以及孕育文学的历史语境和时代氛围让文学无法纯粹。曾经为了明确地界定“文学”的内涵、实现“文学”的独立，我们试图以“非文学”来回应“文学”的存在,而当“文学”与“非文学”的界限模糊不明时，我们又将目光放在了“文学性”上，并试图以“非文学性”来把握“文学性”的特点。值得反思的是，现代中国语境下的文学现象并不是“文学（纯文学）”与“非文学”的简单相加就能呈现的，更不是用物理学意义上的分解法由“文学 / 非文学”到“文学”中的“文学性 / 非文学性”这样的划分就能解释清楚的。这种“借助对于‘他者’的分离，不断强化‘文学 / 非文学’‘纯文学 / 俗文学’等等二元对立的范畴”，不仅不能解决概念的意义不明，还会缩小观察的视野和思考的格局。因此，我们必须跳出“新 / 旧”“好 / 坏”“是 / 非”的二元对立思维，在更宽广的视野中，以饱含中国经验的观念意识发掘、确立现代中国文学的特殊价值和历史意义。

二、现代中国的“大文学”内涵

“非文学”对现代中国语境下的文学现象阐释的艰难，就在于这一概念本身的含混不明以及概念与中国文学实际形态之间的尴尬处境。明明是现代中国的文学样态，却偏偏用基于西方“纯文学”得以假定存在的“非文学”来进行概括，一个“非”字让文学阐释“付出牺牲文学自身的丰富性与复杂性的代价”。鉴于“非文学”这一说法与西方“纯文学”“文学性”等因素的纠缠不清，在现代中国一个多世纪以来的文学进程中，文学概念与文学事实之间的尴尬不断上演，甚至是在现代中国文学的“成熟”期里，仍有敏锐的学者通过对“文学”的重新定义以期盘点、重新审视复杂的文学事实,当然也再次让我们感知到作为单纯审美艺术的“文学”在面对丰富的社会历史情态时所流露出的局促。“文学作为关注人类精神生活的重要方式，最有价值的恰恰是它能够记录和展示人在不同生存境遇中的心灵变化。”在现代中国的特殊语境下孕育而生的文学现象，其纷繁复杂早已逸出“纯文学”的阐释框架。现代中国文学迫切需要更为丰富恰切的概念阐述，以帮助我们真切地把握属于中国的文学问题，深入理解现代中国的文学思潮和文学现象。

“所谓文学存在，是指这样一种对象的历史性和现实性的肯定：他属于文学行为的独特主体，经常同时也是文学创作的突出主体，不过这一文学主体早已超越文学作品甚至文学写作，他成为一种无法绕过的社会现象，也就是说，作为一个综合性的社会存在，这一文学主体为文学内外的世界所关注、所讨论，由此甚至延展为一种有价值的文化现象。”在这个层面上，早已在学界出现、近年来更显成熟的“大文学”观不失为一种更包容、灵活、阔达的评价方式，将为“非文学”的尴尬遭遇提供更有价值的解决方案。

“大文学”观以其鲜明的对话意识，“用‘大’字来打破其‘纯粹’的逼仄，让‘文学’联通古代的‘文’或者‘文章’，让‘纯’对话于‘杂’”。“大”不等于庞杂无序，没有原则，

“大文学”始终以“文学”本身为出发点和落脚点，是“一种充满了文学艺术的目标但又容纳了更多现实责任和义务的文字形态”，相对于西方“纯文学”的审美理想而言，“大文学”饱含了中国文学纷繁复杂的社会历史与现实人生的理想和诉求，将文学置于饱含各种生存体验的历史情态与时代语境中，钩沉其中与文学相关联的历史细节，深入到历史节点去体察文学本身的丰富与复杂。

在过去的历史与文学史叙述中，在“新 / 旧”的对立框架中，“新”“新社会”，代表了新生的、进步的、正义的力量；“旧”“旧社会”，代表的则是腐朽的、落后的、反派的力量。这样的历史认知框架导致了 20 世纪 80 年代“三流”文学观的产生，即“主流”“支流”和“逆流”。那些由于偏离所谓的“方向”而未能进入“新文学主潮”的文学现象，在很长一段时间被学界所忽视，比如旧体诗词、市民通俗文学等，由于它们与五四新文学的“方向”发生偏离而备受质疑，长期不被文学史所接纳。同时，“多元一体”的民族格局在文学的领域里仍然是“一枝独秀”，对“中心 / 地方”“文明 / 落后”的固有认知，直接影响了文学史叙述对少数民族文学的理解和包容。

“大文学”之所以能引起二元对立思维和文学史叙述框架的重要突破，主要原因就在于，对还原历史情态的重视。当全新的历史时空得以打开，展现在我们面前的是无比广阔的文学天地和异彩纷呈的文学图景。“大文学”观以其更包容、灵活、阔达的内涵和品质，为学术研究带来了更有价值的启示。

第一，“大文学”以具体的历史情态、时代语境为考察背景，在广阔的社会历史关系中梳理文学的发展脉络，考察文学文本，保持对细节的敏感，这些都赋予了“大文学”更高的历史眼光和广博的社会关怀。因此，“大文学”能突破“新 / 旧”“雅 / 俗”“中心 / 边缘”“现代 / 传统”“文明 / 落后”的二元对立的思维模式和认知框架，打破唯“现代性”是从的评价标准，对处于不同层面、不同维度的文学现象给予充分的关注和体察。拨开孰是孰非、含混不明的历史迷雾，为那些长期得不到应有关注，如现代语境下的旧体诗词、通俗小说以及少数民族文学勘定其文学史价值。

第二，“大文学”观对艺术方式的探讨更具灵活性，既强调文学艺术的想象性，又充分肯定了写实性艺术方式的价值。通常面对文学文本，我们习惯于对文本进行艺术层面的探讨，挖掘其艺术价值、评价其艺术成就，这本是无可厚非的。但是，当面对的是现代中国纷繁复杂的文学现象时，艺术层面的分析远远不能够揭示中国文学的独特魅力和历史价值。追求审美特质的艺术分析方法固然重要，但在现代中国的时代语境下，作家鲜有对纯粹审美艺术的迷醉，蓄满社会文化内涵的文学更需要放置在广阔的社会历史关联中考察，纯粹的艺术分析方法是无法将现代中国语境下纷繁复杂的文学现象阐释清楚的。中国文学“文史不分”的传统和“杂文学”的意识对中国作家的影响，以及中国现代文学本身的不“单纯”，作家都需要借助写实性的艺术方法触摸历史，发掘文学现象的时代意义。

第三，“大文学”思维的阔达使文学批评和学术研究更具情感的温度和理性的质感。“大文学”视野下的“以史证文”“将文学的价值和意义定位在广泛的社会历史的联系当中，将文学的趣味的精神魅力与其承担的社会责任、历史使命有机结合”。文学关注的是饱满的生命个体，“思想、观念和命题不仅是某种语境的产物，它们也是历史变化或历史语境的构成性力量”。只有当文学置放在历史宏大叙事的辉煌图景中时，才能发掘出那曾被遮蔽的复杂与丰富，凸显文学的饱满与质感。“任何丰厚的作品总是体现为复合的‘超链接’的文本”，这就需要我们在面对文学文本时，尽可能地返回历史现场，回到文本产生的具体历史情态中，考察历史文化等因素对文本的产生带来了哪些影响，又是如何造成的，同时，还须注意到文本在产生过程中与哪些因素发生了怎样的互动，而这些需要借助“以史证文”的方法来完成。“以史证文”，通过对史料的发掘贴近历史现场，在社会历史发展的大格局中把握细节的微妙变化，在文学文本与历史叙事的复杂张力中揭示可能被遮蔽的复杂样态。

第三节　“大文学”观的“大”格局

“大文学”观的确立，让现代中国语境下的文学现象从内涵到外延都获得新的调整，在更广阔的社会历史坐标中发掘更丰富的文学现象。

“大文学”观突破了“为艺术而艺术”的纯粹的审美迷思，“将文学的趣味的精神魅力和与之承担的社会责任、历史使命有机结合”。“大文学”既叩问历史，又关怀当下，重新肯定了生存主题之于文学的必要性。

“大文学”观主张以渗透了最真实的个体生命体验与观念思想的文本为探究对象，将现代中国文学对现实人生的关怀纳入社会历史的整体格局之中，它将更博大宽广的文字纳入文学研究的视野，既不完全迁就于文字对现实人生内涵的展示，也不迷醉在“纯文学”封闭的艺术世界里，而是直指现代语境下中国式生存的根本问题。现代中国动荡、变革的时代主题决定了在这一历史语境下的中国社会仍然有太多关乎生存的问题亟待解决，民族国家的建构绝不是这一时期的唯一问题，而这些关乎生存的问题毫无疑问地占据了人们生活的主体，就算是民族战争与政治博弈的肃杀气息也不能掩盖日常状态的生存主题。生存不易，文学理应责无旁贷地“哀民生之多艰”。中国现代文学初期鲁迅对积贫积弱的国民灵魂的拷问，郭沫若早期以描写困窘生活为主的小说，还有茅盾、沙汀、叶紫等人笔下对社会萧条、民不聊生的文学叙述，甚至包括新感觉派的穆时英以自叙传色彩的文字诉说生存之不易。现代文学发展至中后期，战时复杂生态催生出复杂多样的文学现象，赋予现代文学更广博的社会关怀和历史品格。

面对新旧交替时代文学的千姿百态，《中国青年》的同人表示：“中国急于需要的是富于刺激性的文学，不是那些歌舞升平，讲自然，讲情爱，安富尊荣不知人间有痛苦事的文学。……平心而论，小说月报上的东西岂是纯人生的吗？”尽管他们的态度和口气有些过于激烈，但其关怀现实的急切心情却仍体现了以文学介入当下的责任感和使命感。1918 年下半年，周作人在提出以“个人主义的人间本位主义”为出发点的“人的文学”的同时，他还进一步提出“为人生的文学”(《平民文学》)，主张“以普通的文体，写普通的思想与事实。我们不必记英雄豪杰的事迹，才子佳人的幸福，只应记载世间普通男女的悲欢成败”(《人的文学》)。

在人类漫长的精神求索之路上，围绕“文学是什么”进行的思索从未停止过。事实上，我们与其纠缠于“文学是什么”的本质追问，还不如深入思考：我们为什么需要文学？“文学作为人类一种重要的精神活动方式，正是用来满足人类精神需要的。人们常常把文学比喻成人类的精神食粮，这形象地说明了文学对人类来说，并不是可有可无的。”当文学成为人类的一种精神需要时，它也就成就了自身存在的价值和意义。作为人类独特的生存及生命体验，“诗不只是生活的一种附带装饰，不只是一种短时的热情甚或一种激情和消遣。诗是历史的孕育基础”。文学之于人类的意义并不会因它不能被所有的人理性认知而消失，“在天空与大地之间，文学和艺术使人的精神发达起来，提升起来，文学进而成为人类生存的一部分，甚至在某种意义上成为一种根基。人类不能没有文学，人类需要文学。文学家总是以第一次见到的目光打量世界，打量生活，从而把人类从日常的琐碎生活中提升起来，使生活充满了鲜活而生动的色彩”。可见，文学与人生关系的言说不尽，正是文学独特的魅力所在。文学观照人生，用文学的方式记录人的生存体验，为有限的人生开辟了无限表现的可能性。

“大文学”的叙述范式致力于完整细致地展示现代中国文学发生发展的原生态环境，在更丰富具体的历史细节中还原现代作家的精神世界，旨在揭开中国式生存的底色。人最基本的生存发展需求与文学的生存主题决定了中国文坛对异域文学观念和文学思潮的吸纳方式和接受程度，在“大文学”视野下重新梳理西方文学思潮对中国文学的影响，将呈现出中国文学回应西方文学思潮的独特性，这一独特性主要体现为西方文学思潮中的“纯粹”审美特质在中国被“稀释”的遭遇，并最终转化为现实中国问题的一种揭示方式。

关于五四文学的性质，曾经的盖棺定论是：以现实主义为主，兼有浪漫主义。后来这一定论逐渐遭到质疑，如俞兆平先生在《写实与浪漫》一书中，从科学主义霸权的角度质疑了五四时期浪漫主义的发生，并认为五四浪漫主义之所以不可能发生是因为所谓的五四浪漫主义与西方浪漫主义发生了时间上的错位。但这一观点在当时并未对五四文学的现实主义性质这一定论带来较大的影响。后来也有学者，如杨春时先生意识到正是由于“现实主义”“浪漫主义”等概念含混不明才导致对文学现象判断的失误。他明确指出文学史书写对五四文学性质的错误判断，就在于将现实主义和浪漫主义等作为艺术手法和风格的概念当作一种历史性的文学思潮加以理解，这就造成了文学概念与文学事实之间的矛盾，由此，他进一步指出五四文学具有开放、多元的性质特征。然而，杨春时先生却以文学现代性为标准得出五四文学不是现实主义和浪漫主义的，而是启蒙主义文学的性质。

一个多世纪以来，西学东渐、中外文化的冲突交融在中国现代文学发生发展过程中的重要作用已是不争的事实。然而，这一事实却形塑了我们对现代中国文学发生发展的理解和认知，似乎所有的文学现象只要被纳入中西文化冲突融合的框架中才具有逻辑上的合理性。当我们对外来文学的基本概念进行考辨和定位时，潜意识中弱势文化一方的心理往往忽略掉中国作家自身的体验和表达，直接诉诸异域文化的强势“输入”和“移植”，无形中简化甚至忽略了文化交融这一精神现象的复杂性。

现代中国文学是以现实主义为主的定论直接影响了学界对中国现代主义文学的研究。20 世纪 90 年代以来，中国文学出现了一股现代主义热潮，学界从各种角度对中国现代主义进行解读和研究。比如，在现实主义、浪漫主义与现代主义的对比和现实主义与现代主义的持续论争中理解现代主义；从中国对西方文化的批判与传承的角度切入，认为现代主义的发生源于西方社会和人的异化，目的旨在批判资本主义。还有对现代主义的文化价值观和道德取向、艺术特征等方面进行了深入探讨。可以说，20 世纪 90 年代以来学界对现代主义的研究和评价是全方位的，但如此全方位的研究仍未真正触及中国的现代主义的相关问题。诸如什么是中国的现代主义？中国有没有属于自己的现代主义？如果有的话，那么中国现代主义与西方现代主义之间有怎样的关系？这些问题在学界悬而未决的原因，正如王富仁先生所指出，学界一般情况下所说的中国现代主义文学并不是一个独立的概念，而是被“纳入西方文学的价值体系之中”的文学。

“研究中国文学，必须有适于中国文学研究的独立概念。只有有了仅仅属于自己的独立概念，才能够表现出中国文学不同于外国文学的独立性。中国现代文学之所以至今被当作外国文学像一个影子似的存在，不是因为中国现代文学就没有自己的独立性，而是我们概括中国现代文学现象的概念大都是来自外国文学，特别是西方文学基础上建立起来的。在创作方法的范围中尤其是如此。”

由此可知，用西方文学的批评概念来解释中国的文学现象，是无法解决中国文学自身的问题的。“概念的歧义性已经严重影响到了我们对于实际文学问题的真切把握，影响到了我们对于 20 世纪中国文学思潮的深入理解。”在此意义上，“大文学”观为我们提供了属于中国文学自身的阐释立场，帮助我们摆脱西方文学概念的纠缠，重新检视中国文学对西方文学思潮的回应。在“大文学”视野下重新审视中国现代主义文学，就是要着力挖掘现代中国语境下的知识分子对现代世界、人生、社会、现实的生命体验和文学感受。换言之，不管西方现代主义以何种强势的姿态进入中国，中国作家对西方现代主义的吸收绝不是囫囵吞枣式的，而是根据自己对社会人生的体验和对客观世界的感知将其慢慢消化的过程。

“大文学”强调具体的国家社会历史形态之于文学研究的重要性，将文学问题置放在社会历史发展的整体格局中，突破“纯文学”的狭小视野，重新衡定那些被忽略的文学现象的时代意义，将现代中国一些独特的文学现象重新纳入研究范围，透过现代作家的日记、书信和杂文所散发的思想智慧，发掘作家介入现实、对话时代的良苦用心，重新勘定现代作家介入现实的写作方式及其文学史意义。

中国现代文学观的形成，包含了中国作家对西方“纯文学”观念和审美自律性的接受，同时被接受的还有西方虚构的文学观。这种文学观在很大程度上促成了中国文学格局的巨大变化，小说、戏剧等虚构文学从传统文学中的边缘地带来到中心位置，并成为文学的正宗。它为中国作家呈现了与现实的真实全然不同的艺术的真实，并强调文学的内在本质是想象和情感。这种与现实产生张力的想象的文学艺术世界对中国文学带来了深远的影响，并形塑了中国作家和读者对艺术方法的判断标准。在很长一段时间里，对于文学艺术的评价总是不假思索的、非历史性的以想象性作为艺术方式的评价标准，并理所当然地认为写实性强的文学作品缺乏值得探讨的艺术价值。因此，受西方“纯文学”观的影响，以虚构性、想象性为艺术方式的评判标准势必会造成对中国现代文学现象的疏漏。

尽管现代中国作家在谈论“文学”的内涵时,大多数都会自觉不自觉地向西方“纯文学”观靠拢，然而，传统“大文学”“杂文学”的意识以及文史不分家的观念依然对现代作家发生着更深层内在的影响。那些饱含人生经验、社会见闻、思想记录的写实性文字，恰恰是现代中国知识分子独具魅力的自由书写。尽管那些情感泛滥、缺乏理智的文字在作者看来只能组成七零八碎的片段，不仅文字幼稚，还毫无章法可言，如现代杂文、现代日记以及书信等文学形态早已逸出西方“纯文学”观的阐释框架。当这些文本被放置在“大文学”的视野下进行观照时就不难发现，它们不仅具有文献资料的价值，更以写实性的语言艺术呈现出个人情怀与历史趣味相融合的独特的文学景观。而这种集文献性与文学性于一体的写实性文本，不仅体现了“大文学”的文学追求，更开掘出“大文学”的另一个重要意义，即重新衡定现代中国语境下作家的创作心态和文学现象的时代意义。逐渐被澄清的诸多文学史事实表明，在现代中国尤其是在战争这种“非常态”的语境中，“心怀天下”的传统文人品格与现代知识分子历史使命感的融合，都使得现代作家无法流连于自己的私人园地，陶醉在艺术的“桃花源”里，“等待他们关怀和解决的‘问题’绝不只是作为‘艺术’的文学”。这就意味着，我们对于现代作家及其文学活动的考察，必须将其赖以产生的广阔而复杂的社会历史形态纳入我们的研究视野中，只有立足于具体国家历史情态的总体发展格局中，才能“将文学的阐释之旅融通于寻找历史真相之旅”。

1926年国共联合的北伐战争，因旨在消灭军阀而被赋予了正义的色彩，为了尽早完成中国的统一大业，许多知识分子投笔从戎参与其中。郭沫若、谢冰莹、王思玷等作家纷纷加入北伐的队伍，怀揣着民族国家的理想、“兼济天下”的人文情怀，更带着知识分子个体对于生存境遇的焦虑和试图突破现状的努力，书房和战场成为知识分子完成使命的两个重要阵地。北伐战争的节节胜利让人欢欣鼓舞，然而鲁迅仍清醒地预感到，“庆祝和革命没有什么相干，至多不过是一种点缀。庆祝，讴歌，陶醉着革命的人们多，好自然是好的，但有时也会使革命精神转成浮滑”，且不说军事斗争与政权更迭充斥着各种阴谋和血污，仅是军事集团内部的等级秩序，就不可能容忍知识分子最崇尚和迷恋的独立与自由。在这根利益的链条上，他们只感受到生命的浪费与挥霍，他们不可避免地陷入难以摆脱的精神困境中。谢冰莹的《从军日记》记录下了知识分子在战争中的生命体验，革命的乐观激情与战争的残酷现实纠缠着知识分子敏感的心，让他们陷入难以言说的精神煎熬中。在民族危机和灾难不断的现代中国，知识分子又怎能淡定自如、与世无争地徜徉在自己的书香世界里？正义被鲜血所稀释，理想敌不过阴谋与暗算，生命的廉价让他们痛心不已，他们只能将痛彻心扉的体验诉诸笔端，却常常在笔墨未干之时就响起了四面楚歌。这样的时代语境和生存困扰让人何以“自由”，又以何“自由”呢？

“文学作为关注人类精神生活的重要方式，最有价值的恰恰是它能够记录和展示人在不同生存境遇中的心灵变化。”“大文学”意义上的文学表达不必拘泥于文体的定位，也不局限于艺术的真实。如当代作家阿来所说“报告文学也好，非虚构也好，不过是一体而多名”，都是“对正在发生的现实（当下）与曾经发生的现实（历史）中人和事的梳理，自有其雄辩与自然的力量——充满感情的，更是富于理性的”。换言之，对文学艺术方式的选择不必在虚构性、想象性的空间里画地为牢、自我束缚。“大文学”所强调的艺术表达方式是对个体的思想情感、生存境遇和生命体验最真切自然的表达，是有生命和灵魂的表达，文学要记录并展示生命个体在不同的历史场景和人生境遇中的心路历程。因此，在“大文学”的视野下重新审视现代作家的杂文、日记、书信等不受“纯文学”所待见的文本，不仅为我们展现出文学艺术表达的灵活多样性，即想象性与写实性艺术的融通互补，更重要的还在于，对这些文本的重新开掘能让我们触摸到更有温度的时代印迹和更鲜活真实的人生内容，有利于我们辨析“知识分子的多重精神状态与复杂的人生选择”。

现代中国的繁复历史与特殊语境孕育的“大文学”理当涵盖更丰富、复杂的文学现象。现代转型期的新旧、中西的杂糅、交织与撕扯，都意味着“大文学”不仅可以对逸出“纯文学”、蕴含现代人生体验的独特文本深入阐释，而且可以重新发现中国现代文学复杂的古今联系，重新审视新旧文学的对话，将“新文学”无法囊括的旧体诗、传统通俗小说等文学现象纳入考察范围。在“大文学”视野下，现代文人的传统文学创作表明，中国现代文学从未抛弃过传统的文学趣味，现代中国的文学追求包含了对中国古典文化意识的自觉承续。在此意义上，“大文学”的内涵明显比西方的文学观更具包容度。

不管曾经的新文学先驱在“文学革命”中对旧体诗词的批判是委婉言说还是毫不留情，也不论他们对旧体诗词是真心排斥还是出于策略层面的考量，都无法遮蔽旧体诗词在现代中国语境下鲜活、真实的存在。自“文学革命”以来，新文学先驱不乏对旧体诗词不留情面的针砭，并以此助推对“新文学”的积极倡导。然而，在现代中国的时代语境下，新文学家们一面将旧体诗词视若敝屣，对其不遗余力地批判；另一面又乐此不疲地在旧体诗词的园地里耕耘，借以鲜活灵动地记录下他们的心路历程。为何旧体诗词在现代中国的时代语境中还能如此受欢迎，为何生活在现代语境下的中国文人对旧体诗词表现出在观念上的排斥而在日常生活中又无法割舍的矛盾心态？或许对于肩负太多重任的他们而言，旧体诗词少了一份理性的、功利的顾虑，看似随意、不够严肃，实则恰恰体现了这些现代文人对旧体诗词的偏爱，同时也“是他们在特定环境与心境中赋予了这一‘历史的遗骸’生命力”。正是这文学观念与创作行为的矛盾现象呈现出的张力恰恰显示出现代语境中这一独特存在的文学史价值。

中国传统文学中的“文”“文学”“文章”“文辞”等概念都曾在不同的时代与现代意义上的“文学”发生关联。在关于文学的众多论述中，这些观点思想的新旧共存，传统与现代，中国与西方的理念交织缠绕，构成了民国众声喧哗的文学话语环境。传统的“杂文学”“大文学”观在现代作家的心中或潜意识中仍占有一席之地，不会因为对西方“纯文学”的强调就抹杀了传统“杂文学”“大文学”思想的痕迹，亦如有学者指出的，现代文学的经验带着“中国古典文学的修养和基础的积淀”“进入现代白话文学的时代”。在此意义上，“大文学”观可以为我们提供这样的研究启示，将鲁迅有关革命、政治、哲学等方面的思考纳入将鲁迅作为文学存在主体这一层面进行考察，他们投射在文化历史之上的身影早已逸出文学的范围，他们对社会历史文化方方面面的思考，都可以构成其作为文学存在主体的精神密码，而不是通过诸如“伟大的思想家、文学家、革命家”这一类看似经典的概括实则笨拙的加法，将现代作家最为丰富的精神现象进行简化，从而失去了对鲁迅文化意义和历史价值的有效认知。

再比如研究郭沫若的精神世界及思想发展脉络，那么，他的历史研究、考古研究，他的旧体诗词写作，他的现代文学创作及其相互关系，都是无法绕开的话题。以这样的逻辑，我们还可以追寻到何其芳、沈从文、张爱玲、钱锺书等作家的相关研究，他们的文学功绩既体现在他们的文学创作及其写作行为上，同时也体现在文学之外的其他社会人生领域中。正如茅盾回忆自己最初走上文学道路时所说："恐怕也有不少像我这样，从魏晋小品、齐梁辞赋的梦游世界里伸出头来，睁圆了眼睛大吃一惊的，是读到了苦苦追求人生意义的俄罗斯文学。"

在中国现代文学发生发展的过程中，亦新亦旧亦中亦西的各类复杂的文学话语和文学现象，召唤着"大文学"这样更具包容度、对话意识和本土特色的文学观的出现。

第七章　新文学创作的现代性实践形态

文学创作的实践形态，是新文学现代性的重要载体。通过它，人们不仅可以读出现代的思想，还可以看到现代的表现形式。思想与形式相互依存，共同承担着现代性启蒙的任务，推动着新文学的发展。鉴于一种崭新样式的文学创作在其初始阶段最具典范意义，可以确立新的文学标准，所以本章在论述新文学创作的现代性实践形态时，主要采取从文体形式演变角度介入的方式，且着重强调新文学各文体在最初呈现时的状态及个案典型，并一一展开言说。

第一节　思想启蒙与小说“新形式”的创造

现代文学的小说创作，在呈现现代性特质时首先集中于思想层面，其次才是形式方面。此特点在现代小说的初始阶段表现得尤为突出。1918 年 5 月，鲁迅在《新青年》第 4 卷第 5 期发表了日记体小说《狂人日记》。这是现代文学史上第一部白话小说，同时，也是第一部具有现代意义的小说。《狂人日记》以其“表现的深切和格式的特别”，为中国现代小说的创作与发展奠定了坚实的基础。谈及现代小说的现代性，离不开《狂人日记》开创的道路，更离不开现代文学的奠基人——鲁迅。

一、现代启蒙思想的“缩影”

《狂人日记》是现代启蒙主义文学的杰作。借狂人之口，鲁迅写道：“我翻开历史一查，这历史没有年代，歪歪斜斜的每页上都写着‘仁义道德’几个字。我横竖睡不着，仔细看了半夜，才从字缝里看出字来，满本都写着两个字是‘吃人’！”“历史”因“没有年代”而具有普遍意义,其实反映了鲁迅对几千年来“吃人”的封建礼教进行的猛烈批判。小说中的“狂人”虽表面上是精神病患者，“语颇错杂无伦次，又多荒唐之言”，但实际上是一个叛逆者、一个觉醒者。“他”因叛逆、觉醒而敏锐地察觉到外界的危险，同时又能深刻地自省、解剖自己。“他”因孤军奋战而倍感精神上的孤独，但从未放弃抗争。“他”在结尾高呼“救救孩子……”，是将理想寄托于未来，进而确立了自己启蒙者的形象。《狂人日记》是鲁迅反思中国文化的结果，在此过程中，鲁迅又明显受到了俄国果戈理和德国尼采思想的影响。“《狂人日记》意在暴露家族制度和礼教的弊害,却比果戈理的忧愤深广,也不如尼采的超人的渺茫。”尽管传统封建文化是吃人的、腐朽没落的，但在现实生活中这种文化又被广大人民群众接受的背景下，鲁迅的《狂人日记》实现了“双向超越”:“用新文化对旧文化的思想超越，用旧文化对新文化的现实性超越。”对比狂人，鲁迅是“终其一生站在现实的地面上为理想奋斗、身处传统封建文化之中寻求新的文化出路的文化战士。他是一个内在的狂人和外在的凡人的复合体，是一个‘历史的中间物’，但这种‘历史的中间物’意识恰恰是对现实和理想的双重超越”。

作为现代文学的奠基者，鲁迅启蒙主义思想的形成可谓由来已久。鲁迅于 1902 年东渡日本留学,此次“东行”,对鲁迅一生都产生了重要影响。留日期间广泛接触日本与西方文化，一方面使鲁迅真切感受到民族危机的根本是民族文化的危机，另一方面，则是促使鲁迅做出了弃医从文、从事文学启蒙的人生选择。鲁迅后来在回忆中写到的“我便觉得医学并非一件紧要事，凡是愚弱的国民，即使体格如何健全，如何茁壮，也只能做毫无意义的示众的材料和看客，病死多少是不必以为不幸的。所以我们的第一要著，是在改变他们的精神，而善于改变精神的，我那时以为当然要推文艺，于是想提倡文艺运动了”，便生动地反映了这一“选择过程”。“提倡文艺运动”的鲁迅很早就于《文化偏至论》《摩罗诗力说》等文章中表现了自己的启蒙主义观念。《文化偏至论》在对比中西方文化历史与现实的前提下，反复强调“任个人而排众数”“重个人”“张大个人之人格，又人生之第一义也”，显然是鲁迅重视个人自由意志、高扬个体精神力量之理念的外化。在此基础上，鲁迅提出了“是故将生存两间，角逐列国是务，其首在立人，人立而后凡事举；若其道术，乃必尊个性而张精神”的“立人”思想。“立人”思想以“尊个性而张精神”为实现途径，以“立国”为目的，深刻反映了鲁迅思想的进步性与现代性。鲁迅深受尼采哲学思想的影响，却能针对中国现实提出“立人”的主张。他肯定尼采“超人”的思想，但从不盲目跟从，而是尽力克服其非现实性的局限。从这个意义上说，鲁迅确然可以称得上是近现代社会转型阶段一位深刻、卓越的思想家。如果一个人的文章可以反映其思想变化，那么，将鲁迅的文章按照年代顺序加以排列后，我们会发现：鲁迅首先是一位重要的思想家，而后才是一位文学家。深刻的思想使鲁迅的文学创作从一开始就展现出高度成熟的特点。

“立人”主张、启蒙意识必然使鲁迅的思想在展开时具有强烈的反抗性与批判性，这种思想观念就方向而言，与西方现代性一贯要求的渴望社会进步、坚持人的自由解放在总体上保持一致。但由于中西方文化背景的不同，深受中国传统文化影响且熟悉传统文化的鲁迅，在展示其现代个体观念时，首先采取了反抗、批判的态度直指封建传统文化，而后才是人的自由解放、社会的革新与进步。不摆脱传统礼教专制、封建群体主义的束缚，现代的思想观念就很难得以正常发展。怀着这样的思想认知，鲁迅自然而然将其文学创作和唤醒民众、国民性批判有机地结合在一起。鲁迅是近现代杰出的启蒙者，终其一生都在坚守启蒙主义的立场。尽管他的思想在五四之后因社会形势、生存境遇的变化而发生改变，但直至生命的最后一刻，他都坚信启蒙的使命尚未完成。启蒙的韧性和深刻性，是鲁迅留给20世纪中国文化界和文学界一笔重要的遗产、一个世纪性的命题，至今仍闪耀着理性的光芒。

二、现代小说的形态及其表现力

关于鲁迅的小说，严家炎曾认为："鲁迅是一位一登上文坛就成熟的小说作家；他的作品大大缩短了我国建立现代小说的过程。中国现代小说在鲁迅手中开始，又在鲁迅手中成熟，这在历史上是一种并不多见的现象。"鲁迅的《呐喊》与《彷徨》是中国现代小说的奠基之作，也是成熟之作，关于其艺术价值在以往的研究中多有论述，此处，仅围绕新文学现代性启蒙的角度谈谈其启示意义。

首先，就文体自身而言，鲁迅的启示意义在于其小说具有鲜明的独创性。鲁迅的小说从不自我重复，篇篇形态各异。这种现象的出现，既源于鲁迅对生活的独特发现，同时也源于鲁迅本人高超的驾驭能力。从文体形式上说，在《呐喊》与《彷徨》中，既有《狂人日记》式的日记体小说、《伤逝》式的手记体，也有《阿Q正传》的正传体、《故乡》式的自传体、《社戏》式的回忆体小说；从叙事角度上说，既有第一人称的叙述，又有第三人称的客观描述；从叙事结构上看，有的采取生活横断面，有的近乎速写，有的多用对话，有的则探索主体的介入……鲁迅小说的独创性，使其成为"创造'新形式'的先锋；《呐喊》里的十多篇小说几乎一篇有一篇新形式，而这些新形式又莫不给青年作者以极大的影响，必然有多数人跟上去试验"。

其次，就主题而言，鲁迅的小说几乎触及当时全部的社会现实。农民与农村题材、妇女题材、爱情题材、知识分子题材、革命者题材以及由此可以引申的婚恋、家庭、科举、封建礼教等，在鲁迅笔下都得到不同程度的书写，其小说主题的深广度由此可见一斑。当然，就"启蒙主义"的立场来说，鲁迅小说主题突出体现在"多采自病态社会的不幸的人们中，意思是在揭出病苦，引起疗救的注意"。而在这方面，"国民性批判"堪称鲁迅小说中最具启蒙色彩的主题。为了唤醒民众，为了能够实现"立人"的理想，重建国民的精神思想，鲁迅通过《孔乙己》《药》《阿Q正传》《风波》《祝福》等作品，深刻批判"吃人""看客""奴性""麻木""精神胜利法"等国民劣根性。鲁迅对国民性的批判性探讨，集中体现了他作为启蒙思想家的立场，其具体实践无论在当时还是在当下，都具有强烈的现实意义和生命力。

再次，多种创作技法的应用。鲁迅小说融入多样化的写作技法。如在塑造人物方面，他就有"画眼睛"和"写灵魂"的方法——在《我怎么做起小说来》中，鲁迅曾认同"总之是，要极省俭的画出一个人的特点，最好是画他的眼睛"。在《〈穷人〉小引》中，鲁迅特别称赞陀思妥耶夫斯基的“显示着灵魂的深”、读来“令人发生精神的变化”的写作特点，进而赞许“将这灵魂显示于人的，是‘在高的意义上的写实主义者’”。当然，鲁迅小说多样化的技法在新文学初始阶段，其意义更多体现在创作方法的多样性上。五四时代的文学在具体创作时一度提倡写实主义。鲁迅《呐喊》《彷徨》中许多小说就采取了严肃且冷峻的现实主义手法。但鲁迅的创作方法不是单一的，他的《摩罗诗力说》是一篇推崇以拜伦为代表的欧洲积极浪漫主义诗歌流派的论文。他的《伤逝》以及《故事新编》中的《铸剑》《奔月》《补天》等就是具有浪漫主义色彩的作品。除现实主义、浪漫主义之外，一向主张“博采众家，取其所长”的鲁迅还在自己的创作中运用了某些现代派的手法。如阅读《狂人日记》，就很容易让人联想到象征主义。值得一提的是，不同时代的读者阅读鲁迅的作品，关于其中的现代主义手法的理解也会有很大的差异性。当代作家莫言在谈论《铸剑》时就曾认为“《铸剑》里面包含了现代小说的所有因素，黑色幽默、意识流、魔幻现实主义等都有……这篇小说太丰富了，它所包含的东西，超过了那个时代的所有小说，我认为也超过了鲁迅自己的其他小说”。多种创作方法的汲取与应用，反映了鲁迅小说的开放性与非凡的转化力。鲁迅在新文学的初始阶段，就为中国现代小说现代化做出了又一重大贡献。

最后，是《故事新编》的实验意义。《故事新编》收录鲁迅 1922 年至 1935 年所作小说 8 篇，1936 年 1 月由上海文化生活出版社出版，可视为鲁迅晚年小说创作的结晶。在“序言”中，鲁迅曾提到“只取一点因由，随意点染，铺成一篇”的创作原则，同时也提到“其中也还是速写居多，不足称为‘文学概论’之所谓小说”“不免时有油滑之处”的自我评价。上述说法综合看来，可以读出“即使在生命的最后阶段，鲁迅仍然坚持自己艺术上的非正统性，仍然保持着强大的艺术创造力与活跃的想象力：他要对在《呐喊》《彷徨》为他自己与中国现代小说所建立的规范，进行新的冲击，寻找新的突破”。毫无疑问，《故事新编》是一部实验性、探索性的作品。《故事新编》这一文本充满着反经典、反规范的特征，但又为现代小说提供了一个不可逾越的经典文本。

《故事新编》的创作打破中国史传文学传统的“经史、虚实”规范的束缚，完成了对现代作家禁锢已久的历史想象方式的伟大解放，它的深刻的创新力是 20 世纪中国小说史上的一个典范。事实上，《故事新编》不仅打破了中国史传文学传统，而且革新并超越了中国小说的史传传统和神话传统。《故事新编》完全可以与当代的“新历史小说”进行跨越年代的“对话”，从这一点上说鲁迅通过《故事新编》开创了现代小说中的历史叙事新典范毫不过分。无论相对于中国小说的传统，还是相对于鲁迅本人，《故事新编》的实验、超越意义都值得后人反复研究与深入挖掘。

总之，鲁迅在现代小说的形态及其表现力方面的实践，对于中国现代小说的发展起到了巨大的推动作用。虽然鲁迅对于小说的看法不过是利用它进行启蒙——“在中国，小说不算文学，做小说的也决不能称为文学家，所以并没有人想在这一条道路上出世。我也并没有要将小说抬进‘文苑’里的意思，不过想利用他的力量，来改良社会”，但无论从思想启蒙来说，还是就小说艺术而言，鲁迅都达到了前所未有的高度。鲁迅以其深刻的思想、高超的技法，开创了现代小说的传统，并不断丰富这一传统。鲁迅开创的现代小说传统还包括开现代乡土小说之风，他的《故乡》等为后来的乡土作家建立了规范，他对于“乡土小说”内涵的界定成为认识这一创作流派的重要起点。限于篇幅，此处不再一一展开。

三、小说的现代性及其复杂性

历史地看，鲁迅小说的现代性既是借鉴外来文化的结果，同时也包含着对传统文化的批判继承。在鲁迅小说现代性的呈现过程中，现代意识、传统文化始终以复杂的状态交织在一起，而这种状态恰恰也在一定程度上反映了中国现代小说现代性发展过程中的问题所在。

部分学者在研究鲁迅小说的过程中，已注意到“复调小说”的现象：“鲁迅小说里常常回响着两种或两种以上不同的声音。而且这两种不同的声音，并非来自两个不同的对立着的人物（如果是这样，那就不稀奇了，因为小说人物总有各自不同的性格和行动的逻辑），竟是包含在作品的基调或总体倾向之中的。”我们可以从很多角度探索鲁迅小说的“复调”，但显然，形成这一创作趋向的背后的思想观念是最重要的一个方面。在《呐喊》“自序”中，鲁迅曾写道——在我自己，本以为现在是已经并非一个切迫而不能已于言的人了，但或者也还未能忘怀于当日自己的寂寞的悲哀罢，所以有时候仍不免呐喊几声，聊以慰藉那在寂寞里奔驰的猛士，使他不惮于前去。至于我的喊声是勇猛或是悲哀，是可憎或是可笑，那倒是不暇顾及的；但既然是呐喊，则当然须听将令的了，所以我往往不恤用了曲笔，在《药》的瑜儿的坟上平空添上一个花环，在《明天》里也不叙单四嫂子竟没有做到看见儿子的梦，因为那时的主将是不主张消极的。至于自己，却也并不愿将自以为苦的寂寞，再来传染给也如我那年青时候似的正做着好梦的青年。

鲁迅后来曾在《鲁迅自选集》“自序”一文中重复了上述观点。应当说，经历晚清历次社会变革的鲁迅对现实是失望的、怀疑的，同时也是寂寞的、痛苦的。但对于那间“铁屋子”，鲁迅终究选择的是“呐喊”，选择写文章来唤起可能存在的“希望”。鲁迅曾不无真诚地自言“这样说来，我的小说和艺术的距离之远，也就可想而知了”，其实已从侧面反映出他对自己小说思想与价值的一种认识。也许，游移于“失望”和“希望”之间的鲁迅有很多的无奈和困惑，但他仍以抗争、呐喊克服自己内心的焦虑。鲁迅的内心世界由此显得矛盾重重。当然，如果结合鲁迅的生活历程来看，从旧时代跨入新时代的经历也会影响到其面向现实的复杂性。“有着众多的各自独立而不相融合的声音和意识，由具有充分价值的不同声音组成真正的复调。”鲁迅的内心世界决定了他的小说思想，决定了其小说在同一个人身上会有不同的声音。鲁迅在描述“狂人”、孔乙己时，都或多或少地写出了他们观念与性格的复杂性，比如“狂人”在揭露、批判“吃人”的同时，也曾反思自己在无意之中承担了“吃人者”的角色，比如孔乙己好吃懒做、迂腐、窃书但又心地善良、好为人师，时刻渴望保持读书人的尊严。不仅如此，鲁迅还在他们身上融入了自己的情感、态度。鲁迅在秉持新文化立场，渴望从理性的角度表达自己的某些思想时，总是会不自觉地表现出小说主导意识之外的某些不同的声音和价值，这使鲁迅的小说在特定的历史时期显现出现代性与非现代性游移的特点，而鲁迅小说现代性的复杂性也正在于此。

郑家建在研究鲁迅《故事新编》时，曾提出“从艺术形式（其中包括形式渊源、表现手法、艺术构思、艺术风格等层面）这一角度切入，可能将是把握20世纪中国小说类型与文学传统的历史联系的有效途径。更具体地说，这一研究思路围绕着三方面展开：①20世纪中国小说类型在受到传统影响的同时，又是如何对这些传统进行创新。②这些经过转化和创新的传统又是如何内在地制约了20世纪中国小说类型的诗学追求。③‘现代性’的小说诗学又是如何反过来影响、制约或深化了现代小说对文学传统的再发展、再阐释、再创造”。郑家建的思路既适合我们从传统转化与现代性关系的角度考察鲁迅的小说，同时也适合我们从现代性多元发展的角度考察中国现代小说本身。中国现代小说现代性的症结问题之一就是如何改变古老的文化传统、改变固有的思维模式，这一前提使小说在走向现代的过程中始终同时面对着借鉴、汲取、转化和创新的问题。小说家渴望超越旧时代、进入现代，但无论是对现实本身的忧虑，还是对传统文化价值某些自觉、不自觉的认同，都决定了现代小说现代性的复杂性，上述过程从文学思想启蒙的角度来说也同样可以得到印证。事实上，鲁迅在《狂人日记》中将过去、未来的时间现时化，在《故事新编》中重估历史和文化本身的价值，本身就是要以繁复的方式表达自己的艺术思想。如果在上述过程中，我们可以将受外来文化资源影响，时空观念的转化，悲剧和喜剧、写实和象征等相互对应之手法的多重缝合考虑在内，那么，鲁迅小说的现代性在拥有复杂性的美学特质之余，必然还会有丰富性的一面。鲁迅小说常常造成某种解读上的困难，也难以使用“一元论”的思路去剖示其丰富的内涵，正与此有关。

第二节　新诗传统与新诗的现代性追求

谈及中国新诗的诞生，一般总会涉及以下两种讲述方式：其一是古典诗歌体制的僵化；其二是外来文化思想的刺激。两者的进一步结合则形成了晚清时期语言变革、诗歌观念的变化。然而，对于上述两种方式哪一种的作用更大，以往的研究很少涉及。历史地看，古典诗歌体制僵化这一属于文学内部的缓慢量变过程，正是在遭遇外来文化思想刺激的前提下，才最终完成自身的质变的，这一符合现代化逻辑的过程生动再现了遭遇“现代性”后新诗产生的意义和作用。因而，外来文化思想的刺激及其有效转化在中国新诗诞生的过程中起到更为重要的作用，自然就成为不争的事实。当然，随之而来的问题则是中国新诗的现代性会因其被动性、借鉴性而影响到新诗艺术的各个方面，并使新诗自其诞生之日起便具有鲜明的政治文化意识。

一、新诗“现代性”的构成

作为“现代性”的一种形态及其内在属性，中国新诗的“现代性”曾在其发展脉络中，以鲜明的求新、求变意识呈现出与“传统”的“疏离”与“对立”。但与西方美学和文学意义上的现代性具有浓重的个性色彩，以及不断通过现代艺术家的自身创作而达到反传统相异的是：中国新诗的“现代性”更偏重一种“当代的唯新意识”，而在本土固有的传统文化和不断介入乃至征服的“异质文化”之间存有巨大张力并不断相互作用的现实条件下，包括语言、形式在内的文学不但要在改写、挪用甚至拼接的“转化”中，以间接肯定或曰预设对象的方式进行反传统的行为，同时还常常会在与本土的社会现代化进程紧密结合的过程中，呈现出一种鲜明的“使命感”和“群体意识”。当然，这种融合中的“求新”“革命”乃至潜在的“中心化情结”对新诗历史的影响也是巨大的：从更为广阔的社会文化视角来看，由于存有更高级别的目标，所以新诗自身艺术上的现代性往往在承载诸如政治文化心理等诉求中被自觉或不自觉地“忽视”，而民族国家的现实问题、传统文化的潜在力量，恰恰是新诗现代化发展过程中身份复杂、道路曲折并不断产生论争的重要原因。

文学革命时代新诗的诞生自然会再次涉及语言和形式的问题，但由于这一时期的新诗是作为一种新的文学样式出现的，因而所谓隐含于其中的现代性意识首先就在于一种继承中的对比。如果仅从胡适《答梅觐庄——白话诗》引起的争论来看待白话新诗的诞生，那么新诗的历史或许多少存在几分“偶然”。不过，正如胡适晚年总结的那样：“新文学是从新诗开始的。最初，新文学的问题算是新诗的问题，也就是诗的文字的问题，哪一种文字配写诗？哪一种文字不配写诗？”作为五四文学革命的发难者同时又始终以进化论观点看待文学的胡适，无疑是在历史认知的过程中，体味到了一种语言上的自觉。比如，在解释原本由于“游戏诗”而于《戏和叔永再赠诗》中初步提出的“方案”即“诗国革命何自始？要须作诗如作文”时，胡适就曾有“略谓今日文学大病，在于徒有形式而无精神，徒有文而无质，徒有铿锵之韵貌似之辞而已”。

在胡适“适时”“有步骤”的身体力行下，白话新诗终于诞生。随着《新青年》等不断刊登白话新诗和《尝试集》的出版，白话新诗作为一种文体最终得到了确立，进而在打破古典诗歌形式的过程中，显现出一种“反传统”的倾向。上述倾向就现代性的角度而言，其“合法性”就在于其在历史化进程中“反叛传统标准”并最终“区别传统标准”：潜在于新形式诞生中的进化论观点，新诗与旧诗在语言和形式之间的张力以及影响，都反映了在经过几番洗礼的新时代语境下，思想与形式融合所隐含的时代精神需求。同样地，出现在这一时期的“新旧诗论争”、关于“《尝试集》的论争”等，也都表明破除文言形式后的新诗诞生，不但是以“文学史转折”的方式宣告了诗歌新纪元的开始，而且新诗的诞生关键还在于它作为裹挟于文学革命运动中的一部分所具有的思想文化意义。而这一点，又使五四新诗在与当时社会文化的对话中，显示出较为独特的面貌。

从新诗诞生期的“现代”意识看待其“现代性”的构成：语言的白话、形式的自由、手法的写实、主题内容的不断更新以及潜在的思想文化（如“人的文学”“思想革命”等）俨然成为构成新诗“现代性”的重要内容。但正如现代性本身常常呈现的变动不居的状态一样，新诗的现代性也是一个不断变化的过程——20 世纪 20 年代的新诗由于时代主题和诗歌审美艺术追求等因素，不但日趋呈现出与社会发展的一致性倾向，而且在诗歌艺术自身超越的机制下日趋呈现出多元发展的态势并最终和前者纳入同一轨道之中，而新诗现代性的构成及其追求、变化之路，恰恰构成了新诗自身的历史。

二、“现代性”与新诗的传统

“现代性”与新诗的传统就新诗理论批评的历史和现状而言，主要包括新诗与古典诗歌传统，以及新诗自身的传统问题这两个方面。为了能够更为清楚、深入地探究此问题，我们有必要首先列举“九叶诗人”之一、学者郑敏先生在 20 世纪 90 年代之后的多篇文章的观点。1993 年第 3 期《文学评论》曾以头版头条的形式刊发了郑敏长达三万余字的论文《世纪末的回顾：汉语语言变革与中国新诗创作》，在这篇具有全面“清算”新诗历史的文章里，郑敏先生以拥有几千年历史的古典汉语和古典诗歌传统为背景，联系百年新诗的发展，从结构主义和解构主义的理论出发，认为百年汉语即白话文的发展存在着“语言的一次断裂与两次转变”，并对其中的第一次语言变革即五四时期由胡适、陈独秀所倡导的“白话文运动”以及新诗运动从盲目割裂传统、否定继承、产生巨大的负面影响等方面进行了重点的阐述，进而挑起了“关于新诗有无传统”的长时期的诗歌论争。

客观看来，臧棣以现代性的视野对新诗进行评价符合新诗历史提供的经验，而且在以这样的标准评价新诗时，臧棣还谈及传统的辩证认知，新诗诞生、发展过程中的文化倾向，新诗的现代性尚未完成等一系列给人以启示的话题。然而，新诗在现代性追求过程中在自身艺术性上存有多少合理性或曰几分成就及其引发的相关质疑，臧棣却由于文章的角度以及篇幅的限定而没有（或者说无法）在这篇文章中给予回答。显然，这种同样属于新诗现代性视野之内的问题同样是需要以现代性的角度加以辨识、反思的，否则，对新诗的评价就很难解释郑敏先生这样以一个仍在写诗的著名诗人的身份不断质疑新诗的现象。

从上述引证回到新诗与古典诗歌传统和新诗自身传统的问题上来，我们首要解决的问题就是“传统”的问题。应当说，新诗被赋予现代性的框架使传统的问题凸显出来，但作为一个中性词，“传统”自生成或者说被人们认识之日起，就一直如悬浮的空气一样在写作者的意识中弥漫，它可以不断被丰富、填充，也可以“一时代有一时代之传统”，但其自身不是一个僵化不变的东西。鉴于传统的如上特质，我们有必要破除传统发生绝对“断裂”或传统就是历史的主观印象。传统是由其领属者的历史实践提供的，已经为认识其资源、经验提供了历史依据。从唐诗相对于汉赋的变化以及后来宋词的出现及其在今天未受质疑、同样作为艺术高峰认识的事实，便不难理解新诗可以作为中国诗歌传统一部分的论断。而在新诗俨然成为诗歌历史主宰的语境下，诸多著名诗人同时是写古体诗的能手以及古体诗的创作今天仍在延续，则更能说明传统的延续性。由此可见，任何一种对于“传统丧失”以及“新诗的无传统”的判断都不是正确认识新诗传统问题的关键或曰根本的解决办法。传统需要历史化，也需要当代化、具体化，这才是认识传统的起点与归宿。与对传统的历史辨识相一致的，是新诗现代性追求过程中形成的自身传统问题。显然，中国诗歌传统在遭遇现代性这一“偶然事件”之后，变得和现代性本身一样不稳定起来，不但如此，新诗在现代性追求过程中实践的短暂、期待历史化又加重了这种主观上不稳定的感受。然而，这恰恰就是新诗的传统，恰恰是我们必须面对的现代性。我们在新诗的传统、历史和其现代性追求的同构过程中思考传统与现代性问题，其主客观限制、当事人的身份始终是思考上述问题时难以逾越的障碍。

三、从“现代性”到“审美现代性”

结合西方历史可知，“审美现代性”是侧重于文学思潮自身的一副面孔，它在整体上可以指自波德莱尔以来西方现代派、后现代派潮流的内在趋势与动力，并可以与“先锋派”（结合历史可知，19世纪末期以来的各种现代派都可以称为先锋派）具有整体的含义。对比西方文学的“审美现代性”，中国新诗的历史显然也具有同样的过程。不过，由于新诗的发展趋势在总体上与社会现代化过程一致，所以新诗的“审美现代性”作为非主流、边缘化的部分，常常处于遮蔽的状态。这种极具文学审美意识、先锋意识但又由于历史原因而发展不够充分的“现代性”，在中国新诗的发展过程中集中体现在现代派以及具有个性艺术追求的创作之中。

现代派理论自新文学运动伊始便随翻译来到中国，但其自觉呈现于新诗创作却是在20世纪20年代。当时，李金发与后期创造社代表诗人如穆木天、王独清、冯乃超的创作都明显呈现了现代派特有的审美倾向。至20世纪30年代，戴望舒、何其芳、卞之琳、梁宗岱以及一批围绕于《现代》杂志的诗人在其创作上都具有现代主义倾向，这种倾向在20世纪40年代国统区诗歌创作中得以延伸、深化，继而产生了以“中国新诗派”（即后来的“九叶诗派”）为代表的西南联大诗人群。现代诗歌史范围内的现代派诗歌由于其表现文明的危机、人的异化的主题，主观性、抽象性、象征、玄思的艺术形式，现代、先锋、创造式的思维方式以及自由、超前的审美理想，而具有审美现代性的倾向。但由于更高级别社会目标的存在以及客观环境的制约，现代派诗歌发展不够充分，常常面临现实主义、浪漫主义的制约和兼容，最终使现代派诗歌成为边缘、非主流的位置。这一态势在新中国成立之后的诗坛曾长期延续，并带上各式标签。然而，作为一种“现代性”倾向，诗人们对于审美的追求从未放弃。至20世纪80年代，“朦胧诗”“后朦胧诗”“90年代诗歌的个人化写作”最终以不可遏止的态势成为诗坛的热点，而与此相应的则是后现代性、先锋诗歌也逐渐成为评价新诗审美追求的称谓，并日趋呈现出疏离主流意识形态和审美自律化的倾向。

从新诗发展的历史来看，让审美艺术返回诗歌自身已成为一种历史趋势。在此前提下，新诗的审美现代性也逐渐脱离了往日完全依附于现代性的趋势，进而呈现出较为辩证、合理的态势。历史地看，新诗的审美现代性会按照自己的轨道不断延伸下去——只要新诗的审美追求不停，新诗的审美现代性就会呈现出日新月异的姿态，而此时，新诗审美现代性固有的前卫意识、叛逆性、探索求新的精神也决定了它与“先锋派”在精神上的“契合”。“审美现代性”会和“先锋”一样因反叛社会对个体的压制而具有鲜明的自我意识和个人风格，但其本身也是对立统一的；新诗的“先锋”以“审美现代性”为内在的艺术冲动，在反思“启蒙现代性”的同时也反思自身，并不断衍化出新的面孔，而其在探寻、异化中呈现出的征候，恰恰与这种现代性的精神契合。

在明确新诗审美现代性精神指向的同时，我们还有必要涉及现代性、后现代性与审美现代性之间的关系。由于现代性理论在当代中国是按照“后现代性—现代性—审美现代性”的趋势被理论界言说，这种话语资源多源自西方，但言说顺序又与西方的“现代性—审美现代性—后现代性”形成一种具有“错位”关系的态势，决定了在本土语境下探讨任何一种现代性、后现代性、审美现代性都具有自身的独特性。以后现代性为例，这种在现代性阶段就开始孕育并呈现出反思、重写现代性倾向的理论术语，“其实就是现代主义时期审美现代性的基本精神的延续。或者更简单地说，审美现代性包含了后现代性的诸多基本精神”。显然，后现代性阶段审美现代性的基本精神依然会按照自身业已形成的轨道延续下去。同样地，历史进入后现代阶段，“先锋”并未因为意义的解构而丧失自己的实验精神：它可以改变自身的面孔存在于当下的语境之中。也许，此刻的先锋已变得隐晦曲折，但只要潜藏在诗人心底的探索精神没有磨灭，先锋的精神就会延续下去，而无论从审美现代性的角度还是从先锋的角度来看，新诗写作的迂回态势恰恰是新诗现代性的魅力与迷人之处。

从中国新诗的“现代性”追求反思其历史，则其既可以作为一种审美现代性的态度，同时也可以作为后现代知识立场的必然结果。审视新诗的历史不难发现：新诗的现代性作为20世纪中国社会现代性的一部分，虽对社会的现代化进程做出了应有的贡献，但其存在的问题也是显而易见的，首先，从新诗诞生期的经验我们就可以发现新诗包含着一个诗质世俗化、透明化的过程，为了让“引车卖浆者”都可以阅读甚至创作新诗，新诗大众化、平民化的趋势是不可避免的，这一点，完全可以在胡适的白话诗实践中找到明证。其次，与之相一致的，是对应于古典格律化的诗歌形式特征，新诗实践者有意借鉴欧化的策略，从而使诗歌的外在形式散乱化，语言白话化、口语化。最后，是在顺应社会现代化的过程中，曾长期过度突出诗歌的功用性，并形成与诗歌审美之间的二律背反，而诸多有真知灼见的理论建设和创作实践并未对新诗走向形成强有力的影响。上述前提造成的后果也是明显的：由于没有了相应的规范和自律化意识，20世纪80年代中期以后的新诗也逐渐变得没有创作的限度和边界，诗歌应有的审美自然属性正被某些低级的意象所取代；而在全球化语境下和网络技术兴起之后，盲目的实践、模仿又会加重这种现代性过程中的问题，因此，新诗常常遭受质疑也在所难免。

总之，中国新诗的“现代性”问题给我们提供的经验是多方面的，这些经验不仅需要在反思过程中历史化，而且其反思本身也是一个历史问题。现代性应当作为思考新诗历史问题的出发点，同时，也应当成为建构新诗若干方面内容的重要参照系统。当然，与现代性赋予新诗的广阔未来相比，新诗业已呈现的现代性冲动还很短暂、有限，而这一客观存在的现实，是否启示我们应持一种宽容的心态去看待其进程，进而在关注其创造性、自律化的同时关注其现代性本身？

第三节　现代散文与现代文体的实践

“新文学的散文可以说是始于文学革命。”和其他文体一样，现代散文的出现，同样是现代性的结果。散文的现代性不仅体现在思想、情志方面，还包括具体呈现时的形态特征、话语方式以及语言质素等。现代散文就其发生、发展的历史来看，兼容了思想启蒙和艺术美感两方面的意义和价值。在与其他文体比较的过程中，散文的现代性自有其独特的表现。

一、现代散文观念的确立

现代散文的兴起，从中国文学遭遇现代性的视角看，可以从梁启超倡导“文界革命”开始理清脉络，梁启超提倡“新文体”孕育着散文的现代改良。当然，如果强调散文从古典形态实现了现代形态的转变，那么五四白话文运动自然具有“界碑”的意义。上述两种思路在具体展开时自然还有许多复杂的问题需要梳理，比如第一代散文家如鲁迅、周作人、郁达夫、朱自清等，都曾提到现代散文受到英国随笔文体的影响以及其被称为“小品文”的问题。延续胡适《文学改良刍议》一文的思路，刘半农在《我之文学改良观》中针对散文的“改良”曾提出三条途径，即“第一曰破除迷信，第二曰文言和白话可暂处于对待的地位，第三曰不用不通之文字”。强调“破除迷信”与胡适的“不摹仿古人”一致，但在具体解释时刘半农则认为“吾辈心灵所至，尽可随意发挥……吾辈欲建造新文学之基础，不得不首先打破此崇拜旧时文体之迷信，使文学的形式上速放一异彩也”。呼吁散文改良是新文学倡导者“文学革命”的一个重要方面，其实质上是强调散文写作的自主性和独立性，这一点和当时文学追求自由、现代的总体目标一致。

对于现代散文的发生，鲁迅在20世纪30年代的一次回顾中写道——到五四运动的时候，才又来了一个展开，散文小品的成功，几乎在小说戏曲和诗歌之上。这之中，自然含着挣扎和战斗，但因为常常取法于英国的随笔，所以也带一点幽默和雍容；写法也有漂亮和缜密的，这是为了对于旧文学的示威，在表示旧文学之自以为特长者，白话文学也并非做不到。以后的路，本来明明是更分明的挣扎和战斗，因为这原是萌芽于“文学革命”以至“思想革命”的。

五四时期散文发达，甚至在成绩上超过小说、诗歌等其他文体，其主要原因在于散文比较灵活、自由，可以不受更多限制。当然，就鲁迅的回顾可知，五四散文即现代散文在初创阶段同样受到了外来文化的影响。再者就是散文更容易体现新文学的实绩，并因为自由、灵活等，更易成为思想启蒙的有效载体，尽管现代散文的发生得力于五四新文化运动，深受“德先生”“赛先生”的影响并和“人的发现”保持一致，同时，现代散文也在一定程度上受到外来散文创作经验的影响，但对比新文学的其他文体，现代散文与传统散文关系最为接近。这一点，既与散文的体制有关，同时也与部分散文偏重个体情感有关。上述背景条件使现代散文在追求现代性的过程中理论批评与具体创作并重，且时刻与传统散文保持着微妙的关系。结合现代散文发生期的实际，我们可主要从周作人、鲁迅、朱自清三位代表作家的批评文章中解读现代散文的理论观念。

周作人在五四时期的散文观念集中体现在《美文》一文中。在周作人看来，现代散文是“记述的，是艺术性的，又称作美文”“可以分出叙事和抒情，但也很多两者夹杂的”“有许多思想，既不能作为小说，又不适于作诗，便可以用论文式去表他”。周作人的观点首先是将散文从文学上定位，其次，将散文从文体上加以定位，区分了散文与小说和诗歌。此外，在具体写法上，周作人还提出了“须用自己的文句与思想”。尽管《美文》篇幅不长，在反映周作人对于现代散文的认识时是简单式的、概括式的，但它的出现已反映出现代散文家对于散文创作的文体自觉。从现代散文的历史发展来看，众多读者接受了“美文”的提法，并使之成为现代散文的另一个称谓。“美文”之美的特质及其具体的做法，确然“给新文学开辟出一块新的土地”。周作人后来提倡“言志”的小品文并加以实践，且开创了一类散文的风气，影响甚众，也与此有关。

与周作人相比，鲁迅的散文理论可以从《怎么写》一文谈到。在文中，鲁迅也探讨了散文的体裁问题，“所以散文作品中最便当的体裁，是日记体，其次是书简体”。但显然，鲁迅更重视散文的“真”。“日记体，书简体，写起来也许便当得多罢，但也极容易起幻灭之感；而一起则大抵很厉害，因为它起先模样装得真”，从深层原因来看，与鲁迅反思写作经验和现实语境有关。鲁迅的《朝花夕拾》就属于情真意切的回忆性美文。鲁迅在写《怎么写》一文的时候，正值其感受“无声的中国”的时候。为此，鲁迅曾言：“我们要说现代的，自己的话；用活着的白话，将自己的思想，感情直白地说出来。”“大胆地说话，勇敢地进行，忘掉了一切利害，推开了古人，将自己的真心的话发表出来。真，自然是不容易的。”是以，对于“散文的体裁”，鲁迅认为“其实是大可以随便的，有破绽也不妨……与其防破绽，不如忘破绽”。追求散文的“真”“大可以随便的”“忘破绽”，其实与周作人的“美文”思想一脉相承，且有一定程度的发展，值得散文写作者和研究者重视。

对比周氏兄弟，朱自清的散文观念更明显地从散文文本自身来考虑散文的发展。这一点，与朱自清长期从事学术研究工作不无关系。朱自清曾在《〈背影〉序》《什么是散文》等文章中表达了其对散文的看法。他高度评价五四至 20 世纪 20 年代中期散文的成就，“最发达的，要算是小品散文”。同时，对于散文的兴盛，他又保持着相对客观的态度。“我以为真正的文学发展，还当从纯文学下手，单有散文学是不够的；所以说，现在的现象是不健全的——希望这只是暂时的过渡期，不久纯文学便会重新发展起来，至少和散文学一样！”朱自清写过诗、小说，后转而从事散文，加之学者身份，使其对散文有着自己独特的认识。他承认现代散文受外国的影响，但更强调历史背景同样不能抹杀，“中国文学向来大抵以散文学为正宗；散文的发达，正是顺势。而小品散文的体制，旧来的散文学里也尽有；只精神面目，颇不相同罢了”。从历史和现实的角度谈论散文、看待散文的发展，使朱自清更注重散文的本体，进而对散文未来的发展做出有效的探索。

从上述三位散文代表作家的观念中我们可以看出：现代散文蕴含着鲜明的个人性和主体性；现代散文追求自由与个性，既与现代文学的发生、发展同步，又充分体现了现代散文的现代性表征。由于散文文体自由，相对容易掌握，所以现代散文自其诞生之日起，就从事者众多。现代文学的第一代作家大都涉足过这个领域。众多作家参与实践，自然为散文写作积累了丰富的经验。除周氏兄弟、朱自清之外，郁达夫、林语堂、梁遇春、梁实秋等都曾对散文的创作提出过自己的看法。如郁达夫在《中国新文学大系·散文二集》“导言”中曾将现代散文的特征归纳为：第一，是每一个作家的每一篇散文里所表现的个性，比从前的任何散文都来得强；第二，是在它的范围的扩大；第三，是人性，社会性，与大自然的调和。并且，他认为“散文上的幽默”，可以视为一种对于散文历史和现状的总结。理论与实践并重，启蒙与艺术共存，使现代散文的发展具有坚实的基础和广阔的前景。

二、现代散文的形制演变

（一）现代杂文

现代文学中率先兴起的散文作品，是夹叙夹议的杂感短论，可统称杂文。按照鲁迅的说法，即“其实‘杂文’也不是现在的新货色，是‘古已有之’的，凡有文章，倘若分类，都有类可归，如果编年，那就只按作成的年月，不管文体，各种都夹在一处，于是成了‘杂’……作者的任务，是在对于有害的事物，立刻给以反响或抗争，是感应的神经，是攻守的手足”。作为散文之一部，杂文因自由灵活、随性而谈，最能体现现代散文自由的精神。因此，称它是现代散文中最早兴起的类型并不让人感到意外。

杂文的发展，可以首先从《新青年》“随感录”谈起。1918 年 4 月《新青年》第 4 卷第 4 期设立“随感录”栏目，专门刊发文艺性的随感体文章即杂文。此后，以《每周评论》《觉悟》等为代表的许多进步报刊都开辟类似专栏。这些文章对于社会现实、文艺时政等进行了广泛的批评，对于进步思想的传播起到重要作用，产生了很大的社会影响。其中，《新青年》

“随感录”作家群本身就是新文化运动的倡导者，李大钊、陈独秀、钱玄同、刘半农、鲁迅、周作人等的文章，充分体现了五四时代精神，且每人都有自己的风格。杂文及作家群的出现，不仅为现代散文的发展开辟了道路，同时也在充分显示白话文艺术特质的同时实现了散文层面上的现代性启蒙。

杂文作为一种流派，在20世纪20年代的发展主要以“语丝派”为代表。“语丝派”以1924年创刊的《语丝》杂志为阵地，以鲁迅和周作人为主将，与《新青年》“随感录”创作有着较为明显的渊源关系。鲁迅曾将“语丝”的特色归结为“任意而谈，无所顾忌，要催促新的产生，对于有害于新的旧物，则竭力加以排击——但应该产生怎样的‘新’，却并无明白的表示，而一到觉得有些危急之际，也还是故意隐约其词”。“语丝”除周氏兄弟外，还包括孙伏园、林语堂等撰稿人。“语丝”文体，以社会批评和文化批评为主，有明显的社会倾向。“语丝文体”的出现，使现代杂文有了进一步的发展。

谈及杂文的社会批评特点，不能不谈及鲁迅的杂文。鲁迅是《新青年》“随感录”的主将，是“语丝派”杂文的主将。对于现代杂文，鲁迅是开创者同时也是最有力的实践者。对于杂文，鲁迅既有自己的独特认识，如“我的杂文，所写的常是一鼻，一嘴，一毛，但合起来，已几乎是或一形象的全体，不加什么原也过得去的了”“内容也还和先前一样，批评些社会的现象，尤其是文坛的情形”“‘中国的大众的灵魂’，现在是反映在我的杂文里了”，又有个性化的实践方式。鲁迅的杂文自由、极富创造力，在充分表达个人性的同时，具有批判性、论辩性、对抗性的特质。鲁迅在五四时代就开始了杂文创作，20世纪20年代前期为“语丝派”主将，20世纪20年代后期几乎将全部精力集中于杂文创作。杂文是贯穿鲁迅一生的创作，在其创作中占有重要比重。因为时代的原因，思想、文化的冲突需要鲁迅做出回答与回应，此时，天马行空、自由驰骋的杂文无疑是最适合鲁迅表达观点的文体。就内容而言，鲁迅的杂文涉及社会、历史、政治、思想、文化、人生、人性、宗教、艺术等各个方面，堪称中国社会的“百科全书”；就艺术而言，鲁迅的杂文如“匕首”“投枪”，富有战斗性、批判性和韧性。鲁迅的杂文是鲁迅心灵的外化，充分显露鲁迅的思想。通过杂文，鲁迅自由地进入现代生活的各个领域，并在迅速回应和评判的过程中对现代生活产生影响，实现思想的启蒙。不仅如此，鲁迅还通过自己的实践经验，说明杂文作者在具体写作时“没有一个想到‘文学概论’的规定，或者希图文学史上的位置的，他以为非这样写不可，他就这样写，因为他只知道这样的写起来，于大家有益”。杂文是没有规范的，这使其在具体创作时既能与社会现实、思想、文化产生有机的联系，又寄寓着无限的可能。从这个意义上说，鲁迅开创的杂文传统是最具现代性气质的，鲁迅的杂文影响一代又一代读者和散文作者的意义也正在于此。

（二）“言志”的维度

“言志派”散文是现代散文的另一个维度，其主要代表人物有周作人，林语堂、梁实秋、废名、俞平伯、梁遇春、钟敬文等也可算作这一派的散文家。在《近代散文抄》“序言”中，周作人曾言：“小品文则在个人的文学之尖端，是言志的散文，它集合叙事说理抒情的句子，都浸在自己的性情里，用了适宜的手法调理起来，所以是近代文学的一个潮头。”“言志派”散文将言说个人之志作为散文的标准，突出个人经验在散文创作中的意义，这使得“言志”散文多受制于作者本身的个人情趣爱好和价值评判标准，并由此蕴含着鲜明的主体性意识。周作人是新文化运动的重要推动者之一，同时又是现代文学史上重要的散文家。他既提倡“人的文学”“思想革命”，又倡导“美文”创作，因此，他的“言志”散文必然会呈现出多面性，而这一点也可以作为现代散文现代性的多义性去理解。周作人的部分杂文、短论曾收入《谈虎集》《谈龙集》中。《谈虎集》“是关于一切人事的评论”。因涉及社会、思想、文化、反动军阀等内容，所以周作人又言：“我这些小文，大抵有点得罪人得罪社会，觉得好像是踏了老虎尾巴，私心不免惴惴，大有色变之虑，这是我所以集名谈虎之由来。”《谈虎集》以及《谈龙集》中的文章，是周作人从五四时期到20世纪20年代谈论时事的“结晶”，有尖锐的讽刺，有思想启蒙的作用，故常为他者所引用，其风格属于“浮躁凌厉”一路。

当然，“言志”的散文在周作人的创作中更多集中在“美文”上。这类散文风格“冲淡平和”，充分体现了周作人的艺术个性，在现代文学史上产生了很大的影响。周作人在生活上有明显的“名士派”“隐士派”的追求。这种追求反映在其散文创作上，即自然、平和、闲适的格调。周作人曾将自己第一部散文集定名为“自己的园地”，并认为“总之艺术是独立的，却又原来是人性的，所以既不必使他隔离人生，又不必使他服侍人生，只任他成为浑然的人生的艺术便好了”。其实，这已道出了他文学追求的目的和理想。他的“美文”讲究絮语化、闲适化，具有很高的艺术品位。

胡适在《五十年来中国之文学》中曾结合“白话散文很进步了”指出，“近几年来，散文方面最可注意的发展乃是周作人等提倡的‘小品散文’这一类的小品，用平淡的谈话，包藏着深刻的意味；有时很像笨拙，其实却是滑稽。这一类的作品的成功，就可彻底打破那‘美文不能用白话’的迷信了”。胡适的说法凸显了周作人散文特别是其“小品散文”的意义和价值。这恐怕也是现代散文成功的另一重要方面。

（三）追求散文的表现力与文体的演变

郁达夫在《中国新文学大系·散文二集》“导言”中曾言：“中国现代散文的成绩，以鲁迅、周作人两人的为最丰富最伟大。”的确，周氏兄弟的丰富、伟大源于他们对现代散文形制的开拓。现代散文由于体制自由、灵活，曾吸引一批又一批写作者涉足该领域，并取得丰硕的成果。在 20 世纪 20 年代，除周氏兄弟之外，还有以冰心、朱自清为代表的“文学研究会”散文，郁达夫为代表的“创造社”散文等创作。这些创作，都对现代散文的发展产生了重要的影响。冰心的散文，带着自然、母爱和童心，温婉自然、空灵澄澈，在当时广大青年读者群众中影响很大，有“冰心体”之称。郁达夫这么评价：“冰心女士散文的清丽，文字的典雅，思想的纯洁，在中国好算是独一无二的作家了……我以为读了冰心女士的作品，就能够了解中国一切历史上的才女的心情；意在言外，文必己出，哀而不伤，动中法度，是女士的生平，亦即是女士的文章之极致。”此语不仅道出冰心散文的特质，同时也说出其对现代女作家散文创作的意义。朱自清的散文创作晚于周氏兄弟，也晚于同为“文学研究会”的冰心,但他取得的成就是引人瞩目的。其叙事散文《背影》,写景抒情散文《荷塘月色》《绿》《桨声灯影里的秦淮河》《春》等皆为公认的散文精品,此外,他还有《欧游杂记》等游记体散文。朱自清是现代散文史上极少的能用白话写作和古典散文名篇佳作相媲美的散文家。他的散文熔铸了古典散文和现代散文的精华，无论是写景抒情、怀人记事，还是记游抒怀，朱自清都能通过对白话娴熟的驾驭,写出现代散文的真善美。他的实践,丰富了现代散文的写作体系，提高了现代散文的艺术品位。他和冰心的散文，当时就被选入多种语文课本，后来一直成为散文选讲的范本，这对现代散文的传播具有积极的意义。

创造社的散文和其小说、诗歌有共同的特色，其中以郁达夫的成就最大。郁达夫很早就从事散文创作,《归航》《还乡记》和《还乡后记》皆写于 20 世纪 20 年代初期，充满着浓郁的情感、羁旅的感伤和心灵的剖析。只不过，此时由于作者在小说创作上文名过大，所以人们并未更多关注其散文。1935 年 4 月，郁达夫受上海良友图书公司邀请，编选《中国新文学大系 · 散文二集》，在该卷“导言”中，郁达夫集中表达了自己的散文观和对现代散文创作的一些看法。他将“散文的心”作为“一篇散文的最重要的内容”，有了“散文的心，然后方能求散文的体，就是如何能把这心尽情地表现出来的最适当的排列与方法”；同时，又在对比小说创作的过程中,强调“现代的散文,却更是带有自叙传的色彩了”。郁达夫散文的“心体说”，和其多次强调的“自叙传”相互联系，充分显露了其散文的艺术特色。由于郁达夫过于在文章中凸显自我的情绪，以至于他的散文有时和小说创作难以区分，“小说散文化”和“散文小说化”会给人带来文体辨识的困难，并在不可避免地造成艺术不均衡的同时人们对其评价不一。当然，这也可作为郁达夫独树一帜之处以及他对于现代文学的独特贡献。关于郁达夫的散文创作,还可以列举其在 20 世纪 30 年代大量创作的游记,如《感伤的行旅》《钓台的春昼》等。此外，郁达夫还对日记、传记文学情有独钟，如将这些创作归入散文文体，自然会为散文的理论探讨带来更多的言说空间。

回顾20世纪20年代至30年代散文的历史，我们可以看到，现代散文不仅繁荣，而且体式多样。但正如任何一种文体创作都离不开特定的时代，受时代风云限制，现代散文发展至20世纪30年代中后期，由于作家大都投身于抗战的洪流中，文学的公共性、社会性增强，所以散文开始对抒情加以放逐，其个人性也由此减弱。“言志派”散文、闲聊体以及追求性灵的抒情散文创作逐渐为叙事性散文、通信特写、报告文学所取代。现代散文的发展、变化其实反映了社会现代化进程对文学的制约，现代散文也由此进入新的阶段，现代散文的现代性由此进入曲折发展的时期，直到20世纪80年代才重新回归到审美探索的旅途上来。

三、现代散文的文体扩张

20世纪30年代围绕小品文的问题曾产生过论争，其中一种意见是将“小品文”“小品散文”和“散文”视为同一种体裁，而另一种意见则是将“小品文”“小品散文”视为“散文”的一个品种。值得一提的是，从20世纪40年代开始，出于种种原因，很多散文批评家在阐释散文时，渐渐放弃了“小品文”“小品散文”等提法，而通用“散文”这一概念。“小品文”的创作与理论在现代散文初期曾产生重要影响，但随着时代的发展渐渐退出舞台，上述演变趋势是现代散文自我演变的结果，与人们对于散文这一文体创作的认识有着密切的关系。

总体说来，对于现代散文的特征、体制和表现形式，众多人既为散文家又为研究者，他们之间的分歧并不大。随着创作与探索的深入，散文逐渐从文体对比中独立出来已成为一种共识：“按诗与散文的分法，新文学里的小说、戏剧（除掉少数诗剧和少数剧中的韵文外）、‘散文’，都是散文——论文、宣言等不用说也是散文，但是通常不算在文学之内——这里得说明那引号里的散文。那是与诗、小说、戏剧并举，而为新文学的一个独立部门的东西，或称白话散文，或称抒情文，或称小品文。”同样地，现代散文在发展过程中包容更多文学体式也逐渐成为一种趋势。杂文、小品、随笔、速写、游记、日记、报告、通信、特写、传记、书信等，都可被纳入广义的现代散文范畴，正说明散文“无所不包”“无所不容”的特点。可以说，在现代散文的认知过程中，传统的散文观念、现代文体意识始终是其内涵与外延的决定性因素。现代散文正是在自由灵活、形式多样的过程中实现了语言和体制上的现代特性。至于其在此前提下实现现代思想的承载与传播，只是艺术地凸显了文学作为审美意识形态之一种的特点而已。

第四节 现代戏剧的现代性实践

关于新文学中的戏剧，在谈论时往往都取其狭义的理解，即专指与中国传统戏曲相区别的西方戏剧形式。在此前提下，言及19世纪末传入中国的话剧，它和现代性的结缘俨然是不言而喻的。与“诗界革命”“小说界革命”相呼应，戏剧浪潮的兴起由于自身的表现形式、域外文化资源，在传播的过程中隐含着文化启蒙。为了区别中国传统的戏剧形式，现代戏剧的先驱们曾先后为其赋予多种命名。这些命名及其演变过程，本身就隐含着现代戏剧的现代性问题。

一、现代戏剧的命名、内涵与阶段性发展

话剧最初被称为“新戏”，其发生同晚清著名的“三界革命”一样，显示了中国文学向现代转型的趋势。晚清维新派为了实现社会变革的政治目的，十分重视思想启蒙和文艺宣传，他们将小说、戏剧的社会功能同救国图强联系起来。但从具体表现形式来看，最初的“新戏”只是在强调思想内容前提下的旧戏翻新。现存较早的话剧演出可上溯至1899年的上海学生演剧活动。该活动是在当时上海的教会学校进行的，所演剧目皆为课本中的剧本，演出时用外语，是一种节日娱乐活动。戊戌变法后，受社会现实、新思想的影响，学生们曾结合戊戌变法六君子和义和团之时事，编成新剧试演，形成后来所谓“时事新戏”。因为这些“时事新戏”不用像传统旧戏那样讲究唱功、配器，具有很强的随意性，同时其时事性又能引起观众的兴趣，所以在当时上海逐渐形成了学生演剧的风潮。

“新戏”在发展过程中，有两个标志性的实践。其一是1905年，由汪笑侬筹集，陈去病、柳亚子创办的我国最早的戏剧杂志《二十世纪大舞台》。在《〈二十世纪大舞台〉发刊词》中，柳亚子在“张目四顾，山河如死”的前提下写道：“南都乐部，独于黑暗世界，灼然放一线之光明；翠羽明珰，唤醒钧天之梦；清歌妙舞，招还祖国之魂；美洲三色之旌旗，其飘飘出现于梨园革命军乎！”并由此大声疾呼：“今所组织，实于全国社会思想之根据地崛起异军，拔赵帜而树汉帜。他日民智大开，河山还我，建独立之阁，撞自由之钟，以演光复旧物、推倒虏朝之壮剧、快剧，则中国万岁！《二十世纪大舞台》万岁！”《〈二十世纪大舞台〉发刊词》观点鲜明，言辞激烈，可视为资产阶级革命派戏剧主张的代表作。

其二是1906年东京部分中国留学生成立春柳社，主要成员有曾孝谷、李叔同、陆镜若、欧阳予倩等。该社在《春柳社·演艺部专章》中曾指出自己的活动方向："本社以研究各种文艺为目的，创办伊始，骤难完备，兹先成立演艺部，改良戏曲，为转移风气之一助"；"演艺之大别有二：曰新派演艺（以言语动作感人为主，即今欧美所流行者），曰旧派演艺（如吾国之昆曲、二黄、秦腔、杂调皆是）。本社以研究新派为主"；"本社无论演新戏、旧戏，皆宗旨正大，以开通智识，鼓舞精神为主。偶有助兴会之喜剧，亦必无伤大雅，始能排演"。春柳社的演剧主张，同上述资产阶级维新派、革命派的戏剧观一致。1907年2月，春柳社首次公演《茶花女》,6月第二次公演《黑奴吁天录》。此后,又先后演出外国剧《鸣不平》和《热泪》（根据法国作家萨尔都《女优托斯卡》改编）。这些戏剧反抗压迫、力主抗争，对青年知识分子具有鼓舞作用；其台词以白话为主，舞台艺术也尽量向西方写实戏剧靠拢。经由戏剧改良、学生演剧、春柳社活动，终于形成了有别于传统戏曲的"新戏"或曰"新剧"。

"新戏"之后的戏剧一度被称为"文明新戏"，简称"文明戏"。"文明戏"在辛亥革命前后一度达到高潮。春柳社同仁从日本归国后,同国内新剧积极分子合作,促进了"文明戏"的形成与发展。1907年秋，受春柳社演出成功的鼓舞，革命家王钟声在上海组织春阳社，向社会公开招聘演员。春阳社曾于1907年在上海兰心大戏院公演《黑奴吁天录》，但春阳社的剧目更多是配合宣传革命的，其目的是发挥戏剧的社会教育功能，颇受广大民众和资产阶级革命派的欢迎。"文明戏"的产生与发展，是中国戏曲自身演变的结果，其中既有近代戏剧的改良,又有欧洲浪漫派戏剧和日本新派剧的影响。"文明戏"也按照传统戏剧以演员为中心、分角色，但其编剧方法却多采用欧洲戏剧的分幕制。"文明戏"是中国戏曲向现代过渡与转变的特殊戏剧形态,中西方戏剧方法与经验的杂糅是其突出的特点之一。至于因何称之为"文明戏",现代戏剧家、戏剧理论家洪深的说法可以作为重要参考。洪深认为,"文明戏"中的"文明"既可能与从欧美文明国家介绍而来有关，也与剧本本身脱离"旧剧"、上升至文明层次有关，还可能与演出者本身有知识、有文化的"文明"程度有关，总之，"不论是什么动机，'文明'两个字，总是恭维的意思"，"决不是恶意的"。不过，结合事实来看，"文明戏"的意义却远不止于此。随着辛亥革命之后社会革命形势转入低潮,"文明戏"也逐渐走向低落。新民社、民鸣社、春柳社等团体为了迎合部分观众的需要，取得较好的市场收益，逐渐丧失话剧本身的艺术品格。此时的"文明戏"在剧情上趋于离奇、荒唐，艺术上粗制滥造，演员表演程式化、质量下降且常有道德堕落的事情发生。人们开始以鄙薄的口气将这些拙劣且带有几分胡闹的表演称为"文明戏"。

在"文明戏"向现代话剧过渡的过程中，北方的南开新剧团的戏剧观念，对于摆脱"文明戏”的惯有模式具有重要的意义。南开新剧团不以营利为目的，也拒绝一般小市民观众的低级趣味。与南方“文明戏”相比，该剧团更多受到欧洲现实主义戏剧的影响。1918 年，张彭春编导的五幕剧《新村正》在知识界产生强烈反响。当时几家有全国性影响的刊物，如《新青年》《新潮》《每周评论》等，都曾热情肯定该剧的创作与演出。《新村正》显示了五四时期话剧的成就，曾被研究者认为“标志了中国文明戏的终结和现代话剧形态的开端”。

现代话剧在五四思想启蒙与文化批判中获得了新的发展契机。在总结以往经验的基础上，五四新文化运动的倡导者们对传统戏曲进行了严厉的批判。陈独秀、胡适、钱玄同、刘半农、周作人、傅斯年、欧阳予倩等纷纷撰文，批判传统旧戏包含的封建内容。1918 年 10 月，《新青年》第 5 卷第 4 期曾开辟“戏剧改良专号”，在《文学进化观念与戏剧改良》一文中，胡适就在坚持“文学进化观念”的前提下，指出“扫除旧日的种种‘遗形物’，采用西洋最近百年来继续发达的新观念、新方法、新形式，如此方才可使中国戏剧有改良进步的希望”。傅斯年则在《戏剧改良各面观》中强调“就技术而论，中国旧戏，实在毫无美学的价值”的同时，指出“旧戏是旧社会的照相，也不消说，当今之时，总要有创新社会的戏剧，不当保持旧社会创造的戏剧……使得中国人有贯彻的觉悟，总要借重戏剧的力量；所以旧戏不能不推翻，新戏不能不创造”。从上述观点可知，新文化运动的倡导者在对待旧剧改良时采取了进化论的观点，他们批判旧剧并将其作为封建文化的一部分。他们的批评涉及戏剧历史、社会、美学、思想、文化等各个方面，这一点和五四新文化运动倡导的思想革命一脉相承。

五四的戏剧改良在使中国戏剧走向现代化的过程中，一度深受北欧戏剧家易卜生的影响。1918 年 6 月《新青年》第 4 卷第 6 期曾推出“易卜生专号”，拉开了介绍、学习易卜生的序幕。这一期除了刊载胡适的名文《易卜生主义》之外，还推出了罗家伦与胡适合译的《娜拉》、陶履恭译的《国民之敌》、吴弱南译的《小爱友夫》以及袁振英的《易卜生传》。在《易卜生主义》中，胡适写道：“易卜生的文学，易卜生的人生观，只是一个写实主义”；“易卜生把家庭社会的实在情形都写了出来，叫人看了动心，叫人看了觉得我们的家庭社会原来是如此黑暗腐败，叫人看了晓得家庭社会真正不得不维新革命：——这就是‘易卜生主义’”。“易卜生专号”的推出在五四文坛上掀起了“易卜生热”。这股热潮对戏剧产生的实际影响可包括如下几个方面。其一，是确立了功利主义戏剧观，戏剧成为启蒙社会的一种工具，注重戏剧的社会影响由此成为中国现代戏剧的主导思想之一。其二，建构了写实主义的美学体系特别是现实主义戏剧观，促进了现代戏剧写实性语言的应用，直接影响了五四时代戏剧的创作特点。其三，涌现了以胡适《终身大事》为代表的新型话剧，引导五四社会问题剧的风潮。其四，引发了翻译介绍外国戏剧理论和创作的热潮，促进了中国现代戏剧的多元化发展。

现代戏剧发展至五四阶段，还出现过“爱美剧”及倡导“小剧场”的阶段。“爱美剧”出现的直接原因是文明戏演员汪仲贤于1920年10月在上海上演改编自萧伯纳戏剧《华伦夫人之职业》的失败，以及由此引发的戏剧界的反思，但从戏剧内在发展角度来看，则是现代戏剧如何对待“文明戏”遗留的问题。1921年3月，五四文学革命后第一个戏剧团体民众戏剧社在上海成立，同时其还创办了现代文学史上第一个专业性的戏剧杂志《戏剧》月刊。民众戏剧社在当时开展的工作主要包括抨击传统旧戏和堕落的文明戏以及倡导新的戏剧,后者即“爱美剧”。“爱美剧”即“业余”“非职业”的戏剧（“爱美”即amateur的音译），其最初倡导的宗旨是“以非营业的性质，提倡艺术的新剧”。按照陈大悲的说法，“爱美剧”应当多靠知识分子尤其是青年学生，演出“爱美剧”不宜多用外来剧本而应注重独立创作。“爱美剧”演员虽非职业化，但不能把戏剧当作游戏，而应当有责任心。“爱美剧”重视“小剧场”演出活动，形成了一套新的演出模式，对现代化与“剧场戏剧”的创作和表演产生了深远的影响。

现代戏剧经历上述几个阶段的发展，在20世纪20年代不仅诞生了一批优秀的剧目，诞生了一大批戏剧家，而且在实践与探索中形成了自己的理论观念。继“文明戏”、五四新剧建设、“爱美剧”等的命名和阶段性发展之后，戏剧家洪深在《从中国的新戏说到话剧》中提出话剧的概念——“话剧，是用那成片段的，剧中人的谈话，所组成的戏剧”“话剧的生命，就是对话”。从此，话剧的名称被确定下来，中国戏剧的现代发展实现了自我的建构。

二、现代戏剧现代性实践的独特性

从现代戏剧的命名、内涵与阶段性发展，我们可以看到：批判传统戏曲和借鉴外来文化资源，承载社会进步、文学革命和思想启蒙，是现代戏剧诞生和发展的两条内在的重要动力。从晚清资产阶级维新派倡导文学革命，到资产阶级革命派的反清排满，走上革命之路，再到五四时期以胡适、陈独秀、钱玄同等为代表的《新青年》，着力从外部以矫枉过正的方式强行推进戏剧的现代化之路，现代戏剧的现代化进程始终和思想启蒙、文艺变革等紧密联系在一起。戏剧由于其“高台教化”的直接性与直观性，历来为现代思想启蒙者所重视。从20世纪中国每一次大的思想启蒙运动戏剧都未曾缺席这一客观实际情况来看，所谓戏剧改良正是思想改革、文化启蒙的重要组成部分。现代戏剧从诞生到发展，都生动再现了现代性与中国文学交流、碰撞与融合的过程，同时，也体现了现代性弃旧图新的内在的规定性。当然，就文学的现代性而言，现代戏剧的现代性一直包含戏剧的自律和戏剧的工具化两个重要方面，现代戏剧正是在戏剧艺术内在演变和承载社会使命的过程中凸显了作为审美意识形态的属性。值得指出的是，由于现代戏剧在诞生阶段一直肩负着文化启蒙的使命，且和现代社会的现代化进程紧密联系在一起，所以启蒙就很容易成为现代戏剧的任务之一，并在发展中成为一种惯性。20 世纪 20 年代末期兴起的“无产阶级戏剧”,20 世纪 30 年代左翼文学对旧剧、戏曲的改编以及抗战期间的戏剧，都因时代、社会的原因而使戏剧成为一种有效的宣传手段并在特定场景下具有工具的倾向,而此时对旧剧、戏曲改编的“旧瓶装新酒”,更是出于宣传、大众化的目的。

从某种意义上说，将戏剧作为启蒙的手段，没有过多观念与技巧上的难度，但与此同时，也应当看到：启蒙及其精神是现代戏剧渴望实现的目标之一，并在具体呈现时有不同形态，但这并不能说明启蒙就是中国现代戏剧现代性的主要内涵，更不是它的全部内涵，现代戏剧一直有自己在艺术上的现代追求。从艺术的角度上考察，20 世纪初那些渴望迫切实现启蒙作用的戏剧作品，或多或少都有政治说教与化妆演讲的倾向。现代戏剧在初始阶段缺乏文采、艺术性匮乏,既与现代戏剧在引入过程中的本土化有关,同时也与其目的性的制约有关。这一点，从《新青年》杂志刊载的新文化运动倡导者关于戏剧的论述中可以得到明证。陈独秀的“吾国人识字之少，万国国民中，实罕有其俦。不但如此，此时北京鼎鼎大名之昆曲名角韩世昌竟至一字不识，又何怪目不识丁之行政长官盈天下也！更何怪不识字之国民遍国中也”，与周作人在文章中所言的“民间有不识字不听过说书的人，却没有不曾看过戏的人，所以还要算戏的势力最大”，甚至还有钱玄同的“中国的旧戏，请问在文学的价值，能值几个铜子”,都在一定程度上反映了旧戏批判和创建新戏的启蒙意义。现代戏剧包含语言、舞台、形式等多方面的革新，同时又因吸引观众而具有广泛的意义，使得倡导者们认为现代戏剧可以在更广大的范围内，以一种易于接受的方式去开启民智。

现代戏剧始于新思想的启蒙，后逐步进行戏剧艺术的探索。在五四时代，除了“易卜生主义”影响下的社会问题剧代表着现实主义的戏剧追求外，创造社以郭沫若为代表的浪漫主义戏剧追求，也丰富了现代戏剧的艺术探索。没有这些经验的积累，现代戏剧显然无法在 20 世纪 30 年代达到高峰。20 世纪 30 年代戏剧在“大众化”口号的倡导下，在具体主题表现上既有无产阶级戏剧、“国防戏剧”、农民戏剧等戏剧形式，又出现了职业化、商业性的“剧场戏剧”，现代戏剧由此不仅诞生了一大批优秀的剧作家、导演、演员，而且在产生大量优秀作品的同时形成了自己的观念，获得了稳定的观众群。19 世纪末从国外引入的话剧，终于从生产到接受均完成了中国化。

抗日战争爆发后，戏剧出于现实的需要，一度呈现出如下几种态势。其一，是“广场剧”的总体繁荣。其具体表现是戏剧从城市剧场直接走上街头，走向农村和战地，剧本强调政治宣传、鼓动与教化，形式“公共化”、多短小精悍，可以就地演出，灵活多样。其二，在解放区，从舞台上一度上演中外名剧转为“民族化”问题的提出与实践，这种情况在“文艺为工农兵服务”的主张提出后得到强化，话剧工作者通过利用和改造民间形式对广大农民进行革命的启蒙教育，新秧歌剧《兄妹开荒》、歌剧《白毛女》等代表作正是在此背景下产生的。其三，在国统区和沦陷区（主要指上海“孤岛”），历史剧创作空前繁荣。从 20 世纪 40 年代戏剧的发展趋势可以看到，喜闻乐见的旧形式在现代戏剧创作中同样具有自己的价值，归根结底，这是由戏剧的时代性、观众的接受水平和戏剧传统决定的。上述事实在很大程度上对现代戏剧的艺术追求提出了如何改革与创新，如何古为今用、洋为中用的问题。戏剧作为舞台艺术，有着一般意义上的文学所不具备的直观性、可以直接与观众接触的特性，而这一特性，正可以作为思考现代戏剧发展的逻辑起点。

第八章　文学传播观念的当代性

第一节　网络媒介传播下的现当代文学生态

文学传播媒介演变到网络媒介，对文学自身发展来说同样具有划时代的意义。虽然网络媒介对文学本体构建的功能仍然有待进一步研究，网络对文学外部形态和读者接受的文化心理的深刻影响已经得到普遍认同。媒介对文学实现过程的意义生成从口传到网络逐步累加，这种意义累加首先体现在网络实现了多媒介立体交互传播，使文学表达形式和接受方式发生了根本改变；其次体现在网络对文学信息化、文学民间化的强烈诉求，篡改了传统认识论领域内对文学观念形态的建构依据。如果说纸质书刊借助纸质传播的便利和在近现代转型时期复杂的文化机制推动下，成为文学民间化的一个转折点，那么网络媒介让文学突破任何机制束缚，还原民间品质，成为迄今为止人类开发的最为杰出的传播手段。网络媒介不单使文学独立成为可能，而且也构成未来人类进一步感知陌生领域的物质基础。数字化生存离不开网络，网络在整合传统文化和创造新型文化的过程中，重组人类积淀的精神品格和价值尺度，使审美感知的消解与文学场域的重建互为表里，同步进行。网络文学场域的扩大化、动态化和民主化成为文学民间化生存的源头活水。在网络环境下，文学发展所需要的文化生态平衡同样离不开多样性和丰富性，离不开传统和未来的碰撞、内容和形式的转换，以及通俗和高雅的融合、精英文学和青春文学的互补。由此，网络文学理论批评的话语空间在中国文学自身演进规律中，得以开拓和更新。

一、传播媒介演变对文学实现过程的意义建构

从文学媒介的传播过程看，口传文学的显著特征是创作、传播和接受等环节在同一物质场域中进行；纸质传播媒介出现后，文学的创作、传播和接受能够相互分离，各自独立进行，特别是作品能够得到保存，传播和接受成为驱动社会分工的内在因素；当数字媒介出现后，社会生活各部门的关联发生改变，社会分工发生了转型和重组，文学创作、传播和接受环节呈现出新的状态，特别是网络的即时性打破了文学活动三个环节的关联性，消解了文学社会意义和文化价值在传播过程中生成的可能性，互动一体化颠覆着纸质媒介文学的存在方式。

具体说来，媒介载体本身的物质属性同样成为思考数字媒介文学特征和未来发展趋向的重点，纸质文学载体的物质属性对文学意蕴属性和审美特征的建构作用也发生在传播过程之中，数字媒介对文学语言符号的转换生成，对文学的改变最直观地体现在数字化物质形态的存在方式上。如果单单从载体物质存在状态上强调文学存在方式的不同，必然过分夸大技术力量创造文学样态的功用，就会过分强调“超文本”、多媒体、超链接技术对审美性构建的功能。由此倾向于把数字媒介狭隘地仅仅归结为文学传播的载体，忽略数字媒介是一种人类科技推动信息传播技术发展的阶段性成果，相对整个人类文明发展历史，必然不是唯一的和最完美的媒介。众多理论话语关涉纸质媒介文学和数字媒介文学的线性与非线性、单向度与立体性、中心化与交互性、单媒体与多媒体、深度审美与欲望叙事、真实与虚拟等外部特征。这些远离文学审美的表述，建构在文学存在方式的物质形态和外部静态结构关系上，忽略了动态过程性建构的意义，并不能很好地推进数字时代文学观念的重建。

传统的文学本体论、文学价值论、文学创作论、文学文本论、文学鉴赏批评论和文学史论等，被认为是建构在纸质媒介物质基础上的研究，实质上也形成了对口传时代文学特征研究的先验命题，对数字媒介文学新观念的建立同样构成参照和规约。如何继往开来地建设数字媒介文学理论，研究者从媒介形态演变方面，做了很多开拓。其中，以本质主义解释文学本体，以主体性思维方式解释作家创作和文学接受，以精英主义立场阐释文学价值的生成和文学文本的深刻意蕴等遭到质疑。研究者关注到，在数字媒介文学活动中，尽管创作、传播和接受各个环节也都可以从文学活动整体链条中抽离出来，在时空间隔中成为单独的文学活动，但数字媒介的技术优势显然更加趋向把创作、传播和接受实时性地连接在一起，进行即时性沟通和在线互动。互动性改变的是创作主客关系，是交互主体性双向去中心化的交流，文学的线性流向模式被打破，创作、传播和接受向一体化的文学场域回归。

在两次文学媒介转变过程中，文学创作、传播和接受是一体化连接在一起还是可暂时分离，是决定文学存在方式的关键，也是我们考察文学性生成的关键。造成文学过程三个环节分离的是技术对物质外观的改变和事物存在形式的改变，我们有理由认为技术改变的是文学活动过程中文学结构性和文学要素之间的关联性，从理论上说，文学存在的社会地位和重要价值没有改变。

把握数字媒介文学，理所当然要归结到数字技术对文学实现过程中创作、传播和接受三个环节在文学活动具体时空中的呈现状态。促使三者分离的媒介因素，贯穿于传播的各个环节。不能实时传播就必然造成时空间隔。文学传播媒介的物质属性对文学塑造的作用是隐性的，关键在于时空间隔过程所产生的文学意义。应该说，任何事物都在过程中和物质时空中存在，在特定时空中文学各要素的关联会发生重组，文学结构要素的功能会相应地发生调整。区别于数字媒介文学的即时性，纸质媒介文学创作、传播和接受的各环节都必然处在相对独立的文化场域中，接受社会思潮和历史文化传统的浸染。纸质媒介文学是人类文化交往的需要，也是商品经济社会发展的产物，在时空间隔过程或者是在文学性延迟过程中，每一个阶段、每一个时空点上都必然要受到意识形态干预下的社会文化心理、价值尺度和审美倾向的多方面、多元化的塑造，于是才能有“一千个人眼中有一千个哈姆雷特”的差别，诸如《红楼梦》《红与黑》等经典名著也由此获得一个经典化的过程。数字媒介文学的互动一体性，虽然也可以使创作、传播和接受环节发生时空推延，但借助技术的大量涌现和各个环节的迅捷关联，大大缩小了文学性生成的历史文化空间和时代思潮变幻淘洗的过程。比如，纸质媒介文学传播环节中的出版印刷过程，这个过程既然是一个社会经济活动形式，就要接受当下经济规律和制度的约束，还要受到物质技术进步程度的制约，同时这个过程从审稿、校对和排版，从纸张的选择到印刷数量的多少等环节又要牵涉社会生产的各个门类，无论是经济、文化方面，还是社会心理、历史文化积淀等方面，都对这个过程发生内在的干预。印刷过程是整个社会活动的缩影，给文学价值、意义和审美诸多精神层面投下深刻的烙印。纸质媒介文学在这个过程中可以建立丰富多样的文学批评体系，可以针对这个过程从事独立于创作和接受环节之外的批评活动，并且让批评本身成为社会文化和经济活动的建构力量之一。那些承载着厚重的历史内蕴的纸质媒介作品，大多都是在一个漫长、曲折的传播过程中赋予文学意义和决定接受的审美趣味倾向性的，并且这些后来的意义往往并不取决于接受环节的文化样态。那些不经过传播过程的时空间隔，一发表就引起轰动或者授命创作的纸张媒介文学作品，历史证明将会被很快遗忘。

文学是一个动态过程，文学性在这个动态过程中被赋予，文学形象在无尽的时空关联中被塑造。数字媒介文学可以省却创作、传播和接受的时空间隔达到即时互动，但仍然要以互动的过程性来建构理解文学意蕴的理论基础。数字技术对文学的改变在于对文本生成和转换的迅捷无比，文学的时间长度被大大压缩了，同时文学的空间立体感又被大大扩展，造成空间的文化堆积愈来愈挤压文学传播与接受过程中形成的历史意识。一旦文学的实现时间长度在文学价值构成中大幅度贬值，那么对数字媒介文学的文学性就会产生怀疑。从纸质媒介文学传播样态看，个性化的、以浓厚的人文气息和强烈的历史责任感参与的文学活动过程没有了，一个以时间沉淀的文学价值体系建构过程被大大缩短了。空间立体的文学结构体系以更迅捷的方式关联整个社会生活，文化的、经济的、政治的、民族的、地域的文学关联性得以张扬。随着媒介技术革新的步伐，最终的文学观念很有可能要建构在超越线性过程的一体化的“人类性”意识形态之中，也就是全球化生存意识和文化环境之中。

二、数字化生存与文学生存境况的改变

当人类信息传播突破单一的纸质媒介出现多媒介融合后，文学与现实的关系就发生了很大改变：首先，媒体的新闻性质，追求与现实生活同步的价值目标，排挤文学参与现实生活精神图景的塑造，泛化文学反映现实的深度，淡化文学与现实的密切关系，动摇了传统文学理论指涉现实的核心价值观念。主要表现在数码技术和高保真技术，几乎可以把日常生活的任何景象都原封不动摄取下来，又可通过网络、手机等传播手段把它们传送到现实世界任何可能的地方。各类纪实性电视节目，如“今日说法”“焦点访谈”等交叉着同步的报刊、广播，还有显得古老的收音机也并没有退场地报道着现实生活的真实事件，其涉及现实生活的广度

和深度前所未有。其次，媒体的商业性追求，时尚文化的引领，颠覆了文学传统上赋予现实生活意义和价值的理念；把精神产品纳入消费和娱乐领域，直接消解了文学表现现实生活精神空间的传统优势。再次，媒体易受意识形态的干扰，其倾向性和鼓动性促成文化思潮分化为官方和民间对峙局面；数字媒体的强势引导和主流话语的霸权，使文学的个体思考空间越来越小，文学关注个体命运的向度被放逐于民间边缘。

各类报道现实生活事件的媒体，几乎都能以多种媒介方式进入人们的日常生活。数字技术创造的视听媒介使人们更为便捷地进入一个更为丰富、更加充满异域情调的生活境界，人们既可与远隔重洋的亲友亲密交谈，又可欣羡亲友在异国他乡刚刚经历的奇人奇事、风俗民情，甚至可以即时欣赏亲友随手发送的身边情境的保真场景。更为深刻的是，媒体可以制造多种叙事技巧，能达到纸质阅读获得的多种心理体验和想象，数码技术还可以创造场景和故事。人们通过文学所要表达的情绪和思想，所追求的内心自由和生命创造价值的体现，同样可以通过数码技术营造奇幻境界，创造出只有潜意识才能构造出的影像世界来表达。对日益丰富、多样化的影像化叙事和日常生活审美化的景观，人们已经“审美疲劳”。技术赋予的满足人文需求的能力，严重侵犯着原本属于现实主义文学专长的表现领域。所以很早就有人对叙事作品担心：“19 世纪的长篇小说死亡了，主要是因为，打个譬喻说，长篇小说想同社会档案，从而同照相、新闻、科学调查比个高低。这些作为文献和证明的媒体今天所取得的成效，已使得长篇小说以及它的虚构性和假定性显得毫无裨益。”

从今天多媒体发展的情况，特别是通过数字媒介创作和传播的文学实际看，这种看法并不确切。这种看法对数字技术的革命性力量没有足够的认识，仅仅看到了数字技术全方位反映现实、渗透现实的能力，却忽视了数字技术创造现实、创造精神空间的能力。数字技术造成的时空错位和穿越时空的技术力量，为文学叙事开拓了广阔的想象空间；数字技术提供的全民参与精神产品制作的可能性和巨大潜力，创造了传统精英文化根本无法比拟的艺术前景。玄幻小说、武侠小说、穿越小说等风行网络，网络上各种类型小说，动辄百万字，有重组历史叙事的历史小说、游戏经典的小说、公安侦探小说、言情小说等，同时网络发表和纸质传播，形成传统小说无法相比的真正的文学大众化局面。

数字媒介真正改变文学传统的，是文学与人类相处的方式，文学对人的精神领域的反应能力和途径。首先在于传统文学的叙事模式发生了巨大改变。正如古典文学的叙事模式在晚清时期遭遇西方纸质文化的影响，发生了巨大改变相似。纸质文学改变了以口传为主的文学的叙事现场，数字媒介改变了文学叙事密切依存的物质现场性。这表现在以下三个方面：

（一）数字化环境下文学场景的虚拟和真实

对于数字化技术创造出的“虚拟现实”，尼葛洛庞帝认为这种“虚拟现实能使人造事物像真实事物一样逼真，甚至比真实事物还要逼真”，显然，这种“比真实事物还要逼真”是就数字技术创造的模拟场景对人的感官刺激后产生的一种情境体验而言，并非这种虚拟现实真的“比真实事物还要真实”，显然既然是“虚拟”就绝不可能等同于“现实”。虚拟现实是消除物质现场性之后的一种想象性现场体验，往往首先是创造、拉近一种虚拟场景，把真实世界内每时每刻都在流动着的时间隐藏，让人在一个虚拟界面通过触觉，或者仅仅是挥挥手、摇摇头就创造出一个逼真的数字化场景。

针对这种逼真性，我们首先认识到，创造一种虚拟现实除了实验室里的虚拟技术研究外，最终是为了现实应用。尤其是操作技术的模拟训练有着鲜明的功利目的，它重在训练一种理性判断、处理问题的经验性能力；排除感情因素和情绪干扰，训练出一种近乎机械的适应性体验。某种意义上说，这种面临界面时的训练并不在于突然冲到两辆汽车中间的是一个小孩或是一只小狗，界面给予的现实场景感不重在创造或者丰富你的一种感性体验，更不是一种生活现象的捕捉和现实感性的积累。所以这种虚拟现实无论如何不会“比真实事物更真实”，与离开界面做做深呼吸、舒展舒展腰腿的真实感觉有着清晰的界线，不会出现拟像的以假乱真。虚拟中的游戏，仅仅是技术开拓的一种娱乐产品，它实质上也是在虚拟界面中首先要求做出种种理性判断，在应变速度和能力达到的前提下，得心应手地处理很多复杂多变的尴尬、危机情况。在处理这类问题的过程中，手脑并用，忘记自我，乐在其中，达到宣泄一种个性中的压抑和现实冲突带来的焦虑的目的，这与艺术中的忘我和情绪宣泄的本质不同在于可清晰辨识的技术虚拟性，所以我们读书或者观看影片能够为情所动，潸然泪下，而打游戏绝不会打出感动的泪水来。

数字化技术通过消除客观物质现场性感觉创造出虚拟现实，然而，物质感知是人类生存的依据和本体存在的方式，现实的真实感是在物质中存在的一种感官方式，一种具有无限丰富情感特征的真实存在，消除物质现场感的虚拟现实不能让我们产生身临其境的感觉。利用眼睛的视觉原理，让进入视觉中的形象随着视点变化即时变化，由此增强动感；利用物体的相对体积、颜色、亮度以及不同角度上的运动情况，同时利用透视的差感等视觉线索，创造一个在真实情景中才能接收到的三维图像。如果我们还承认人类的视觉经验离不开人的精神、情绪和即时的心灵状态参与，人类感知过程是一个有机的特殊心理系统，那么视觉经验的真实程度就不取决于图像的质量，不是从图像中显示的边和其间结构的数量多少来显示出清晰度的高低。数量越多图像越清晰，图像质量越好，这并不说明视觉经验的真实程度就高。大雾弥漫的清晨，我们打开窗户瞭望到隐隐约约的高楼大厦，并不因为其清晰度不高就疑惑其真实程度，以往的对高楼大厦的视觉“历史”、过去物质感受中积累的感知经验和模模糊糊的视觉影像能共同精确地告诉我们它的真实存在。“虚拟现实”中的图像没有这种历史物质感受经验参与，强烈的物质可触性的隐匿，造成虚拟场景中感官的错位，这是数字化技术使人们对生存产生虚幻感的一个重要因素。当我们放下可视电话或者从视频聊天的电脑前站起来，端起杯子喝口咖啡时，我们也许暂时排遣了对亲友的思念，但我们同时也失去了握手寒暄时的真切关怀，会不断增加一种与真实隔离的遗憾和困惑。

“当我们拥有了功能强、成本低的电脑时，才可能把虚拟现实技术当作一种满足消费者娱乐目的的媒介。而在虚拟现实的新面貌中，绝对少不了令人惊恐万状的镜头”“数字化的生活将越来越不需要仰赖特定的时间和地点”。这强调了虚拟技术的媒介作用和数字化对日常生活物质客观性限制的改变。仅仅看到了虚拟技术可无限夸大事物的体积和速度、形状和色彩，轻而易举制作出过去要冒着生命危险和极大代价才能获得的令人惊恐万状的镜头。但虚拟技术仍然是媒介，尽管可以使这种媒介隐匿得难以觉察，但背后一定是可以控制的。技术的媒介属性和人类对虚拟现实的控制技术的发展，使电脑虚拟的现实影象能从根本上与现实的真实划清界限，尽管技术发展要求这种控制手段越来越容易操作。电脑普遍实现了尼葛洛庞帝所说的“人造事物像真实事物一样逼真，甚至比真实事物还要逼真”，但他并没有认为“电脑空间非常真实”。如果“虚拟真实”果真“比真实还要真实”，那么以这种可随意制作出“像真实事物一样逼真”的场景和随心所欲的形象，就彻底消解了艺术塑型的价值和意义，彻底颠覆了文学塑造想象现实的审美维度，人类艺术就会真的终结了，那么人类就会丧失生存的意义。

电脑网络使“虚拟现实”成为数字化生存实现的重要手段，并大大缩小了现实世界的距离感，改变着人们的生存观念，加强空间穿越意识，压缩上下千年的时间心理感受，依靠想象构建场景和展开故事的文学创作，在这种时空观念下开拓文学的可能性，必然带着与真实物质世界严重错位的文学景象。网络文学中的穿越小说、玄幻小说以及表现异域境界的小说，打上了虚拟现实技术与人文性相结合的精神烙印。追求奇幻和感官的可视性，追求场景的惊异和刺激，叙述完全可以天马行空，不用遵守真实世界的物质展开逻辑，也不刻意追求以情动人，甚至放逐悲伤落泪的阅读效果，以很强的陌生化效果颠覆着传统叙事原则。

另外，网络中面临的虚拟生活界面，本身的虚幻感就是网络时代日常生活的感受。比如凄美的爱情故事，中外文学作品已经创造出了无数经典模式，足可为任何现实爱情叙事模式提供范本，但蔡智恒《第一次亲密接触》，之所以仍然能产生轰动效应，仍然能达到让人扼腕叹息的阅读效果，最重要的还是在于作品超越传统爱情小说的物质现场感受，提供给读者与生活同步的爱情叙事模式。没有传统爱情小说的场景距离和客观物质约束，由此产生极其亲切、真实和新颖的艺术陌生感，使这篇并不长的爱情小说成为网络时代爱情叙事具有里程碑意义的标志性作品。这篇作品的深远意义也许在于启发我们，对数字时代文学创作要推陈出新和融入现实人生，在于怎样建构虚拟场景中的爱情叙事模式，并更新人们真实物质基础上建构起来的美感体验方式。启发我们在数字化生存时代，文学叙事怎样展示和开拓人类崭新的数字化生存想象，以及如何思考自身命运和张扬人性的真善美。

（二）数字化推动文学场景叙事观念的更新

文学通过对特殊时空下的生活事件和人生图景的再创造，或者对想象时空中的物象和事件的构造，使文学叙事成为可能。叙事时间和叙事空间构成文学形象塑造的根据，是情节展开的逻辑形式，即使诗歌、散文等以抒情见长的作品也离不开依据真实时空感创造的艺术时空。没有离开时空的意境，意境的时空感愈强，艺术形象愈加鲜明生动。艺术的逼真效果在于对“此时此境”的细微模拟。一般来说，传统上我们评价经典名著的一个标准，也是依据作品对历史场景的描绘和对历史时空洞察的力度。《三国演义》《水浒传》满足人们对过去的想象，《红楼梦》以真实的生活细节场景描绘和全景式的封建时代大家族庭院楼台、闺阁绣房的展示，成为现实主义作品的典范。《西游记》通过大闹天宫、西天取经等宏伟的时空创造，淋漓尽致地张扬了人的意志、信仰和力量。现代文学作品中，《死水微澜》《白鹿原》等也以时间的跨度和历史画面的开阔抒写成为公认的好作品。诗歌上，杜甫的“诗史”，李白对祖国秀丽江山空间感、形象感的浪漫塑造，分别成为现实主义和浪漫主义诗歌的艺术高峰。

然而这种传统的时空叙事形成经典作品的模式，在数字化技术创造的新的时空感受面前受到挑战。文学不再是单一的时空叙事，不再是通过沉默静思阅读的方式达到对时空的再现，达到形象的感知和审美。数字技术提供的时空想象和时空虚拟可随时调用，数字技术可使瞬间时空拉长变大，可以随心所欲地编织时空。企图以真实的历史场景的还原来催生艺术的震撼效果，已经不再容易产生陌生化的审美体验，企图以真切的画面描绘达到身临其境的艺术效果的传统抒写，也不容易像传统那样成为读者审美情趣的形成途径。

“数字化生存”是技术渗透日常生活、技术干预艺术生成的形象概括。尽管在科技发展与发展目的之间，人类遭受了种种悖论，受到了和将要受到越来越严厉的自然和社会的惩罚，但数字化带给生活的便捷和对精神领域的关注，以及数字技术对人类生存缺陷的修补和对以往谬误的更正，使数字技术必然打上深深的人文烙印。人类越来越清晰地认识到：只有客观和主观、物质和精神、技术和艺术和谐融合，人类才能寻找到幸福的家园。数字技术所唤醒和塑造的虚拟现实中，每一段虚拟时空都寄予一种人文理想，并参与现实人生场景的构成。数字化时代的艺术也必然是高度发达的技术和高度人文化的理想的共同达成。传统文学叙事的时空观念要在横向展示、即时呈现中重建文学演变的秩序。

然而，文学接受中，人类耳目接受的生理局限和精神内面被顺序化组合后才能与之感应的客观制约，是规约数字技术创造虚拟时空“错乱”的根本性人文力量。数字化生存中，技术要最大限度地服务于人类，使人类精神生活异彩纷呈，使艺术王国成为安放人类心灵的最佳栖息地，首先人文学科要综合后才能匹配数字技术人文需求的先锋性。

数字化是一种综合技术，它改变人类的时空观念，把生活距离拉近，把生活场景浓缩，因此，数字化生存同时也可看成是一种艺术化的生存。它颠覆了客观和主观科学领域的许多知识体系，迫使艺术的技术性和技术的艺术性同时加强。网络文学、手机文学、纸质出版的作品无不需要数字技术的参与，无不以技术的力量加强着艺术性的广泛渗透和对审美塑型产生心理干扰，以技术形象交融入人文精神形象。数字化生存模糊了现实与虚拟、生活与审美、艺术与非艺术等传统人文学科井然分明的界限，单纯从数字技术与文艺学相关范畴的关系角度去重建文艺学理论体系，必然会使文艺失去对文艺创作的引导和提升，仅仅流于对不断变迁的技术与人文关系的反复阐释。富有阐释力的数字化环境下的文学思想生成，要从人文学科的融合发展脉络中寻根求源。

（三）数字化生存推动文化融合和文学环境的重建

数字化生存构造的全球化和公民社会景观，使文学所承担的强化民族国家和意识形态合法性的意识淡化，文学活动被视为与其他人文学科一样的知识活动和学术行为的趋势显著加强。此外，当前文学理论建设和文学观念更新的滞后，使文学未来建设和当前文化环境的矛盾日益显露。从大的方面说，缺乏信仰和自由批判的文化环境，很难产生人文学科的创新生长，而人文学科的长足发展直接推动文学艺术的繁荣。当务之急要解决的是长期以来学科之间壁垒森严、缺乏沟通、难以互动的文化局面。迄今为止，在我国的研究机构及高等院校中，不仅文理之间依然泾渭分明，本应是互通的文史哲之间，亦仍各自为战。文学学科与艺术学科分属不同院系，哲学、历史学、心理学专业与语言文学专业根本不搭界，社会发展所催生出的诸如“文化产业管理”“文学与传媒”等学科，出现系别隶属的尴尬。与文学有着密切关联的某些学科，如社会学、人类学等，在20世纪的中国，虽早有学者介入，却未能兴盛发展。我们缺乏哲学家和思想家来构建文学艺术追问生命现象的精神大厦；长期封建时代的思想禁锢和战乱，新中国成立后的心理学一度被判定为“伪科学”的做法，费孝通、吴文藻、潘光旦等社会学家、人类学家纷纷被打成了右派，文学通往心灵深处的触觉被回避、放逐，由此造成作家、批评家、理论家知识结构的不足、文化视野的局限，这种状况不仅是文学面临的生存困境，甚至也阻碍着整个科学文化的进步。

改变目前“我们的教育还不适应经济社会发展的要求，不适应国家对人才培养的要求”是社会发展的百年大计，同样也是我们文学艺术进步的关键因素。数字化生存推动科学技术与文学艺术的相互融合，成为人类文化发展的必然趋势。教育如何适应数字化提供的手段和思维方式，社会思潮如何适应数字化提供的科学与人文结合的理念，文化体制如何适应数字化提供的广泛参与和高度民主的可能性，文学实践如何适应数字化提供的创作与接受一体化和大众化走势，这是数字化社会给予我们的警示和反省。

三、网络文学理论批评的话语空间

探讨网络文学的社会价值、审美倾向、传播与接受状态等文化意义，时至今日，已经成为中国当代文学研究的热点命题。网络文学以创作实践的丰富和最大限度地平民化、民间化趋向，构成中国文学史无前例的繁荣景象，即使在传播技术史、文化发展史等相关领域，网络文学改变文化观念的现实状况也是有迹可寻的。

网络文学研究的深入和不断完善，批评格局的形成和批评话语的成熟，很重要的一方面体现在网络文学的问题意识和面对问题的学理思考。对此，中国作家网主管马季认为：当今网络文学中表现出的包括审美趣味、思想情感、行为方式、生活态度等全方位的断裂，显然已经超出了当前理论批评的话语范畴。民众对文学的关注程度不亚于影视及其他艺术门类，其广泛性超越20世纪80年代文学黄金时代。网络文学理论批评明显滞后于创作。建立网络文学理论批评体系必须深刻认识网络文学产生的历史意义。要认识到网络文学是时代剧烈变革的产物，创新精神成为最基本的诉求，要看到网络文学的广阔视野和草根性对文学发展走向的影响，看到作者之间+作者与读者之间相互交流和撞击的宝贵价值，看到中国文学史上从未发生过的如此大规模的大众阅读。套用西方电子传媒学理论研究成果解释中国当代网络文学，笃信当代文学是在媒介科技推动下的信息传播语境下发生的演变，仅仅注目于网络文学与电子传媒技术不可分割的血缘关系，而忽视对中国当代思想文化裂变的思考，不从“全球化”文化传播语境下探讨中国文学生存发展的现实理路，仅仅从传媒技术上分析网络文学，就无法找到有效的理论批评话语空间。

从网络文学创作与传播的实际看，网络原创作品是传统文学发展演变的逻辑转型，携带着人类文化演进的时代特征，成为网络作者、读者和研究者默认的网络文学范畴和形态。认为超链接和多媒体创作更类似网络游戏类的先进科技产品的观点，是不无道理的。从艺术媒介演变历史看，多媒体发展的是人类耳、目、口、触等多种感官的功能，开发这些感官接受意义符号信息的潜力，是人类感官肢体的“延伸”。多媒体艺术所显示出的视听效果，在文字解说之外能自成一条通往艺术之宫的路径，语言文字本身为其审美内涵做阐释服务，处在整个多媒体艺术的次要地位，即使没有文字语言的说明阐释，也不影响其一般审美性的发挥。视听本身趋向较为直接的感官刺激，意义指向不在于符号编码解码过程中丰沛的情感和审美生成，不能使接受达到沉思默想后的深度体验，根据人类生理机能和接受心理所受的先天局限，人类不可能在短暂的时间内，对各种感官接收的信息进行深度加工。因此，多媒体重视视听本身表达的即时性造型效果，语言文字的想象和表意魅力被消散在一个狭小的声色形象的间隙内，多媒体需要形象艺术的理论话语去透视，而网络文学的理论表述不能在造型技术中介的纯客观视域开拓话语空间，因为语言仍然是网络文学的栖息之地，网络文学的文学性在很大程度上仍然倚重文字阅读展示的语言魅力和思维魅力。

第二节　多媒介语境下的现当代文学传播

一、对民族文化因袭的背离和超越

李佩甫是河南作家的典型代表，也是在创作中传承以农业文明为特征、以儒家思想为脉络的河洛文化而有杰出成就的代表作家。李佩甫在20世纪创作的《金屋》《城市白皮书》《羊的门》等大批中短篇和长篇小说，以及21世纪初的《李氏家族》《城的灯》等多部作品，在鞭挞乡村政治文化的同时，洋溢着浓郁的怀旧情调。特别是《李氏家族》，追寻“家族”的起源，以博大的悲悯情怀缅怀家族命运的变迁，同时也是在探寻河洛文化的血脉流程及其生命活力再生的新动力，整个作品充满一种厚重的历史感。然而在中国城市化加速进展和传媒主导社会文化的背景下，经过一段选材上“城乡”之间的徘徊，2007年发表的长篇《等等灵魂》，完全转向，几乎是横断面地抒写城市和商场人物，描写广告媒体对经济和人性的操纵。作品的历史感、表现手法、社会生活刻画和人物形象塑造等方面体现着鲜明的媒体文化特征，做出了对河洛文化的背离与超越。这种超越表现在以下几个方面。

（一）深度历史感的消逝

在《等等灵魂》前，李佩甫小说的历史感，不是简单的历史叙事，而是对社会文化和民众心理的历史探寻，寄寓着一种超越的痛苦，做出努力超越的姿态，关注现实和展望未来；刻画由乡村到城镇、由极度贫穷到大富大贵的人物命运的转折，将群体历史命运与个人情感历程、特定的时代背景与阶段性政治话语相结合，洞察社会文化的历史进程，对沉隐在人际关系中的政治文化和权术文化的不断演改，进行尖锐的揭示和鞭挞。叙述上往往围绕着“家”的处境，和“当家人”的困惑和焦虑，通过对深远的历史情景的缅怀，折射出河洛乡土难以撼动的文化劣根，透视中国社会的现代化历程，赋予人物性格复杂性和深刻性，达到探寻集体无意识形成的深度历史感。

（二）消解象征主义的倾向

小说题目“金屋”“羊的门”“城的灯”“红蚂蚱、绿蚂蚱”等都是颇有寄予的意象，《李氏家族》中以“十二属相”连接起一个个故事片段和家族历史场景，也包含有浓郁的文化象征意义，使李佩甫的小说洋溢着象征主义情调。《金屋》中的“金屋”是 20 世纪 80 年代，农村经济改革后，颠覆古老的乡村伦理民俗的欲望象征。小说叙事结构上，每叙述一节就穿插一节对“金屋”的描写，造成一种回环往复的叙事节奏和诗化的叙事旋律，更加强了这种象征的意味。《城市白皮书》中，以一个不会说话的孩子的视角，来看城市中的污浊、丑恶、虚伪、欺诈，而“我”具有特异功能，能突破时空，看穿城市人的心肺肠胃，并能用眼睛治病。其中“红蚊子音乐”“魏征叔叔”“人头纸”“猫叫”等意象象征，穿插幻景、意识流动，组成片段而又连贯的故事，情节结构用富有原型象征意味的“春”“夏”“秋”“冬”时序推进，一种现代主义特有的焦虑、痛苦、对丑恶的展示，渗透在叙事中。可以说，整个小说是一部关于城市的寓言，涉及的人事都以象征的方式，隐喻现代城市的性格和对平民小人物的摧残，隐含着主体对善良人性和美好生活的向往。

（三）“传媒引导”的后现代社会生活的描绘

这也是造成深度历史感丧失的主要原因。杰姆逊在《后现代主义和文化理论》的讲稿中，引用美国社会学家戴维·里斯曼把社会分成三个历史时期，即“传统引导”社会、“内在引导”社会和“他人引导”社会的观点。在市场资本主义时期，做生意的实业家，挣钱是主要目的，他们是“内在引导”社会的产物，是时代的英雄和典范。但“随着社会的发展，传播媒介的进步，社会越来越趋于整一性，形成一个‘他人引导’的社会”。在《等等灵魂》中，我们看到，任秋风和对手邹志刚都不是那种靠创新、发明而成的企业家，也并不富于开拓精神，不像杨如意、冯家昌等人物身上有那种西方文学传统中的“恶魔性”因素。“恶魔性”的内涵是对某种正常秩序的破坏，对正常意义上的社会伦理道德的反叛，其核心要素是反抗，其生命是叛逆，其实质是战斗，原始的生命冲动和颇具创造性的智慧是其性格中共有特点。当然，杨如意、冯家昌身上的“恶魔性”带着中国特征。显然，任秋风、邹志刚身上已经没有任何“恶魔性”了，他们主要靠的是商业运作中的权术，靠一种机制，在这种机制中，每一个员工都要极其忠诚，要具有严格的“科层制精神”。陶小桃对员工亲切关怀，有“人文精神”，却背离了“金色阳光”的利益和服从，于是被降级和解雇；齐康敏痴情，在任秋风眼里，无疑显得可笑可悲。如果说杨如意、冯家昌是“现代性”的人物，那么任秋风、邹志刚就是标准的后现代媒体引导社会中的人物。

除了被追逐最大商业利益的“引导”外,“他人引导”还表现在媒体和货币在“金色阳光”兴衰中的作用。《等等灵魂》初次描写了媒介的主导作用。小说中描写的媒体对“金色阳光”的生死攸关，已经不是一般意义上的宣传广告了。苗青青做记者的职业特征和职业习性促成她结识邹志刚，给任秋风的命运带来了大转折，也让苗青青悔恨交加，又无力挽回自己实际很钟爱的丈夫的决然离去。“金色阳光”在角逐中取胜是靠独特的媒体宣传，靠上官云霓到北京走访电视台、报社，甚至靠作家别出心裁创造出的一种富有中国特色的“飞机媒介”；飞机飞临都市空中，做超低飞行，同时抛出拖着长长飘带的金红色气球，然后撒下奖券，撒时的气势是“只听‘哗’的一声,就是一天的花红柳绿,一天的风花雪月,一天的五彩缤纷……太阳被遮住了，就觉得红腾腾、黄澄澄、蓝莹莹、哗啦啦的东西洋洋洒洒地从天上落下来”，这真是最佳的吸引人“眼球”的方式,所造的声势空前壮观：“当奖券铺天盖地撒下来的时候，先是有千万只手臂伸出去，就像是游泳大赛似的，形成了一浪一浪的手臂冲击波，跌倒了再爬起来，勇往直前；紧接着又像是短跑大赛，一个个头拱着地、屁股朝天，成了一窝一窝、没了头绪的、撕咬中的乱蜂……哄抢声、抓挠声、厮打声不绝于耳。”

掌握任秋风的命运和“金色阳光”成败的，已经不单单是对财富的追逐，很大程度上是高度商业化的“货币”的运作机制。从小在高尔夫球场当过球童，并能让工商银行行长薛民选、交通银行行长千有余唯马首是瞻的大老郭，“背景十分复杂，你看，他明明是中原人，却有一本香港护照。据说他的夫人原在香港经商，现又入了加拿大籍，如今住在多伦多的一栋阳光明媚的别墅里”。很有点黑社会的味道,但就是这样的人物,最后还是栽在任秋风的“金色阳光”里。至于那些疯狂入股的与任秋风沾亲带故的人,更是在这变幻无常的股市市场上，呼天抢地了。

《等等灵魂》中的大城市场景描写呈现出一种鲜明的商业一体化、全球化的后现代生活特征。“金色阳光”“摩天大厦”“黑井茶社”等建筑形象，具有一种夸张、浮华、趋时髦、赶潮流的意味，洋溢着浓郁的后现代商业一体化、全球化色彩。整个小说情节、事件、人物活动,关键时刻都是在这三个地方进行的。任秋风在地球仪上插满小红旗,想象着“金色阳光”商场遍布全世界，“金色阳光”是任秋风建立称霸全球的商业帝国的梦想，并在他的意志的支配下，迅速在全世界扩展到35家分商场，成为《等等灵魂》中一种后现代背景下可无限复制的文化表征。“摩天大厦”要世界第一，然而地基却打在了断裂带上，正像全球化的商业帝国构想在中国的土地上，全盘照搬，地基薄弱，必然坍塌一样。“黑井茶社”是日本人开的，有外商、华侨、香港人出没，是涉及“金色阳光”命运的几次商业交易的场所，是关系任秋风成败和任秋风与友、与敌谈判的场所，也是任秋风最信任的江雪投靠邹志刚，离开“金色阳光”的出发地。

李佩甫是长期在河洛文化中耳濡目染的作家，是一位深受儒家思想影响的极富有社会责任感的作家，颇有铁肩担道义的执着精神，作品具有浓郁的与时俱进的时代气息和深刻的现实主义品位。《等等灵魂》刻意追求一种由乡村到城市的创作转变和对河洛文化的背离与超越，表达了一种对后现代文化在中国语境中的忧虑和思考。在多元化、无主潮的当下文学创作状况中，《等等灵魂》是否具有当下文学创作的共性特征，有待进一步研究。同时，这是否能成为中原作家突破地域文化局限的“乡村—政治”“乡村—城市”创作模式，突破素材单一、价值单一、审美趣味单一、文化内蕴单一的新篇章的代表之作，也有待于全面研究和未来的期待。总之，这成为李佩甫个体创作文化价值生成的一个新的出发点，应该是没有问题的。

二、当前小说的文化传播使命

中国当代小说对生存状态的反映和对人性的揭示是非常丰富深刻的，构成人类文化演进历史的一部分，逐渐比肩于世界文学之林而无愧色。特别是那些被西方世界认可并成为中西文化交流桥梁的作品，必然蕴含着超越民族国界的文化的或普遍人性的因素。探寻这些因素，可对当代小说创作做出有益的反思，对思考全球化语境下中国文化建设问题也会有所启发。

（一）“国际化语境”和“全球化”：背景下的生存忧虑

李洱的很多小说视野开阔，文化气度颇为恢宏，有学者型的超越性品格。早在 2001 年长篇《花腔》问世时，就有学者指出：“对《花腔》文本‘国际化语境’最直接的感受来自它的语词层面……一组组看似对立的语词元素杂糅一体，语调庄重又暗伏机锋。在这些丰富驳杂的语汇中，有一个基本的对立项，即域外文化与中国的语言及其表述方式之间的对立。”“诸种外来的语音和文化——俄国的、法国的、日本的、英国的、德国的，面对中国文化的不同层面——无论古典与现代、书斋与民间、历史与时尚，全方位地实施着撞击和浸染……”

李洱创作初期的作品《导师死了》就颇有西方情调，如开头的环境描写：建在一片山间平地里，原是殖民地时期的教堂的疗养院，“在雪影之中，它就像是一座古老剧院里画工精良的布景，很远就可以看到它的主教堂的灰色的圆顶。”“从教堂圆顶上流下来的雪水汇成水流，流向道路两侧的阴沟和花径。”描写疗养院这种清新幽僻的自然景色，渗透着一种浓厚幽雅的西方情调。1998 年创作的《午后的诗学》里，主人公在不同场合的谈话广泛涉及柏拉图、海德格尔、亚里士多德、莱辛、阿多诺、马拉美、但丁、巴赫、培根、荷马、布罗茨基、莎士比亚、艾柯、瓦雷里、巴巴拉·卡特兰等的诗文言论或观点逸事，甚至还谈论到耶稣、二战时的巴顿将军、明星麦当娜和罗马的罗慕洛斯大帝、两个不知名的美国人等，即使小说中人物的名字也颇有点西化色彩，如费边、赖莎、卡拉等；在《朋友之妻》《窨井盖上的舞蹈》

等小说中，主人公又都有一段留学国外的背景。在这种“国际化语境”中抒写中国知识分子所面临的生存困境和精神焦虑，显示出李洱小说描写社会生活和现实生存境况的艺术空间十分广阔，以及浓厚的中西文化交流的当代意识。

《石榴树上结樱桃》以一个中国乡村官庄村的微波细澜，展现出一个后现代、全球化社会生活图景，并以含蓄蕴藉和诙谐反讽的个性特征走向了世界。“李洱不知道这本书在德国为何如此受欢迎，从翻译那里得到的解释是：‘他们非常惊讶中国乡村已经深深卷入全球化进程了。’”其实，这与李洱小说的全球化意识分不开，正如李洱所说：“在所谓的全球化时代，某种现代的——干脆一点儿说，是西方的，那样一种制度化的设计，与中国乡村的古老现实，结合在一起，就形成了一种前所未有的新的现实。一种意外的果实。”李洱对当代中国乡村社会经济发展模式所带来的诸如环境恶化、人文沦丧等问题，有着细致的描述和深沉的忧虑。正如李洱在一篇短文中面对南水北调工程发出的沉痛呼吁：“如此浩大的工程……创造了一系列水利建设的奇迹。可是我总有一种感觉，这些奇迹与其说是我们的光荣，不如说是我们的补救；与其说是一个时代的伟大象征，不如说是一个促人反思的纪念碑。如果我们不能及时地调整我们的发展观念，如果我们还是按照这20年的发展模式向前推进，那么在未来的20年内，我们将看到什么呢？我甚至有一种不祥的感觉……”“我多么希望有一天，在祖国大地上，再也不需要这些浩大的调水工程，在祖国的北部地带，每年都是风调雨顺，水草丰美，使南水北调工程成为摆设。”在另一篇小说中，李洱写道：“虽然济水河是一条鱼虾早已死绝的臭河，但它毕竟是自然的象征……就像上海的情侣们喜欢挤到臭烘烘的外滩约会一样，这座城市里的人也常到这里转悠，把这里当成了一个风景胜地……被组织起来的人们，正在那里疏浚河道，用水泥和石板铺设河床。他们伐掉高大的悬铃木，扩展广场，修建舞榭亭台……费边对朋友说，看啊，这里就是一个观景台，在我这里可以看到现代生活中最荒诞的戏剧。”这不禁又让人联想到鲁迅在1930年对后人的警告：“林木伐尽，水泽湮枯，将来的一滴水，将和血液等价……”《石榴树上结樱桃》里，故事的结尾，一切皆大欢喜，污染官庄村西河水的造纸厂将在新任村主任孟小红的领导下继续开工，而大家利益相关，一致赞同，这又警醒人们：我们的经济发展付出了多么不堪设想的代价！

关于中国农村的基层选举，从乔典运的《满票》《笑语满场》等写农村民主选举深入人心，到阎连科的《两程故里》等小说的乡土思想启蒙，再到李洱的《石榴树上结樱桃》以反讽和荒诞的叙述语调对乡村民主的质疑，渗透着当代知识分子对中国农村乡土政治的严肃思考和反省意识，各自以独特的表现手法增添了中国乡土叙事的思想品格。而李洱小说中带给人们的“现代生活中最荒诞的戏剧”，却是超越国界和民族，是全球化、后现代文化语境下全人类面临的文明发展的深刻悖论。

（二）“密集的细节”中浓郁的诗性特征

刻意于细节的真实和结构的严谨，是李洱一开始创作时就追求的，从《鬼子进村》《喑哑的声音》到《儿女情长》《斯蒂芬又来了》等，颇显示出细节的绵密细致；从《葬礼》《国道》

《遗忘》到《花腔》等，颇讲究结构和叙述的客观视角。如果说长篇《花腔》因结构历史的欲望过于强烈，以至于冲淡了人生细节的感性抒写，过于“国际化的语境”建构，模糊了作者尖锐的历史真相的追问，使作品存在有诸多艺术表达的遗憾，但到《石榴树上结樱桃》，在密集的细节描绘中洋溢着充沛的人生感悟和现实情怀，洗练的语言、诙谐的风格、自然谨严的结构，体现在围绕着官庄村村干部换届选举这条主线索编织着的许多伏线中。而这些伏线至少有：造纸厂兴衰起落的线索，发现雪娥“肚子大”到如何解决的线索，孔繁花拉选票的线索，孟小红暗中拉选票的线索，殿军在深圳当“工程师”的线索等，各条线索由开头的裴贞一边打着毛衣，一边家长里短地述说，到结尾，又以落选了的孔繁花打毛衣的场面做结，既有民族化生活的传神写照，又有全球化、后现代社会与人生风貌的概括。

李洱对乡村社会环境和自然景物的描绘，冷静深沉，含义隽永，不乏对人物心理的衬托，颇含悲悯的人文情怀，体现出鲜明的诗性特征和作者的诗人气质。

（三）中国当代小说的文化使命

媒体引导、暗箱操作、杀鸡取卵是发展的景观和潜规则，而孔繁花仍然以古老的乡村权力运作模式去应对，不了解在计划生育问题上老百姓的对策，不了解孔庆刚祖坟重新安葬背后的经济发展模式，不知道一个新的与全球化接轨的乡土社会来到村人面前。她的感伤、悲哀和悲剧感，是在当前整个中国乡村乃至全球化人类共同的生存背景下衬托出来的。从这个背景的侧面我们清晰地看到水源污染严重，环境继续恶化；“上有政策，下有对策”，人口增长无法遏制；利益诱导，人心不古等问题，这些不单单是中国的问题，而是当前人类共同面对的生存困境。也许不经意间，《石榴树上结樱桃》告诉人们，当前的社会正如一列轰鸣前行的列车，无人能阻挡地带着人类文明发展的悖论驶向一个多么危险的境地！李洱小说所触及的这些问题，不能不说是中国小说贡献给世界文化的关乎生存的警示。

这就是我们当前面临的新的现实，当代作家如何面对，如何使创作具有超越的品质，正如李洱所说：“在这样一个文化背景下，小说作为一种‘酒杯里的水’，应该能用自己的方式对这种复杂的文化现实做出命名，即做出文学的表达……我写的是 20 世纪 90 年代以后中国的乡村，这个乡村与《边城》《白鹿原》《山乡巨变》里的乡村已经大不相同，它成为现代化进程在乡土中国的一个投影，有各种各样的疑难问题，其中很多问题都超出了我们的想象。”

全球化文化传播语境下，中西方人们的生存境况日益趋同，文学的主题与承载的文化使命、人性表达的内涵与方式都发生了深刻变革。人类获得“有意义生活”的手段和目的之间的悖论不断彰显，人类需要重新思考自身存在的意义，思考在生存意义获得过程中文学的地位和功能。李洱小说的反讽和荒诞修辞，蕴含着对这种生存危机的思考，表达了小说对精神价值重塑的强烈愿望。

关注现实人生，坚守对现实的“模仿”，是中国小说的优良传统。时代发展到今天，和谐是发展的主流，日益全球化、日常化的消费社会形态，颠覆了亢奋激进的理想主义。惨烈的人性展示消弭于庸常凡俗之中，你死我活的矛盾斗争、界限划分井然的画面更成为久远的历史背影，那些横眉冷对和剑拔弩张的情节故事失去了现实的土壤，而《石榴树上结樱桃》触及的人类发展过程中的忧虑和感伤成为时代的大主题。李洱写的是个小小的官庄村，观照的是全人类的大命运，这不能不说是当代小说新的文化使命。李洱的获奖感言说："面对如此错综复杂、如此含混暧昧的现实和语境，如何在公共生活和个人的内在经验之间建立起有效的联系，并用文学的方式对此进行准确有力的表达，对所有写作者来说，可能都是一项极富挑战性的工作。"《石榴树上结樱桃》显示了小说在公共生活中的不可或缺和走向文化中心的可能。

当前，以著名学者鲁枢元等为代表所从事的生态批评，与其说开拓了新的学术生长点，不如说日益强化了中国当代作家的生态意识和全球化意识，推动中国作家勇于承担全球化语境下新的人文使命，赋予中国文学新的品质和文化超越的品格，书写一个可持续发展、安宁清洁的地球家园和在此家园里的人生故事、人性的色彩。这样的文学显然是一种在"公共生活"和"个人内在经验之间"建立了和谐有效联系的文学。

参与国际化，构建文化全球化传播背景下和谐生存理念，关注人类共同命运和对人性普遍性的宽容和同情，目前正在逐步成为文学的主流话语。如何使文学不再边缘化，保持文学参与文化建设的重要工程，这也是全球化程度日益加强的时代赋予当代小说的民间愿望，这必将引起文化界的广泛关注和当代文学界的紧迫思考。面对全人类的生存现状，张扬中国文化所蕴含的"天人合一"的自然观，以纠偏西方长期的"天人对立"的自然观，由此推动东学西渐的文化思潮，彰显中国文学寄寓的文化精神的博大和超越性，由此赋予中国文学比肩于世界名著的新品格并非不可能。

三、精英小说对文化生态失衡的焦虑和救赎

阎连科小说与当代媒体本身的密切关联，对各类媒介参与传播的适应与主体表达愿望的隐忍苟合等，都体现着传媒时代文学传播过程中的文化特征。不能否认的是，阎连科小说在传统纸质图书出版发行上和网络媒介传播上的广泛影响，不单是作家本身表达的深刻、揭示的鲜明、笔锋的大胆直率，同时离不开媒体富有力度和影响力的宣传引导。在当前文坛上，阎连科小说对现实文化价值观念的拷问多次引起广泛的争论。近几年连续创作的长篇《风雅颂》和《我与父辈》，所表达的寻找家园、文化回归和精神返乡意识，包含着强烈的自我反省和对亲情省察的倾向，特别是《风雅颂》中描写的媒体导向对人物命运的深刻影响，可谓传播时代文学生存状况的某种隐喻。这是否代表着当前精英文学对价值倾斜、文化生态失衡的焦虑以及重塑乡土伦理的救赎愿望，把两部作品放在一起深入解读，会得到很多启发。

（一）《诗经》精神与亲情自省

《风雅颂》讲述京城清燕大学一个讲授《诗经》的教授杨科在家庭、爱情、事业诸方面悲情而又荒诞的遭遇。描写了杨科懦弱犹豫的个性，他浮夸、崇拜权力、缺少担当，躲闪落下的灾难、逃避应有的责任，包含着清晰而强烈的自我批判意识。《风雅颂》在结构上，采

用“风”“雅”“颂”“风雅之颂”轮换做小说13卷的卷目；每一卷内又采用《诗经》中的文言篇目标题和小说行文的白话小节标题并列，并且对每个文言标题再加一个注释。《诗经》的文言标题、《风雅颂》的白话标题以及对文言标题的白话解释融合在一起。在全书45个小标题中，《诗经》篇目的意向与《风雅颂》的文本之间构成21个“反比”、18个“同比”、6个“模糊”对比。在叙事中贯穿着对《诗经》的学术研究、课堂讲解以及其他阐释，特意把《诗经》文本纳入小说文本之中。在这样的对比和穿插中产生了可笑荒诞的意味，于是很自然地构成一种反讽的寓意效果，由此形成《诗经》篇目与《风雅颂》文本之间的互文关系。《诗经》作为经典寄寓着中国文学的传统精神，对历代中国文化的演变都产生了极其深远的影响。于是处理《诗经》与《风雅颂》文本之间的话语方式就成为小说《风雅颂》意义的生长空间。

在这个意义空间内，多数读者愿意按照《坚硬如水》《受活》《丁庄梦》等作品的阅读惯性，或者按照媒体给作者所奉的“魔幻现实主义大师”的定位思路，从杨科荒诞的遭遇和荒谬的情节中，解读出讽刺现实、批判时弊的意味，甚至对号入座式地发挥出作品所映射的对象。如果把《风雅颂》和创作时间间隔很短的长篇自传性散文《我与父辈》放在一起阅读，就能清晰地读出前者“精神自传”的沉重、无情自剖的勇气与真诚。《我与父辈》讲述一个没有虚夸的真实的阎连科，他的父辈和中国千百万农民一样勤劳和艰辛、悲苦和无奈，然而相亲相依，父辈的孙男侄女们也都相亲相爱，敬老孝顺，遵从和演绎着中华民族优良的伦理传统。阎连科深情地说：“在我成长过程中，我可能什么都缺乏，唯一不缺的，正是来自父亲、大伯和叔叔们这一辈人给我的那细雨无声的温情与呵护。”在描述了父亲、大伯和四叔简单而艰辛的一生后，阎连科又不无动情地说：“在今天，以最世俗的目光去看我们家，父辈和大娘、母亲、三婶、四婶所幸的，皆是他们的子女都孝顺。在我们一群的同辈和孙辈中，有的孝顺得堪称旧伦传统的楷模和榜样，尽管孝字在今天的社会里，显得那样陈旧和浅贱，可是在农村，那依然是对生命最大的安慰和尊重。”阎连科的家乡河南嵩县田湖镇既是宋代理学家程颐、程颢的故乡，周围环境又是中原河洛文化的中心区域，也是孕育《诗经》和传统乡村伦理文化的中心地带。联想到阎连科从20世纪80年代就开始在小说中对耙耧山脉和两程故里的叙事，离开家乡三十年，每年都要回到那个充满天伦温情的老家陪伴亲人过年，至今仍然每隔两天就能问候远在家乡的母亲，我们是否会更深入一层理解阎连科小说城乡叙事中关于乡土的荒诞描述，包含了飘浮于城市的虚空感和对今天农村败落后的恐慌这种双重悲情。恐怕当代很少有作家与中国乡土有如此深厚真挚的依恋，有如此深邃透彻的体悟，同时也是对生命本源的思考，这种思考积淀着对古老的乡土伦理文化在艰难转型中所产生的揪心疼痛。

由此，我们不难理解，阎连科对现实的批判和荒诞的叙事手法是基于乡土伦理和对土地上生命的关爱。他的悲剧感来自飞速发展的城市化、现代化和文化后现代性对传统的无情颠覆。《风雅颂》展示的就是在这宏阔的历史进程中，所有人包括大学教授在内的知识分子共同感受到的失落和悲哀；《我与父辈》既是阎连科对父辈人生的总结，也是艰难创作过程中依傍乡土的小憩，正如他自云是所有作品中情感的一颗“钻石”，同时也寄寓着恐慌失落的所有现代人，特别是知识分子面对当前文化失衡的焦虑和救赎的愿望。这是阎连科创作风格的新转变，渗透着当代文学参与文化建设和重塑社会伦理的使命感。把这两部作品放到一起解读，我们不难从《风雅颂》中读出传媒形成的话语霸权以及传统经典被消解颠覆的现状，也能从《我与父辈》中读出经典被颠覆、传统伦理沦丧后重建精神家园的渴望。

（二）经典传播与传播中的价值失衡

正如研究者所指出的《风雅颂》“在貌似荒诞滑稽的表象背后，触目惊心地揭示出现代高校理念的混乱与颠倒、现代文人精神的沉沦与消退、‘现代’知识分子的凄惶与悲哀。由此，《风雅颂》为我们探寻近百年知识分子形象演变的文学史价值已不言而喻”。考察杨科精神被奴役、身心受伤害的原因，从表面看显然是当前高校管理体制和学术文化评价机制存在的种种弊端，从深层看有“现代”知识分子自身的悲哀和现代人文精神沉沦的社会环境。这种关注自身精神立场问题，一直是20世纪90年代以来知识分子文学叙事的热点，很多当代小说都有涉及。格非的《欲望的旗帜》、阎真的《沧浪之水》、何顿的《荒芜之旅》都不同程度地展示出知识分子角逐于名利场，好色、排斥异己、践踏学术等所作所为，几乎可以将自己送上道德法庭的断头台。

阎连科突破当下知识分子叙事的地方不仅在于自我反省和批判，更在于对当下社会文化建设的思考和浓厚的精神救赎意识。《诗经》在《风雅颂》中是拯救当下文化生态失衡的高标符号，是医治时代焦虑的终极理想：“东方人最本根的精神，不在今天崛起的都市、乡村和可视可触的现代化的建设中，而在无法触摸的《诗经》的记忆和消失在《诗经》的字句中的时间里。”而《诗经》这部民族精神元典式的作品在小说中遭遇的命运，是《风雅颂》提示给我们反思当前容易被发展所遮蔽的文化危机的重要线索。

小说中，曾经是来自社会最底层的耙楼山脉的杨科，凭借坚韧、执着、忍让和奋斗，凭借昼夜苦读，最终留校成为清燕大学一名年轻的讲师，一步步成为最年轻的《诗经》研究界的半个专家，成为中文系古典文学教研室教《诗经诠释》的赵教授的如意女婿，娶了赵教授因早恋而高中没有毕业就辍学了的女儿赵茹萍。杨科在清燕大学的大教室里讲授《诗经解读》也曾经是高朋满座，但不知不觉间，以《诗经》为代表的古典文学课成了社会的木乃伊。而妻子赵茹萍夹着一打电影画报和国内外影人逸事的书，考上了京城一家艺术学院的函授本科班，又因为对一大批国外影帝影后的趣闻和身世的探究与着迷，成了那家艺术学院的函授研究生，毕业后进入清燕大学刚刚与时俱进成立的影视艺术系当了老师，又凭借把别人关于电影艺术探讨的四篇论文取长补短，穿插组合成自己的专著出版，成了影视艺术系的副教授。并且她讲授《大明星的生活细节》东拉西扯、胡编乱造竟然让教室里座无虚席，迎来了学生的欢呼和热烈的掌声！和杨科的《诗经》课形成鲜明对比，给杨科研究《诗经》的执着以无情打击，一下子显示出了杨科的无能和赵茹萍的春风得意。于是杨科卧薪尝胆，用五年时间闭门谢客于一间窄小的办公室里，查阅资料、殚精竭虑终于完成了专著《风雅之颂——关于〈诗经〉精神的本源探究》，而此时赵茹萍已被破格晋升为教授，并与副校长李广智上了床……而没有至少五万块钱的费用，杨科的研究专著就没法出版，因为“《风雅之颂》太有价值了，可这年月的现实是，最有价值的书最是没有人看”。是时代颠覆了经典传播的命运，还是传播放逐了深度和意义，选择了浅薄和浮华？抑或人们迷失了家园，茫然于归宿？那么又是什么力量驱使人们把陌路当作正途，摒弃正义，蔑视经典？

从杨科被校党委会举手表决送入精神病院一节中，我们可以看到当代媒介语境下传媒意识形态和传媒所形成的话语霸权的阴影。事件的直接原因是，杨科在清燕大学校园内赤裸臂膀和学生组成人体长城抗拒风沙的事迹，迅速被国内外报刊、网络等各种媒体广为报道，带来了想象不到的负面影响。“连美国的《纽约时报》、德国的《世界报》、英国的《卫报》和法国的《解放报》，还有日本的《朝日新闻》、韩国的《朝鲜日报》等，都在头版报道了清燕大学不满国家的经济发展、破坏环境的状况”“这些被全世界关注的消息给中国政府造成什么样的被动和压力，大家不言自明，可以想象”，并且“让上边又一次以为，我们学校似乎总是不以国家利益为重，总爱做出偏颇激进的事端来”。而此时正是上级有关部门向国际大学联合会推荐只有一个名额的国际“教学质量最高成就奖”的中国名校的关键时刻。于是，迫于压力和对百年名校名誉的维护，杨科只有被认定为在风沙中经过校领导集体劝阻没有被劝阻住的精神病人，并真正被送进医院，才能平息媒体的舆论，避免被海内外媒体所利用。

当代传播是人类现代化发展的重要标志，然而，我们由此可以清楚地看到媒体的意识形态本质，信息技术、传播导向、信息组合和传播速度通过影响力直接干预事件的性质形成。也许在小说中，这不是作者倾注思考和表达的主旨，仅仅是一个可以被忽略的细节，然而正是被举手表决送入精神病院这一事件成为小说情节转折和促使杨科“回家”，完成精神家园寻找历程的关键因素。

经过一年多时间，杨科终于在困惑和迷失中找到了诗经古城，发现了被孔子删去的很多古诗，回到了清燕大学，而此时赵茹萍把他的专著改头换面成《诗经本源之研究》出版了，并获得了国家级大奖，由此分到了豪华房子，还和成为校长的李广智同住在一起。他以为抓到了赵茹萍抄袭的证据，并想以此要挟校长，以求获得校方资助来完成《诗经》古城的发掘和研究，结果再次被学校会议集体表决送进精神病医院。这说明杨科的《诗经》研究本身的价值和意义确实能得到主流文化体制的认可，出版社也确实推出了杰出的学术成果，只是现代社会由传媒控制的文化场域内，纸质版权传播所造就的文化体制弊端，平面媒体垄断所规约的制度体系，助长了文化信息传播和利益分配的不公平，由此整个社会价值倾向失衡，社会焦虑和恐慌日益加重。

参考文献

[1] 陈希 . 中国现代文学研究通史 [M]. 广州：广东人民出版社，2020.

[2] 姚玳玫 . 中国现代文学研究通史 [M]. 广州：广东人民出版社，2020.

[3] 吴敏 . 中国现代文学研究通史 [M]. 广州：广东人民出版社，2020.

[4] 张根柱 . 中国现代文学的历史语境与文化选择 [M]. 北京：中国戏剧出版社，2020.

[5] 李怡，毛迅 主编 . 现代中国文化与文学 31[M]. 成都：巴蜀书社，2020.

[6] 周晓明，周易 . 现代中国电影文学大系 第 1 卷 1913—1926[M]. 武汉：华中师范大学出版社，2020.

[7] 尚德机构学术中心 主编 . 中国现代文学史 [M]. 北京：清华大学出版社，2020.

[8] 胡星亮 主编 . 中国现代文学论丛 [M]. 南京：南京大学出版社，2020.

[9] 张峻峰 . 中国现代文学的发生 [M]. 延吉：延边大学出版社，2020.

[10] 刘攀 主编 . 中国现代文学史 [M]. 成都：电子科技大学出版社，2020.

[11] 何杏枫 . 重访中国现代文学 [M]. 北京：中华书局，2020.

[12] 周义仓 . 中国现代文学三十年 [M]. 北京：科学出版社，2020.

[13] 尚德机构学术中心 主编 . 中国现代文学作品选 [M]. 北京：清华大学出版社，2020.

[14] 中国现代文学名篇导读 [M]. 北京：人民日报出版社，2020.

[15] 中国现代文学作品选 [M]. 北京：高等教育出版社，2020.

[16] 王建华，戴学慧 . 中国现代文学作品赏析 [M]. 吉林出版集团股份有限公司，2020.

[17] 温儒敏 主编 . 中国现代文学通识读本 [M]. 北京：中国传媒大学出版社，2020.

[18] 刘卫国 . 中国现代文学研究通史 [M]. 广州：广东人民出版社，2020.

[19] 陈子善 . 中国现代文学文献学十讲 [M]. 上海：复旦大学出版社，2020.

[20] 王琳 . 美国汉学界的中国现代文学研究 [M]. 北京：商务印书馆，2020.

[21] 罗维斯 . 绅士阶层与中国现代文学 [M]. 广州：花城出版社，2019.

[22] 许祖华 主编 . 中国现代文学史简明教程 [M]. 武汉：华中师范大学出版社，2019.

[23] 方爱武，左怀建 主编 . 中国现代文学作品经典导读 1917，2017[M]. 杭州：浙江大学出版社，2019.

[24] 李延江 . 中国现代文学中的现代主义流脉 [M]. 北京：光明日报出版社，2019.

[25] 李怡，毛迅 主编 . 现代中国文化与文学 [M]. 成都：巴蜀书社，2019.

[26] 李怡，毛迅 编李蓓责编 . 现代中国文化与文学 30[M]. 成都：巴蜀书社，2019.

[27] 李怡，毛讯主编 . 现代中国文化与文学 26[M]. 成都：巴蜀书社，2019.

[28] 高有鹏 . 中国现代民间文学史 [M]. 开封：河南大学出版社，2019.

[29]（中国）李怡，毛迅 . 现代中国文化与文学 29[M]. 成都：巴蜀书社，2019.

[30] 陈红玲 . 儒学传统与现代中国文学 [M]. 长春：吉林文史出版社，2019.